Altmühlhexen

Richard Auer, Jahrgang 1965, studierte Diplom-Journalistik an der Katholischen Universität Eichstätt und hielt der Stadt auch danach die Treue. Mit seiner Frau und drei Söhnen sowie Kater Lorenzo wohnt er mitten in der barocken Altstadt und arbeitet seit über fünfundzwanzig Jahren als Lokalredakteur im Altmühltal. »Altmühlhexen« ist der sechste Fall für Oberkommissar Morgenstern.

RICHARD AUER

Altmühlhexen

KRIMINALROMAN

emons:

© Emons Verlag GmbH
Cäcilienstraße 48, 50667 Köln
info@emons-verlag.de
Alle Rechte vorbehalten
Umschlagmotiv: frau.L./photocase.de
Umschlaggestaltung: Nina Schäfer, nach einem Konzept
von Leonardo Magrelli und Nina Schäfer
Gestaltung Innenteil: César Satz & Grafik GmbH, Köln
Lektorat: Hilla Czinczoll
Druck und Bindung: Books on Demand GmbH, Norderstedt
Printed in Germany
Erstausgabe 2017
ISBN 978-3-7408-0037-6
Originalausgabe
5. Auflage

Unser Newsletter informiert Sie
regelmäßig über Neues von emons:
Kostenlos bestellen unter
www.emons-verlag.de

EINS

Mike Morgenstern stand von Anfang an auf verlorenem Posten –
er wusste, dass dieser Kampf nicht zu gewinnen war. Sogar beim
bundesweiten Schüler-Malwettbewerb der Volks- und Raiffeisen-
banken zum Thema »Deutschland Märchenland« hatten seine Kinder es im Rahmen ihrer künstlerischen Freiheit fertiggebracht,
liebevolle Katzenporträts aufs Papier zu bringen und nicht etwa
Hänsel und Gretel.

Seit Wochen winkten der neunjährige Marius und der siebenjährige Bastian mit jedem verfügbaren Zaunpfahl, um ihren Eltern
klarzumachen, dass sie sich nichts sehnlicher wünschten als eine
Katze. Vergeblich hatte Mike Morgenstern argumentiert, ein sol-
ches Haustier sei eine große Verantwortung, schränke die Urlaubs-
mobilität der Familie in Form von Camping am Lago Maggiore ein
und werde gewiss viel Kummer bereiten. Ebenso fruchtlos waren
die Einwände seiner Gattin Fiona, die regelmäßige Reinigung des
unvermeidbaren Katzenklos werde am Ende gewiss in ihre Zustän-
digkeit fallen, wozu sie überhaupt keine Lust habe. »Basta!«

Das letzte Wort hatten dann aber doch die Kinder – und das
war der Grund, warum Mike Morgenstern, Oberkommissar der
Kriminalpolizei Ingolstadt, an diesem Sonntag, dem Vorabend von
Bastians Geburtstag, in seinem uralten Land Rover von Eichstätt
über Ingolstadt Richtung Osten in die Gemeinde Pförring an der
Donau fuhr.

Neben ihm saß sein Kollege und Partner, Oberkommissar Peter
Hecht, den er auf dem Parkplatz des Polizeipräsidiums aufgelesen
hatte, und rutschte nervös auf seinem Sitz hin und her. »Das gibt
doch bloß Probleme«, murmelte er zum wiederholten Mal.

»Nun freu dich doch, das wird bestimmt prima«, gab Mor-
genstern zurück und klang dabei alles andere als glaubwürdig.
Unwirsch drückte er aufs Gaspedal, was freilich den betagten
Geländewagen nicht ernsthaft beflügeln konnte.

Die beiden waren auf Empfehlung einer Sekretärin aus dem
Polizeipräsidium Oberbayern Nord auf dem Weg zur »Katzenfrau
von Ettling«, einer Dame, die auf den Bauernhöfen der Umgebung

junge Katzen einsammelte und an vertrauenswürdige Tierfreunde in der Region weitervermittelte. Morgenstern hatte bereits zwei Tage zuvor bei ihr angerufen, sich über den aktuellen Katzenbestand informiert und dann den Kollegen Hecht mit ins Boot geholt.

Hecht, unglücklich geschieden, saß nach Morgensterns Einschätzung abends einsam in seinem Haus in Schrobenhausen, blätterte sich zum hundertsten Mal durch den »Hausschatz der deutschen Balladen« – eines seiner Steckenpferde – und konnte deswegen ein bisschen tierische Gesellschaft dringend brauchen. Die »Katzenfrau« Katja Hartinger hatte sich am Telefon glücklich gezeigt, gleich zwei ihrer kleinen Schützlinge in gute, wenn auch derzeit noch unerfahrene Hände abgeben zu können.

Das Problem war allerdings: Sie war nicht da, als die beiden Kommissare an der Tür ihres unscheinbaren Hauses am Dorfrand läuteten. Sie schien den Termin vergessen zu haben.

»Außer Spesen nichts gewesen«, sagte Hecht – und wirkte erleichtert.

»Ohne Katze brauche ich gar nicht heimzukommen«, stellte Morgenstern verärgert klar. »Morgen ist der Geburtstag von Bastian. Fiona bringt mich um, wenn ich mit leeren Händen dastehe.«

Eine ältere Frau mit einer kleinen Emaille-Milchkanne in der Hand trödelte den Gehweg entlang und sah die beiden ratlosen Männer vor der Tür stehen. »Wenn Sie die Katja suchen: Die ist draußen an der Kelsbachquelle. Ich habe gesehen, wie sie mit dem Fahrrad hingefahren ist.« Sie deutete Richtung Westen. »Einfach die Straße entlang. Am Dorfrand, gegenüber vom Steinbruch, da steht ein Feldkreuz. Direkt unterhalb ist die Quelle. Da geht sie gern zum Baden.«

Die Frau tupfte sich mit einem Taschentuch die Stirn ab. »Heiß genug ist es ja heute. Es kommt bestimmt noch ein Gewitter. Und das im September!«

Wie zur Bestätigung war von Westen leichtes Donnergrollen zu hören.

»Sie holen sich gewiss eine Katze?«, fragte die Frau neugierig und kam mit ihrer Milchkanne näher heran.

»Nein, zwei«, sagte Morgenstern. »Wir haben eigentlich einen Termin vereinbart.« Er schaute auf die Uhr. Es war schon sieben Uhr vorbei.

»Da nimmt es die Katja nicht so genau. Wissen Sie, die ist ein wenig eigen. Ich meine, wer badet denn sonst im eiskalten Kelsbach?« Sie senkte die Stimme zu einem verschwörerischen Flüstern. »Wenn Sie mich fragen, die hat nicht alle Tassen im Schrank.«

»Wir fragen Sie aber nicht«, sagte Hecht kurz angebunden. »Wir haben nämlich eine Empfehlung von einer Kollegin bekommen.«

»Wie Sie wollen.« Die alte Frau latschte beleidigt von dannen, und die Kommissare setzten sich wieder in den Land Rover, um die Quelle am Dorfrand zu suchen.

Morgenstern parkte den Wagen direkt neben dem Ortsschild in einer abgemähten Wiese. An deren Ende ging es bei einem hölzernen Wegkreuz mit vergoldeter Christusfigur steil eine mit Gebüsch und Bäumen bewachsene Böschung hinab. Unten lag, kreisrund, ein grünlich schimmernder Weiher. Morgenstern und Hecht, die neben dem Kreuz standen, hörten zuerst nur Geplätscher, dann summte eine Frauenstimme eine kleine Melodie. Sie stiegen mühsam die Böschung hinab, scheuchten dabei einen Fasan auf, der panisch die Flucht durch die Büsche ergriff, und sahen die »Katzenfrau« splitterfasernackt.

Die beiden Kommissare standen wie erstarrt da und beobachteten das Schauspiel: Etwa dreißig Jahre alt, heller Teint, mit langen roten Haaren, stand die Frau in der Mitte des nur knietiefen Weihers und schöpfte Wasser mit einem Becher, um es sich in großem Schwall über den Körper zu gießen – daher das Plätschern. Dann tauchte sie mit dem ganzen Körper unter, legte sich flach in den Weiher, um prustend wieder aufzutauchen und erneut Wasser zu schöpfen. Eine schöne Frau, stellte Morgenstern fest und konnte den Blick nicht abwenden.

Hecht, ähnlich fasziniert, fing sich als Erster wieder. »Da hätte der Wasserpfarrer Kneipp seine helle Freude dran«, sagte er. »Aber jetzt ist auch wieder genug.« Er rief etwas zu laut: »Hallo, hallohoh, Frau Hartinger!«

Die Frau stoppte das Geplätscher und schaute, gar nicht erschrocken und erst recht nicht verlegen, die beiden Männer an. »Kommen Sie wegen der Katzen?«, rief sie. »Das habe ich glatt vergessen. Kommen Sie ruhig her. Ich beiß schon nicht.«

»Also, so was habe ich auch noch nicht erlebt«, murmelte Morgenstern, aber er tat wie ihm geheißen.

Die Frau hatte ihre Kleidung und ein großes rotes Badehandtuch am Rand des Gewässers abgelegt und watete aus dem Wasser. »Könnten Sie mir mal das Handtuch geben?«, bat sie Morgenstern und schüttelte ihr Haar, dass die Tropfen bis zu den beiden Besuchern spritzten.

»Sicher doch«, sagte Morgenstern ungewohnt schüchtern. Hecht hielt sich vornehm im Hintergrund.

Während sich die Frau bedächtig abtrocknete und – endlich – in ihr ebenfalls bereitzuhaltendes geblümtes Sommerkleid schlüpfte, bemühte sich Morgenstern um leichte Konversation. »Schön hier«, sagte er und deutete auf den Weiher. »Allerdings ziemlich flach. Und die Maschinenhalle vom Bauern muss man sich auch wegdenken.« In der Tat hatte ein Landwirt unmittelbar neben dem Tümpel eine moderne, holzverkleidete Vielzweckhalle errichtet.

»Eine ganz besondere Quelle«, sagte die Frau. »Sehen Sie, wie das Wasser hier überall aus dem Boden sprudelt?« Sie schlüpfte mit nassen Füßen in Turnschuhe. »Ein Kraftort.«

»Wie bitte?«

»Ein Kraftort. Ein Platz, an dem der Mensch eine besondere Nähe zu höheren Mächten spürt. *Feel the spirit!*«

»Aha.« Morgenstern machte keinen Hehl daraus, dass er hier nichts spürte außer der atemberaubenden Präsenz der grünäugigen Katja Hartinger. Und dazu noch den aufkommenden böigen Wind, der das erwartete Unwetter immer näher herantrieb. Das Donnergrollen verstärkte sich im Westen, über Ingolstadt zuckten erste Blitze.

Morgenstern wollte gehen, aber Hecht nun doch Genaueres wissen. »Was hat es mit dieser Quelle hier auf sich, Frau Hartinger?«

»Das Nibelungenlied. Kennen Sie das Nibelungenlied?«

Hecht nickte eifrig.

Mit leiser Stimme begann sie, eine altmodische Melodie zu singen: »Uns ist in alten maeren wunders vil geseit: von heleden lobebaeren, von grozer arebeit. Von freude und hochgeziten, von weinen unde klagen, von küener recken striten muget ir nu wunder hoeren sagen.« Erwartungsvoll sah sie die beiden Besucher an, als hoffe sie auf Applaus.

»Und?«, fragte Morgenstern.

»Nun lass sie doch erklären«, schalt ihn Hecht. »Das war der

Anfang vom Nibelungenlied, du Banause. Das ist deutsche Hochkultur.«

Hartinger schloss für einen Moment versonnen die Augen. »Diese Quelle hier kommt im Nibelungenlied vor. Mittalter pur. Eine andere, ferne Zeit, eine andere Welt.«

»Ohne Maschinenhallen«, meinte Morgenstern spöttisch.

»Aber dafür war gleich da drüben eine Wasserburg.« Hartinger wies auf einen hinter Bäumen halb verborgenen Bauernhof. »Das Wasser aus der Quelle fließt daran vorbei und von dort immer weiter nach Pförring in die Donau.«

»Das Nibelungenlied«, sagte Balladenfreund Hecht. »Das muss ich dringend mal lesen. Ich glaube, das ist ziemlich lang.«

»Ja, und genau in der Mitte gibt es eine Szene, in der die Kelsbachquelle eine Rolle spielt. Hagen von Tronje findet genau hier zwei ›Weiße Weiber‹, weise Nixen, die ihm die Zukunft voraussagen. Sie verkünden ihm, dass alle Nibelungen beim Hunnenkönig sterben werden. Aber zuvor hat er ihnen die Kleider gestohlen.«

»Der Hunnenkönig?«, fragte Morgenstern.

»Nein, Hagen von Tronje hat den beiden Wasserfrauen die Kleider gestohlen und sie damit erpresst.«

»Ach so. Dann haben Sie also Glück gehabt, dass ich so ein formvollendeter Gentleman bin. Wegen Ihrem Kleid und Ihrem Handtuch.«

»Alles andere hätte Ihnen leidgetan«, sagte die Katzenfrau ohne nähere Begründung. »So viel kann ich Ihnen jederzeit vorhersagen. Und jetzt sollten wir schauen, dass wir nach Hause kommen. Es fängt gleich zu regnen an.«

Zu dritt gingen sie den Hügel hinauf zum Feldkreuz, Katja Hartinger setzte sich aufs Rad, und die beiden Kommissare fuhren ihr mit dem Auto im gemächlichen Tempo hinterher.

Gerade als sie am Haus ankamen und durch die Tür gingen, setzte ein Wolkenbruch ein. »Das war knapp«, sagte Morgenstern. Er schmunzelte. »Oder kennen Sie einen Wetterzauber, Frau Hartinger?«

»Sehr witzig«, sagte die Frau, während sie ihr nasses Handtuch über einen Wäscheständer im Flur hängte. »Aber kommen Sie doch mit ins Wohnzimmer. Mögen Sie einen Tee?«

Schon im Flur war Hartinger umringt von maunzenden Katzen

jeder Größe, die ihr mit freudig in die Höhe gestreckten Schwänzen um die Beine schmeichelten und Futter und Zärtlichkeiten einforderten. Ein kleines, pechschwarzes Fellknäuel allerdings hatte sich spontan an Hechts Hosenbein geklammert und reckte sich so weit wie möglich nach oben.

»Na, du kleiner Racker«, sagte Hecht und hob das Tier hoch. Ein Lächeln ging über sein Gesicht, das Morgenstern so noch nie bei seinem Kollegen gesehen hatte. Während draußen unter Donnerschlägen und Blitzen der Regen zu rauschen begann, ging für Kriminaloberkommissar Hecht die Sonne auf.

»Wenn Sie wollen, dürfen Sie den gleich behalten«, sagte Hartinger. »Es ist ein Katerchen, er hat noch keinen Namen.« Es stamme von einem Bauernhof ganz in der Nähe, erklärte sie. »Seit ich da regelmäßig vorbeischaue, werden die jungen Katzen nicht mehr in der Odelgrube ertränkt.«

Hecht drückte das schnurrende Tierchen besorgt an sich. Wie zum Dank zog der Kater mit spitzer Kralle einen Faden aus dem rautengemusterten Pullunder seines Beschützers. Für Morgenstern war klar: Da hatten sich zwei gesucht und gefunden, das war Liebe auf den ersten Blick.

»Ich werde ihn Hagen nennen, wie den Helden aus dem Nibelungenlied«, sagte Hecht mit feierlicher Stimme. »Hagen von Tronje.« Und so war das beschlossene Sache.

»Und Sie?« Hartinger wandte sich an Morgenstern. »Sind Sie auch schon fündig geworden? Ich habe jetzt noch sieben Kätzchen zur Wahl.«

Morgenstern folgte der Katzenfrau in ihr Wohnzimmer, einen gemütlichen Raum mit einem Schwedenofen, dessen Scheibe verrußt war, Flickenteppichen und Möbeln, die wahrscheinlich überwiegend vom Flohmarkt stammten, darunter eine riesige schwarze Ledercouch, auf der diverse Katzen lümmelten. Es roch orientalisch nach Räucherstäbchen, was gewiss auch eine Abwehrmaßnahme gegen übermäßigen Katzengeruch war.

Nach langem Erwägen entschied sich Morgenstern für eine aristokratisch graue Katze, ein Weibchen, wie er erfuhr – ein Geschwisterchen des frisch getauften »Hagen von Tronje«.

Als das Tier merkte, was die Stunde geschlagen hatte, ergriff es die Flucht vor seinen Häschern, und Morgenstern und Hartinger brauchten mehrere Minuten, bis sie das Kätzchen schließlich eingefangen hatten. Zuletzt hatte es Zuflucht unter einer großen antiken Vitrine gesucht, hinter deren Glasscheiben Morgenstern verschiedensten Trödel entdeckte, teils deponiert in Weckgläsern. Er hielt das widerstrebende Kätzchen schon auf dem Arm, gesichert mit einem relativ rabiaten Kneifgriff im Nacken, als er instinktiv einen zweiten Blick auf die Vitrine warf.

In einem der Gläser war ihm ein Sammelsurium bleicher Knöchelchen aufgefallen, in einem anderen grün und blau schimmernde Halbedelsteine, in einem dritten getrocknete Pilze. »Interessante Sammlung«, sagte er. »Ziemlich esoterisch.«

»So bin ich nun mal«, sagte Katja Hartinger fröhlich. »Ich mache mein eigenes Ding.«

Beruhigend streichelte Morgenstern die Katze auf seinem Arm, und schon nach Kurzem fing sie gleichmäßig wie ein Nähmaschinenmotor zu schnurren an. »Was machen Sie denn beruflich, Frau Hartinger?«

»Ich bin vor allem an den Wochenenden auf Märkten unterwegs, Mittelaltermärkte, Ritterspiele, solche Sachen. Ich verkaufe da Duftstäbchen und Öle und die Rose von Jericho. Kennen Sie die?«

»Das ist doch diese vertrocknete Pflanze, die das ewige Leben hat. Man denkt, sie ist garantiert tot. Und wenn man sie ins Wasser taucht, fängt sie zu blühen an.«

»So ungefähr«, sagte Hartinger lächelnd. »Und außerdem lese ich den Leuten aus der Hand.«

»Dann sind Sie eine Wahrsagerin?«, fragte Morgenstern skeptisch.

»Es klappt nicht bei jedem. Aber ich tue mein Bestes.«

»Und für so etwas gibt es Kundschaft?«, bohrte Morgenstern nach, während er weiter das schnurrende Wesen streichelte, das da auf seinem Arm lag.

»Mehr, als Sie glauben. Es ist immer noch das Gleiche: Es geht um die große Liebe, um Erfolg und Glück in der Zukunft. Viele wollen wissen, wie lange sie noch zu leben haben. Aber auch wenn ich eine Ahnung davon habe, sage ich es ihnen nicht. Es gibt nicht viele, die mit solchen brisanten Informationen angemessen umgehen können.«

»Na ja, ich muss das alles nicht wissen«, sagte Morgenstern abschließend, »und mein Kollege bestimmt auch nicht. Wir nehmen das Leben, wie es kommt, stimmt's, Spargel?«

»Was?« Peter Hecht reagierte nur ganz kurz auf seinen verhassten Spitznamen. Er war viel zu beschäftigt damit, auf dem Katzensofa sitzend dem ebenfalls zufrieden schnurrenden Hagen von Tronje den Bauch zu streicheln, ein seliges Lächeln auf den Lippen.

Die beiden Besucher mussten noch irgendein Formular unterschreiben, in dem sie sich, soweit Morgenstern das auf die Schnelle erkennen konnte, zu lebenslanger Tierliebe verpflichteten, dann erhielt jeder einen Schuhkarton samt Weckgummi als Verschlussmittel für den improvisierten Tiertransport, und schon ging es im roten Land Rover zurück zum Präsidiumsparkplatz nach Ingolstadt und von dort aus nach Eichstätt beziehungsweise Schrobenhausen.

***

Was für ein Glück! Nicht nur die Morgernstern-Kinder Bastian und Marius waren am Abend überglücklich, als ihnen ihr tierischer Mitbewohner präsentiert wurde, auch die Eltern konnten sich kaum losreißen. Das Zubettgehen verzögerte sich bis kurz vor Mitternacht.

»Das ist der schönste Geburtstag meines Lebens«, sagte Bastian dutzende Male, obwohl der Geburtstag noch gar nicht angebrochen war. Er nahm das Kätzchen mit in sein Bett. Aber am Morgen, beim Aufstehen, stellte sich heraus, dass es im Laufe der Nacht unter die Bettdecke des Hausherrn übergewechselt war. Mike Morgenstern sah das als Ehre an.

Auch Peter Hecht war am nächsten Morgen noch ganz verzaubert von dem kleinen Katerchen. »Spargel« hatte beschlossen, den tiefschwarzen Mini-Panther bis auf Weiteres ins Büro mitzunehmen. »Ich kann den doch nicht den ganzen Tag allein in Schrobenhausen lassen.« Nun paradierte Hagen mit minütlich wachsendem Selbstbewusstsein durchs gemeinsame Büro im Polizeipräsidium Oberbayern Nord.

Wie auf ein geheimes Zeichen hin trudelten im Laufe der nächsten halben Stunde sämtliche weiblichen Mitarbeiter ihres

Stockwerks und noch weitere im Büro ein, mal mit, mal ohne Ausrede – denn immer ging es nur darum, dieses kleine, hinreißende Katerchen sehen, halten und streicheln zu dürfen. Peter Hecht wurde an diesem Vormittag zum heimlichen Mittelpunkt des Präsidiums, was er sonst nur in der Spargelsaison war, wenn er die gesamte Kollegenschaft mit frisch gestochenem Edelgemüse versorgte.

Es hagelte gute Ratschläge, vom optimalen Futter bis zur Temperatur des Trinkwassers (»niemals Milch!«). Und die beiden Kommissare lernten ein ihnen bislang unbekanntes Wort kennen: Hecht sei nun ein »Dosi«, erfuhren sie von entzückten Präsidiumsmitarbeiterinnen, und auf vorsichtige Nachfrage hieß es, das liege an seiner künftigen Hauptaufgabe, dem geschmäcklerischen Katerchen die Katzenfutterdose zu öffnen, gern gefolgt vom Hinweis: »Hunde haben Besitzer, Katzen haben Personal.«

Morgenstern hatte nach kürzester Zeit die Nase voll von derlei Poesiealbumslyrik. »Ist doch einfach bloß eine Katze«, murrte er.

Das Telefon läutete.

»Morgenstern, kommen Sie sofort mit Hecht in mein Büro«, blaffte Adam Schneidt aus dem Hörer.

Der Kriminaldirektor rief zum Appell, und die beiden Kommissare sahen sich besorgt an: Es war klar, dass die Nachricht vom neuen, unangemeldeten Büropartner bis zu Schneidt durchgedrungen war.

Morgenstern konnte sich lebhaft vorstellen, was Pechvogel Hecht gleich zu hören bekäme: Der Chef könne die dauerhafte Anwesenheit dieses Haustiers auf keinen Fall dulden. Das Polizeipräsidium sei schließlich eine ernsthafte Arbeitsstätte und kein Flohzirkus – und erst recht kein Konkurrenzbetrieb zum Ingolstädter Kleintierzoo »Wasserstern«. Was könne denn da als Nächstes kommen? Dass ein Kriminaler sich einen »Maxl« mit ins Büro bringe? Der Alligator war jahrzehntelang der Star im »Wasserstern« gewesen.

So malte sich Morgenstern den bevorstehenden Anpfiff aus, als er mit Hecht, der sein Kätzchen schützend auf dem Arm trug, zu Schneidts Büro ging. Doch weit gefehlt. Schneidts ernste Miene verwandelte sich augenblicklich in ein breites Lächeln, als er das Kätzchen auf Hechts Arm sah.

»Wen haben wir denn da?«, fragte er süßlich. »Einen neuen Mitarbeiter, dutzi–dutzi?« Mit spitzen Fingern streichelte er dem Katerchen über den Kopf, und Hagen fing augenblicklich zufrieden zu schnurren an.

»Den dürfen Sie mir gerne ein bisschen dalassen«, sagte Schneidt in die überraschten Gesichter von Hecht und Morgenstern. »Ich habe nämlich Arbeit für Sie.« Und damit wurde er wieder ernst – so ernst, wie Morgenstern ihn selten erlebt hatte. »Wir haben schlechte Nachrichten von der Inspektion in Eichstätt.«

»Die schon wieder«, stöhnte Morgenstern.

Schneidt ging an seine generalstabswürdige Wandkarte und tippte mit dem Finger an eine Stelle nordwestlich von Ingolstadt. »Heute Morgen hat ein Autofahrer im Wald zwischen Hofstetten und Pfünz ein verunglücktes Auto entdeckt. Einen silbernen Audi Q7 V12 TDI. Der Wagen ist auf der Fahrt durch den Wald hinab ins Altmühltal von der Fahrbahn abgekommen und eine steile Böschung hinabgefahren. Unten ist er dann frontal gegen eine Fichte geprallt.«

»Und?«, fragte Hecht. »Was ist dem Fahrer passiert?« Es schwang unausgesprochen die wichtigere Frage mit: Seit wann ist die Kripo für so etwas zuständig?

»Wir sind eben erst eingeschaltet worden«, sagte Schneidt. »Der Fahrer hat sich verletzt, die Airbags sind selbstverständlich ausgelöst worden, einer ist ziemlich blutig. Die Fahrertür stand offen. Aber der Fahrer war nicht da.«

»So was gibt es auf dem Land öfter«, sagte Morgenstern. »Da fährt einer besoffen gegen den Baum, und dann lässt er alles liegen und stehen, schaut, dass er nach Hause kommt, und schläft erst einmal seinen Rausch aus. Und am nächsten Morgen lässt er dann von einem Kumpel mit dem Bulldog das Auto abschleppen. Und schon ist der Führerschein gerettet.«

Schneidt nickte: »Ein Klassiker, schon klar. Aber es wäre schön, wenn Sie beide mich einfach mal fertig berichten lassen.«

Schneidt setzte den Kater auf dem uralten, zerschlissenen Ikea-Sofa ab, auf dessen durchgesessenen Polstern üblicherweise die Gesprächspartner Platz zu nehmen hatten, und fuhr fort: »Die Kollegen aus Eichstätt haben erst einmal das Kennzeichen überprüft – und dann war schon mal Alarmstufe Rot: Das Auto gehört unserem Bundestagsabgeordneten.«

»Westerstetten? Nikolaus von Westerstetten, CSU?«, fragte Hecht und ließ sich zu einem unpassenden Zungenschnalzen hinreißen. Schneidt nickte. »Sie haben's erfasst. Westerstetten, unser Volksvertreter in Berlin. Kollege Manfred Huber hat sofort eine Streife zu Westerstetten nach Hause ins Urdonautal geschickt. Falls er daheim in Konstein im Bett liegt. Aber seine Frau hat erklärt, dass er in der Nacht nicht heimgekommen ist. Da ging es dann richtig los. Der Eichstätter Inspektionsleiter hat befürchtet, dass Westerstetten beim Unfall einen Schock erlitten hat und verletzt in den Wald gelaufen ist.«

Schneidt strich mit der flachen Hand wie der Wettermann im »heute-journal« auf seiner Karte über ein riesiges, lang gestrecktes Waldgebiet, das sich rund um den Unfallort entlang der gesamten Nordseite des Altmühltals hinzog.

»Huber hat einen Hundeführer angefordert. Und gleichzeitig hat er die Krankenhäuser und Ärzte in der Gegend abtelefonieren lassen. Aber keiner hat was gewusst. Der Mann ist wie vom Erdboden verschluckt.«

»Vielleicht ist er bei irgendeinem Bekannten untergeschlüpft«, schlug Morgenstern vor. »Was weiß ich, beim CSU-Ortsvorsitzenden in Walting oder Kipfenberg vielleicht … Kleine Gefälligkeit unter Parteifreunden?«

»Schön wär's«, sagte Schneidt. »Aber es ist leider möglich, dass dieser Unfall ganz anders ausgegangen ist. Die Eichstätter waren vorhin noch vollauf mit den Ermittlungen zum Unfall befasst, Huber war persönlich draußen im Wald. Da haben sie die Meldung bekommen, dass man eine verkohlte Leiche gefunden hat.«

»Wo?«, fragten Hecht und Morgenstern wie aus einem Munde.

Schneidt kniff die Augen zusammen, bis er die Stelle auf seiner Landkarte gefunden hatte. Dann wandte er sich kurz seinem Schreibtisch zu, fummelte aus einer kleinen Plastikschachtel eine Stecknadel mit rotem Kopf, kehrte zur Karte zurück und steckte die Nadel tief ein. Am nördlichen Stadtrand von Eichstätt.

»Das ist ja bloß ein paar hundert Meter von meiner Wohnung weg«, entfuhr es Morgenstern. »Das ist irgendwo oben am Berg.« Er trat ganz dicht an die Karte heran. Ein kleines Kreuz-Symbol fiel ihm auf, dazu eine gestrichelte Linie für einen kaum befahrbaren Feldweg. Anscheinend war da eine kleine Kapelle. »Und jetzt glauben Sie, dass das der Abgeordnete von Westerstetten sein könnte?«, fragte er.

Schneidt kniff unwirsch die Augen zusammen. »Momentan weiß keiner was. Aber ich habe ein ganz ungutes Gefühl. Wir wissen bisher nur so viel: Es ist ein Mann. Anzug, Armbanduhr, die Schuhe, alles recht edel, soweit sich das noch erkennen lässt. Und Huber hat das ungute Gefühl, dass es der Westerstetten sein könnte. Wie gesagt, man hat ihn gerade eben erst entdeckt. Fahren Sie rüber, so schnell Sie können. Ich schicke Ihnen die Spurensicherung hinterher. Und halten Sie mich über alles auf dem Laufenden. Wenn das tatsächlich Westerstetten ist, dann ist hier bei uns in kürzester Zeit der Teufel los.«

Während die beiden Oberkommissare auf der Karte den günstigsten Weg zum Leichenfundort studierten – an einem einzelnen Gehöft mit dem ungewöhnlichen Namen »Lüften« hatte man einem schmalen Feldweg zu folgen –, pflückte sich Adam Schneidt Hechts Katerchen vom Sofa und nahm damit hinter seinem Schreibtisch Platz. Hagen von Tronje schnurrte selig, als Schneidt ihm wieder und wieder übers Fell streichelte. »Den dürfen Sie mir einfach dalassen, Hecht«, sagte der Polizeidirektor gönnerhaft.

Morgenstern überlegte, woher ihm diese Szene bekannt vorkam. Erst draußen auf dem Gang fiel der Groschen: Bond, James Bond. Oberschurke Blofeld hatte einst seine Perserkatze ähnlich gehätschelt, während er seine Pläne schmiedete.

ZWEI

Mike Morgenstern steuerte den Dienstwagen so schnell wie möglich nach Eichstätt, einschließlich mehrerer gewagter Überholmanöver auf der Bundesstraße 13, wo sich ihnen immer wieder Lastwagen mit nachfolgenden Autos im Schlepptau in den Weg stellten. Am Stadteingang in Höhe der Glühbirnenfabrik wechselte er die Talseite und fuhr steil auf die Jurahöhe hinauf, bis er schließlich zur »Lüften« kam. Hecht dirigierte ihn gleich hinter dem Bauernhof mit angeschlossener Pizzeria an riesigen Abraumhalden der Natursteinindustrie entlang zu einem Schotterweg.

Auf dem höchsten Berg aus unbrauchbarem Kalkplattenmaterial hatten Spaßvögel ein weithin sichtbares hölzernes Gipfelkreuz montiert, was der Halde im Volksmund den Namen »Matterhorn« eingebracht hatte. Geradeaus führte der Schotterweg ins mondlandschaftliche Kratergebiet der Kalksteinbrüche, Morgenstern aber bog vorher ab in Richtung Hangkante, wo tief im Tal die Eichstätter Altstadt lag. Die Piste wurde zunehmend holprig und führte an einer kleinen, gedrungenen Kapelle vorbei. Morgenstern sah dort hinter einem massiven Eisengitter eine überlebensgroße, in leuchtende Farben gefasste Figurengruppe: der gekreuzigte Jesus, flankiert von Maria und dem Jünger Johannes.

Nur einen Steinwurf von der Kapelle entfernt wandte sich der Weg nach Westen, an einer lichten Hecke aus mageren Bäumen, Hagebutten- und Schlehenbüschen entlang. Hier standen zwei Streifenwagen der Polizeiinspektion Eichstätt.

»Da wären wir«, sagte Hecht, und Morgenstern stellte den Wagen ab. Neben der Hecke erstreckte sich eine Schafweide, ein typischer Altmühltaler Magerrasen, der durch die regelmäßige Beweidung keinen Lebensraum bot für Bäume und Büsche. In der Ferne war auf der anderen Talseite die Willibaldsburg mit ihren zwei Türmen zu erkennen.

Manfred Huber, der Leiter der Polizeiinspektion Eichstätt, wartete schon auf die beiden Kriminalbeamten, direkt an der Hecke, fünfzig Meter von den Autos entfernt. »Da seid ihr ja endlich«, rief er. »Hier ist es, kommt! Aber macht euch auf was gefasst.«

Morgenstern roch das Unglück, noch bevor er es sehen konnte. Ein widerlicher Geruch hing in der Luft, nach verbranntem Fleisch, versengtem Haar, verkohltem Stroh. Mit einem flauen Gefühl im Magen kam er näher und versuchte, sich die Szenerie genau einzuprägen.

An einer Stelle, an der die Hecke besonders licht war und einen Durchlass freigab, war ein blassweißer, rundum behauener Stein aufgestellt, eine Stele, ein modernes Denkmal. Ein einsames Kunstwerk mitten in der Landschaft. Der weiße Stein war auf der Oberseite eingekerbt, und in genau diese Lücke war ein tiefschwarzer zweiter Stein eingelegt. Ein mächtiger steinerner Hammer. Aus der Kerbe ragten gebrochene, geknickte Stäbe aus schwarzem Eisen.

Direkt an dieses Kunstwerk gelehnt – oder sollte das einer der modernen Grabsteine sein, wie sie der Eichstätter Ostenfriedhof in Fülle bot? – lag auf dem Boden, umgeben von Stroh, ein Leichnam: ein versengtes, verkohltes längliches Bündel. Morgenstern kramte nach einem Papiertaschentuch und hielt es sich vor die Nase, um den kaum erträglichen Geruch abzuhalten, trat dann ganz nahe heran, um sich den Toten genauer anzusehen.

Er ertrug den Anblick nur einige Sekunden lang. Nicht sehr professionell, das wusste er selbst. Zum Glück, so dachte er, gab es die Pechvögel von der Rechtsmedizin in München, die sich bis ins letzte grausige Detail mit solchen Dingen zu befassen hatten. Mit ein wenig Glück freilich konnte so ein staatlich bestellter Leichenbeschauer beim Erreichen der Pensionsgrenze einen Bestseller über seine gruseligsten Zombie-Erlebnisse schreiben. Er, Morgenstern, war aus weicherem Holz geschnitzt. Und ein Blick hinüber zu Peter Hecht bewies ihm, dass der Kollege gleichfalls kein Mann fürs Splatter-Genre war.

»Ist er es?«, krächzte Morgenstern hinter seinem Taschentuch in Richtung Manfred Huber.

»Wer? Westerstetten?« Huber hob die Schultern. »Schau doch mal, ob du von seinem Gesicht, von seinen Händen noch was erkennen kannst. Wir haben alles so gelassen, wie es war. Vielleicht hat er noch einen Geldbeutel in der Tasche. Oder einen Ehering am Finger. Ich habe nicht nachgesehen.«

»Aber du hattest doch so ein ungutes Gefühl«, beharrte Morgenstern.

»Das hättest du auch, wenn du heute früh Westerstettens Unfallauto leer und dann einen Toten ausgerechnet hier gefunden hättest.«

»*Von* Westerstetten – so viel Zeit muss sein«, sagte Hecht und rückte nun doch näher an den Leichnam heran. »Freiherr von Westerstetten. Das ist bestimmt uralter Adel, dunkelblaues Blut.«

»Aber er hat meines Wissens nicht viel Tamtam darum gemacht«, sagte Huber. »Der war kein Adeliger in dem Sinne, dass er in einem Schloss wohnt oder auch bloß auf einem Gutshof. Blaublütige Gutsherren gibt es hier in der Gegend öfter mal. Das ist dann mehr so ein Bauernadel. Aber der Westerstetten wohnt drüben in Konstein ganz normal in einer Siedlung, soweit ich weiß.«

»Was meinst du mit ›ausgerechnet hier‹?«, fragte Morgenstern Huber. »Was ist das eigentlich für ein komisches Denkmal? Dieser Stein mit dem seltsamen Hammer?«

»Lies selbst«, empfahl Inspektionsleiter Huber.

Morgenstern trat ganz nahe heran, sodass er nun direkt neben dem Leichnam stand, und buchstabierte die in Großbuchstaben in den weißen Juramarmor gemeißelten Worte: »Im Gedenken an die unschuldigen Opfer der Hexenverfolgung«.

Morgenstern sah sich den schwarzen steinernen Hammerkopf, der offenbar die hohlen Eisenrohre mit roher Gewalt verbogen und zerschmettert hatte, lange an.

»Der Hexenhammer«, sagte Hecht.

»Was soll das sein?« Morgenstern war ratlos.

»Der Hexenhammer ist ein Fachbuch aus dem 17. Jahrhundert, das den Inquisitoren genau erklärte, wie man Hexen und Zauberer bekämpft.«

»Aha«, meinte Morgenstern nur, weil Hechts breite Bildung ihn immer wieder aufs Neue einschüchterte. »Aber was hat das mit unserem Bundestagsabgeordneten zu tun?«

Inspektionsleiter Huber seufzte tief. Er deutete übers weite Feld, das Richtung Stadt vor ihnen lag. »Hier auf dem Gelände war in alten Zeiten der Richtplatz von Eichstätt. Der Ort für die Hinrichtungen. Deswegen steht hier das Denkmal. Und da drüben, die Kapelle, an der ihr gerade vorbeigefahren seid, das ist die Henkerskapelle. Da durften die armen Sünder ihr letztes Gebet verrichten, bevor es ihnen in welcher Form auch immer an den Kragen ging.«

»Und Hexen haben sie hier also auch verbrannt«, sagte Morgenstern.

»Eichstätt war im Mittelalter oder was weiß ich wann ein Zentrum der Hexenverfolgung. Unsere Gegend war weitum dafür berüchtigt. Die haben Hunderten von armen Frauen hier oben das Leben genommen. Und verantwortlich dafür war ein einzelner Fürstbischof, der da drüben auf der Willibaldsburg gesessen ist. Wie sich der aufgeführt hat, das war schon rekordverdächtig.«

»Das ist doch schon ein paar hundert Jahre her«, sagte Morgenstern.

»Stimmt. Aber seit einiger Zeit wird das bei uns wieder hochgekocht.«

»Und was hat der Westerstetten damit zu tun, falls es denn seine Leiche ist?«

»Das ist genau die Sache, die mich nervös macht: Der Fürstbischof, der damals von der Willibaldsburg aus die Hexenjagden organisiert hat, hieß –«

»Willibald?« Morgenstern wusste immerhin, dass sich in Eichstätt alles um den Bischof und Bistumsgründer Willibald drehte.

»Quatsch. Westerstetten. Der Mann hieß Westerstetten.«

Selbst Peter Hecht zeigte sich beeindruckt vom anscheinend enzyklopädischen Heimat- und Sachkundewissen des Feld-Wald-und-Wiesen-Polizeiinspektionsleiters Huber im ländlichen Herzen Bayerns.

»Dieser Fürstbischof muss irgendwie ein ganz, ganz ferner Verwandter unseres Abgeordneten gewesen sein«, erklärte Huber. »Ein direkter Vorfahre wohl eher nicht, weil meines Wissens Bischöfe auch früher schon keine Kinder hatten, jedenfalls keine offiziellen. Und wo es jetzt seit einiger Zeit hier eine Kampagne dafür gibt, richtig hochoffiziell an die Hexenverfolgung zu erinnern … Nicht hier oben auf der grünen Wiese, sondern drunten in der Stadt, in Bestlage.«

»Und der Abgeordnete Westerstetten hat das nicht gewollt?«, fragte Hecht.

»So genau habe ich das jetzt nicht parat. Sein Name ist jedenfalls mal in diesem Zusammenhang gefallen. Man hat ihn aufgefordert, sich seiner historischen Verantwortung zu stellen. Ich muss sagen – ich hätte mich da auch weggeduckt. Wenn vor fünfhundert Jahren irgendein Huber Unfug angestellt hat, dann geht das doch mich nichts an. Ich habe mit der Gegenwart gerade genug zu tun.«

Hecht hielt dagegen: »Diese Blaublüter geben doch sonst immer so viel auf ihre ruhmreiche Vergangenheit und ihre tollen Stammbäume. Aber sobald einer Dreck am Stecken hatte, lässt man den einfach unter den Tisch fallen. Ich finde, dass Geschichte kein Wunschkonzert ist, wo sich jeder nur die Sachen herauspickt, die ihm gefallen. Und wenn nun mal ein Herr von Westerstetten Blut an den Händen hatte, dann kann sein nobler Nachfahre ruhig sagen, dass ihm das leidtut. Das ist doch nicht zu viel verlangt. Und eigentlich gilt das auch für den Amtsnachfolger dieses Westerstetten.«

»Den Bischof?«, fragte Morgenstern

»Genau so sehe ich das.«

Inspektionsleiter Manfred Huber sah Hecht an und schüttelte missbilligend den Kopf. »So weit kommt's noch.«

Um die Henkerskapelle kam ein weißer Kleinbus gefahren. Die Spurensicherung. Morgenstern wunderte sich, wie einsam das Areal trotz seiner Stadtnähe war. Bisher war noch kein Spaziergänger vorbeigekommen. Für den Fall der Fälle hatten sich in jeder Richtung zwei Streifenbeamte postiert, die Passanten rasch abweisen konnten. Auch die Presse hatte zum Glück noch keinen Wind von der Sache bekommen. Und auf die Absperrdienste der Freiwilligen Feuerwehr Eichstätt-Stadt, die üblicherweise unter lautem Tatütata angefahren kam und damit alle Aufmerksamkeit auf den Tatort gelenkt hätte, hatte man unter den gegebenen Umständen verzichten können.

Der Spurensicherer schlüpfte in seinen weißen Schutzanzug, hängte sich einen Fotoapparat um und begann, vor den Augen der Kollegen den Schauplatz zu inspizieren und von allen Seiten im Bild festzuhalten. Schweigend verfolgten die anderen, wie abgebrüht und gleichzeitig hoch konzentriert er seine Arbeit erledigte. Aus einiger Entfernung waren das Blöken von Schafen und das Meckern von Ziegen zu hören. Ein Schäfer beweidete wohl irgendwo in der Nähe die Hangflanken des Altmühltals und hielt damit den ökologisch wertvollen Trockenrasen von Büschen und Bäumen frei.

»Können Sie uns die Leiche umdrehen?«, bat Morgenstern, als der Spurensicherer seine Arbeit weitgehend erledigt hatte.

Der Mann nickte, ging zu seinem Wagen zurück, holte eine Metallstange heraus, schob sie unter den Toten und hebelte ihn, der bislang mit dem Gesicht nach oben dagelegen war, sanft in Seitenlage.

Morgensterns Hoffnung, auf diese Weise einen wohlbehaltenen Geldbeutel in einer Gesäßtasche zu finden, gefüllt mit Personalausweis, Führerschein, Bank- und Krankenversicherungskarte sowie eventuell dem Hausausweis des Deutschen Bundestages und einer Mitgliedskarte der CSU, erfüllte sich wie durch ein Wunder: Die Rückseite des Körpers war beinahe unversehrt, und wie bei neunzig Prozent aller Männer steckte tatsächlich in der Gesäßtasche das Portemonnaie mit allen erwarteten Unterlagen – mit Ausnahme der Krankenversichertenkarte, die allerdings in diesem Fall definitiv nicht mehr benötigt wurde.

Der Spurenexperte, der die Geldbörse mit spitzen Fingern aus der Hosentasche gezupft hatte, verfolgte argwöhnisch, wie leichtfertig Morgenstern den Inhalt überprüfte.

»Er ist es. Freiherr von Westerstetten«, sagte Morgenstern schließlich. »Nikolaus Johann Albert Christoph von Westerstetten.« Er stutzte: »Geboren in Temeswar, Rumänien. Wie denn das?«

Er holte das Handy hervor, um Adam Schneidt in Ingolstadt zu informieren. Über dem Hexengedenkstein wölbte sich ein strahlend blauer Himmel.

Inspektionsleiter Manfred Huber erklärte sich zu Morgensterns riesiger Erleichterung bereit, zusammen mit ihm und Hecht nach Konstein zu fahren, um Westerstettens Frau gemeinsam die Todesnachricht zu überbringen. Huber hatte seit dem Morgen schon mehrfach mit der Dame telefoniert und nur mit Mühe verhindern können, dass sie sich direkt auf den Weg zum Unfallort im Wald machte. Sie wäre bei der Suche nach ihrem Mann gewiss keine große Hilfe, hatte Huber ihr klargemacht. Die aktuellen Entwicklungen, den Fund einer Leiche an ganz anderer Stelle, neun Kilometer vom Unfallort entfernt, hatte er ihr bisher verschwiegen.

Mit zwei Autos fuhren sie los. An der Henkerskapelle hielt Morgenstern kurz an, ließ die Scheibe herunter und sah sich um. Direkt unter dem gekreuzigten Heiland war eine kitschige Tafel abgestellt, ein Text in einem Bilderrahmen: »Immer wenn du denkst, es geht nicht mehr, kommt von irgendwo ein Lichtlein her …«

»O mei!«, sagte Morgenstern und fuhr weiter den holprigen Feldweg entlang. Am Lüftenhof bremste er erneut, und auch Huber, der vor ihnen fuhr, stoppte. Morgenstern stieg aus.

Neben dem Feldweg war meterhoch eine ganze Wand von rechteckigen Strohballen aufgestapelt. Die Getreideernte lag erst ein paar Wochen zurück. Morgenstern hob einen der Ballen hoch und legte ihn dann wieder an seinen Platz zurück.

»Ich wette, mit einem dieser Strohballen ist Westerstetten in Brand gesteckt worden«, sagte er, als er sich wieder ans Steuer setzte. »Einfach Stroh vom Wegesrand. Für mich stellt sich da die Frage: War das Zufall?«

»Und der Autounfall? War der auch Zufall?«, fragte Hecht.

»Man wird sehen.«

★★★

Das Ehepaar von Westerstetten wohnte in Konstein im Urdonautal, konkret in Konstein-Süd, einer gesichtslosen, lang gestreckten Siedlung, entstanden in den 1970er Jahren, als es im Dorf noch eine florierende Fabrik für Bleikristallglas gegeben hatte. Die Phönix-Glashütte war allerdings längst Vergangenheit, war mehrfach in Konkurs gegangen und hatte den Konsteinern nicht viel mehr hinterlassen als eine gewaltige Bodenverseuchung durch Schwermetalle. Wirklicher Ersatz für die weggebrochenen Arbeitsplätze hatte sich vor Ort nie gefunden, und so pendelten viele Menschen aus dem Urdonautal ins Audi-Werk nach Ingolstadt, wenn sie sich nicht beruflich zum nahen Schwaben hin orientierten – nach Monheim oder Donauwörth.

Die beiden Wagen hielten vor einem Haus, das in Immobilienprospekten wohl als »Villa« angepriesen worden wäre, auch wenn es sich im Wesentlichen um ein ganz normales Einfamilienhaus mit der obligatorischen Doppelgarage und einem aufwendig präparierten Garten mit kunstvoll beschnittenen Buchsbaumkugeln handelte.

Huber hatte noch nicht einmal an der Gartentür geläutet, da öffnete sich bereits die Haustür, und eine schmale junge Frau um die fünfunddreißig Jahre mit langen braunen Haaren kam heraus. »Wo ist er?«, rief sie schon von Weitem. Als sie aber die betroffenen Gesichter der drei Besucher sah, ahnte sie, dass hier eine Nachricht zu verkünden war, die sich fürs Telefon nicht geeignet hatte. »Mein Gott, ist ihm etwas passiert?«, fragte sie und wandte sich dabei direkt an Huber – der zum einen der Älteste war und zum anderen in seiner Uniform am eindeutigsten als Amtsträger firmierte.

Alle drei nickten synchron über die schmiedeeiserne Gartentür hinweg, und als die Frau sie endlich öffnete, drückte Huber ihr die Hand. »Wir sollten ins Haus gehen, Frau von Westerstetten«, sagte er sanft. »Wir haben leider schlechte Nachrichten für Sie.«

Sie gingen hintereinander ins Haus, setzten sich im Wohnzimmer in eine Couchlandschaft aus weißem Leder, und dann schilderte Huber, was sie bisher wussten. Cornelia von Westerstetten saß wie versteinert in einem Sessel und hörte zu. Tränen rannen über ihre Wangen.

Schluchzend berichtete sie, ihr Mann sei am Vorabend gegen achtzehn Uhr frohgemut aus dem Haus gegangen, um zu einer CSU-Kreisversammlung nach Hofstetten zu fahren. Eine ganz normale Versammlung der Delegierten aus dem Landkreis mit Jahresbericht, Kassenbericht, Kassenrevisorenbericht, Entlastung der Kreisvorstandschaft und allem, was es da sonst noch an langweiligen, aber unvermeidlichen Regularien gebe. Nikolaus von Westerstetten habe bei dieser Gelegenheit seinen üblichen »Bericht aus Berlin« erstattet, er habe den ganzen Nachmittag daran gefeilt und wollte seine Rede wie üblich völlig frei halten.

»Eine ganz normale Versammlung«, wiederholte Cornelia von Westerstetten. »Er hat mich sogar gefragt, ob ich mit ihm nach Hofstetten fahren will. Aber ich wollte nicht. Am Anfang habe ich ihn ein paarmal begleitet, weil ich dachte, dass ihm das hilft. Aber es war so langweilig, dass ich mir das bald erspart habe.«

»Wie lange war Ihr Mann denn schon im Bundestag?«, fragte Morgenstern.

»Es ist seine erste Amtsperiode. Er ist vor drei Jahren gewählt worden. Sein Vorgänger ist nach zwei Wahlperioden nicht mehr angetreten, und da schlug dann die Stunde von Nikolaus. Er hat das Direktmandat souverän erobert. Aber das ist hier in der Gegend nicht außergewöhnlich.«

»Haben Sie Kinder?«, fragte Hecht.

»Nein, leider nicht.«

»Erzählen Sie uns mehr über Ihren Mann«, bat Morgenstern.

»Wie war er so?«

»Wie er war? Er war ein Macher, ein Manager, er hatte Manieren. Er war gepflegt, ein begnadeter Redner. Er war witzig. Er konnte die Menschen überzeugen, von was auch immer. Er war der geborene Politiker.«

»Er stand wohl erst am Beginn seiner Karriere?«, vermutete Morgenstern. »So, wie Sie ihn schildern, war er zu Höherem berufen. Solche Leute schüttelt man nicht von den Bäumen.«

Die Frau schluchzte, dann erzählte sie weiter. »Er hat das alles von der Pike auf gelernt, hat in Heidelberg Jura und Politik studiert – und dann ist er in die Wirtschaft gegangen. Erst war er in Manching, dann in Donauwörth.«

»Manching«, fragte Morgenstern. »Was ist da?«

»Die Namen ändern sich alle paar Jahre. Aber der Kern ist immer der gleiche: Rüstungsindustrie. In Manching bauen sie Flugzeuge, in Donauwörth Hubschrauber.«

Manfred Huber pflichtete bei: »EADS, MBB und wie sie nicht alle geheißen haben. Aktuell gehört das meines Wissens alles zu Airbus.«

»Genau, Airbus Defence and Space«, sagte die Frau. »Mein Mann hat immer noch einen Beratervertrag. Ganz offiziell. Sie können das alles im Bundestagshandbuch nachlesen. Er hat nie einen Hehl daraus gemacht, dass er sich der deutschen Industrie verpflichtet fühlt.«

»Der Rüstungsindustrie«, sagte Morgenstern.

»Der Verteidigungsindustrie«, sagte die Frau, und Morgenstern hatte das Gefühl, als sei genau das die gängige Wortwahl des jungen, talentierten, ehrgeizigen Abgeordneten gewesen, der eines Tages in TV-Talkshows eloquent die Außen- und Sicherheitspolitik der Bundesrepublik Deutschland gegen vermeintlich kleingeistige, tendenziell linksgerichtete Querulanten verteidigt hätte, wenn nicht die vergangene Nacht seiner hoffnungsfrohen Karriere ein jähes Ende bereitet hätte.

Morgenstern entdeckte an einer Wohnzimmerwand einen in Goldrahmen gefassten Stammbaum: Ein aufgemalter Laubbaum, von Ast zu Ast versehen mit Namen und Jahreszahlen. Er stand auf, um sich das Werk näher anzusehen. Eiche, deutsche Eiche natürlich. »Stammbaum der Familie von Westerstetten«, stand dort.

»Das ist seine Linie, unsere Linie«, sagte Cornelia von Westerstetten. »Die Familie stammt aus dem kleinen Dorf Westerstetten im Schwäbischen, bei Ulm.«

»Da gab es doch diesen Hexenjäger«, verkündete Morgenstern pietätlos. »Der Hexenjäger von Westerstetten, Ihr Mann Nikolaus von Westerstetten, das Hexenmahnmal … Was ist da los?«

Die Frau stand auf und stellte sich ebenfalls neben die Ahnentafel. »Sehen Sie, das ist dieser Johann Christoph von Westerstetten. 1587 bis 1657. Stiftspropst in Ellwangen und Fürstbischof von Eichstätt. Der berühmteste Träger des Namens von Westerstetten.«

»Oder der berüchtigtste«, sagte Morgenstern.

»Aus unserer Sicht eher berühmt«, sagte die Frau. »Aber wie Sie sehen, ist die Hauptlinie schon vor Jahrhunderten erloschen. Eine winzige Nebenlinie hat sich gehalten. In Siebenbürgen, in Rumänien. Im frühen 18. Jahrhundert ist ein von Westerstetten dorthin ausgewandert.«

»Nach Transsilvanien«, sagte Morgenstern und stellte sich einen Verwandten des Fürstbischofs vor, der im Reich von Nosferatu und Dracula neue Wurzeln geschlagen hatte, in einer düsteren Burg hoch in nebelverhangenen Bergen.

»Gleich nach dem Fall des Eisernen Vorhangs ist mein Mann mit seinen Eltern nach Deutschland übergesiedelt, hierher ins Altmühltal. Er hat sich nie etwas aus seinem Adelstitel gemacht, aber es hat ihn ehrlich gesagt auch nicht gestört. Der Titel hat ihm den Zugang zu gewissen Kreisen erleichtert. Zuerst an der Universität, später auch in der Industrie. Er hätte bestimmt auch in den diplomatischen Dienst gehen können.«

»Stattdessen wohnt er hier in Konstein«, sagte Morgenstern.

»Das müssen Sie gar nicht so abschätzig sagen«, wies die Frau ihn zurecht. »Wir leben gerne hier. Die Landschaft ist herrlich, die Wälder und die Felsen und die Burgruinen erinnern meinen Mann an Siebenbürgen.«

Morgenstern fixierte die Ahnentafel genauer. Er hatte nicht viel

Erfahrung mit solchen Dingen. Seine eigene Familie, die Familie Morgenstern, hatte nie großen Wert auf Herkunft gelegt, die Erinnerung verebbte bereits bei der Großelterngeneration, alles, was davor lag, war Schall und Rauch.

Mit dem Finger verfolgte er die dünne Siebenbürger Westerstetten-Linie, bis er bei Nikolaus von Westerstetten, verheiratet mit der (bürgerlichen) Cornelia Bayerl, landete. Er hielt Ausschau nach weiteren Verästelungen. Da war nichts. »Sehe ich das richtig?«, fragte er sicherheitshalber. »Die Geschichte der Familie von Westerstetten endet mit Ihrem Mann?«

Cornelia von Westerstetten, geborene Bayerl, nickte. »Nikolaus war der letzte Westerstetten.«

Morgenstern tippte auf den Fürstbischof auf der Ahnentafel: »Hatte Ihr Mann jemals Ärger wegen dieses Vorfahren? Angeblich gibt es in Eichstätt seit einiger Zeit eine Kampagne rund ums Thema Hexenverfolgung.«

»Wir haben das nicht ernst genommen«, sagte die Frau und setzte sich wieder in ihren Sessel. »Es hat am Marktplatz vor ein paar Wochen eine Mahnwache gegeben. Das können Sie alles in der Zeitung nachlesen. Da sind ein paar Leute, die eine offizielle Entschuldigung fordern. Jeder soll sich entschuldigen: der Bischof, der Oberbürgermeister, der Landrat. Was soll denn das? Das ist doch alles schon so lange her. Was haben denn die Leute von heute mit den Dingen von damals zu tun?«

»Und Ihr Mann? Sollte der sich auch entschuldigen?«, fragte Morgenstern.

»Der sowieso. Der Name Westerstetten ist für diese Leute ein rotes Tuch. Nikolaus ist in einem offenen Brief aufgefordert worden, Reue zu zeigen. Stellen Sie sich das mal vor. Der Brief ging zuerst an die Zeitung, er selbst hat ihn erst ein paar Tage später bekommen. Mein Mann hat daraufhin einen Leserbrief geschrieben, in dem er den Fürstbischof verteidigt hat. Er sei eben ein Kind seiner Zeit gewesen, und er habe für seine Stadt und seinen katholischen Glauben damals im Dreißigjährigen Krieg auch viel Gutes getan. Er hat keine Antwort darauf bekommen.«

»Und was sind das für Leute, die sich so um die Hexen sorgen?«, wollte Morgenstern wissen.

»Überwiegend Auswärtige. Eine pensionierte Lehrerin aus Ingolstadt, dazu Leute aus Nürnberg, München, Augsburg. Aber es haben sich auch Eichstätter angeschlossen.«

»Das werden wir uns genauer ansehen«, versprach Morgenstern. Es läutete an der Tür. Das Kriseninterventionsteam des Malteser-Hilfsdienstes, von Manfred Huber bestellt, stand vor dem Gartentor. Zwei Männer mit dicken Rettungssanitäterjacken, dazu ein Herr im dunklen Anzug mit weißem Priesterkragen – der Dorfpfarrer. Cornelia von Westerstetten war, so hoffte Morgenstern, in guten Händen.

DREI

Nikolaus von Westerstettens Audi-Limousine stand immer noch so da, wie sie am frühen Morgen entdeckt worden war, etwa auf halber Strecke zwischen Hofstetten auf der Jurahöhe und Pfünz im Altmühltal. Ein metallicbraunes Wrack, das dreißig Meter vom Straßenrand entfernt an einer großen Fichte zum Liegen gekommen war.

Die gut ausgebaute Straße führte in großen Kurven ins Tal hinab, und in einer dieser Kurven hatte der Fahrer offensichtlich die Kontrolle über seinen Wagen verloren. Bremsspuren zeugten davon, dass Nikolaus von Westerstetten noch versucht hatte, das Auto in den Griff zu bekommen. Er war erst weit auf die linke Fahrbahn und dort sogar auf die Bankette geraten, dann hatte er den Wagen übersteuert und war auf der rechten Seite in den Wald gefahren, genauer gesagt: katapultiert worden, denn das Gelände fiel an dieser Stelle neben der Straße steil ab.

Hecht und Morgenstern stellten ihr Dienstauto an einem Forstweg ab und näherten sich dem Unfallwagen. Ein intensiver Duft nach Fichtennadeln lag in der Luft, Vögel zwitscherten.

»Ein ganz normaler Unfall«, sagte Morgenstern. »Mit den Airbags und diesem ganzen Kram ist das längst nicht mehr so dramatisch wie in meiner Jugend.«

»Aber du fährst immer noch mit deinem alten Land Rover durch die Gegend«, stellte Hecht spitz fest. »Der hat doch bestimmt gar nichts von den Segnungen der modernen Technik. Keinen Airbag, kein Antiblockiersystem, keine Knautschzone. Eher ein Traktor als ein —«

»Das waren noch Autos«, fiel Morgenstern ihm ins Wort. »Sogar die Königin von England fährt einen. Aber das ist Vergangenheit. Die Schufte haben doch tatsächlich die Produktion eingestellt. Jetzt halte ich meine alte Mühle umso mehr in Ehren. Eines Tages wird die als Oldtimer noch ganz viel wert sein.«

»Dann verkaufst du deine alte Karre und kaufst dir stattdessen ein Auto wie der Westerstetten – Zwölfventiler, Turbodiesel.«

»Und was hat es dem Westerstetten genutzt?«

»Um das zu beantworten, sind wir hier«, stellte Hecht fest. Der Wagen und seine unmittelbare Umgebung waren mit rot-weißem Trassierband abgesperrt. Oben auf der Straße hatte ein junger Polizeibeamter Station bezogen, um gegebenenfalls Schaulustige fernzuhalten. Am Auto selbst hatten sich schon vor der Ankunft der Kriminalbeamten die Spurensicherer zu schaffen gemacht. Sobald Hecht und Morgenstern sich mit eigenen Augen ein Bild von der Lage gemacht hatten, würde das Unfallauto geborgen werden. Morgenstern hatte bereits telefonisch einen Abschleppwagen mit Seilwinde organisiert, der das Wrack auf den Hof des Polizeipräsidiums bringen würde. Dort konnten dann die Experten der hauseigenen Werkstatt in Ruhe alles ganz genau unter die Lupe nehmen.

Morgenstern sah, dass alle Airbags ausgelöst hatten – wann, wenn nicht bei solch einem Unfall, sollten sie das auch tun? Die weißen, nach dem Aufprall sofort wieder erschlafften Luftpolster wirkten wie aufgeblasene Riesenkaugummis. Der Ballon, der auf der Fahrerseite wie ein Schachterlteufel aus dem Lenkrad explodiert war, war mit Blutspritzern übersät. Er hatte seine Pflicht offensichtlich brav erfüllt und Westerstettens Kopf abgefedert. Dass dabei das Nasenbein gebrochen oder Lippen blutig geschlagen wurden, dass Stirnadern platzten oder auch ein Zahn verlustig ging, war nicht zu vermeiden, aber doch ein überschaubarer »Personenschaden«, wie so etwas im Polizeibericht genannt wurde.

Die Autoscheiben waren ringsum gesplittert. Was war Nikolaus von Westerstetten bei diesem Unfall passiert? Wie schwer war er verletzt worden? Und wie um Himmels willen war er von hier nach Eichstätt gekommen?

Hecht und Morgenstern umrundeten das Wrack, Morgenstern blickte dann hinauf zur Straße und kniff die Augen zusammen.

»Wenn hier unten ein verunglücktes Auto liegt, ganz ohne Licht, ist es von der Straße aus fast nicht zu sehen«, sagte er.

»Deswegen hat man es ja auch erst heute früh gefunden, als es hell war, du Schlauberger«, gab Hecht zurück.

»Mal angenommen, du fährst hier in der Nacht den Berg runter und fährst das Auto an den Baum. Was würdest du machen?«

Hecht legte die Hand ans Kinn und dachte nach. »Möglichkeit eins: Ich habe großes Pech und bin tot. Jemand findet meine Lei-

che, obwohl man das Auto eigentlich nicht sehr gut sehen kann –
dann kann er mit meinem Vorzeigekörper machen, was er will.
Unfug aller Art.«

»Und was wäre deiner Meinung nach Möglichkeit Nummer
zwei?«

»Ich überstehe den Unfall mittelschwer verletzt, krabble aus
meinem Auto, gehe oder schleppe mich zur Straße hoch und warte
auf Hilfe.«

»Wir bräuchten einen Spürhund«, sagte Morgenstern. »Oder ich
mache mal selbst den Schnüffler. Ist doch eigentlich mein Job.«

Er ging mit langsamen Schritten, den Blick sorgsam auf den
Boden gerichtet, den Hang Richtung Straße hinauf. Es waren im
Laufe des Vormittags allerdings schon viele Menschen hier unterwegs gewesen, und Morgenstern wusste, dass nicht einmal mehr
die Fährtenleserqualitäten eines indianischen Waldläufers ernsthaft
etwas ausrichten konnten.

Er war so auf Spuren am Boden fixiert, dass er nicht merkte,
dass sich Hecht ebenfalls umschaute – mit erhobenem Haupt.

»Ich hab was«, sagte Hecht und deutete auf eine einzelne Fichte,
die zwischen Straße und Auto stand und wie durch ein Wunder
ungeschützt den immer heftiger werdenden Orkanen der vergangenen Jahre standgehalten hatte. Am Fichtenstamm, etwa in ein
Meter vierzig Höhe, war ein kleiner, weinrot glänzender Fleck zu
erkennen. Hecht tippte mit dem Finger darauf. »Blut«, sagte er.
»Das ist Blut.«

Morgenstern eilte stolpernd hinzu und sah sich den Fleck an.
»Das könnte von einer verletzten Hand sein«, sagte er. »Die Höhe
passt genau. Da hat sich jemand hier am Baumstamm festgehalten.«

»Westerstetten hat also noch gelebt«, sagte Hecht. »Und er ist
nicht den Boden entlanggekrochen, sondern den Hang hochge-
laufen. Die Spur ist eindeutig. Er hat sich vielleicht an der zersplit-
terten Autoscheibe geschnitten.«

»Das blutet wie Sau«, sagte Morgenstern pietätlos. »Ich habe mir
erst vor ein paar Wochen beim Spülen den Handballen an einem
Weißbierglas geritzt, du hättest mal sehen sollen, wie danach unsere
Küche ausgesehen hat.«

»Du Armer«, sagte Hecht.

Er ging zurück zur Straße in der Hoffnung, auf dem Asphalt

noch weitere Blutspuren zu entdecken. Aber da war nichts außer dem üblichen Zivilisationsmüll: Hamburger-Packungen aus Styropor, Cola-Becher mit und ohne Strohhalm, rote Pommes-Pappschachteln. Ganz offensichtlich befand man sich hier genau in jenem Korridor, in dem die Drive-in-Kunden des Eichstätter Fast-Food-Restaurants nach einer viertelstündigen Autofahrt ihre Mahlzeit verzehrt hatten und gewohnheitsmäßig ihren Abfall aus dem Wagen warfen. Dazu kamen leer getrunkene Underberg-Fläschchen, mit denen sich die Pegeltrinker der umliegenden Dörfer auf dem morgendlichen Weg zur Arbeit einsatzfähig gemacht hatten, alte Papiertaschentücher in allen widerlichen Stadien der Auflösung.

Morgenstern stellte sich interessiert neben Hecht – dann bückte er sich und pflückte mit spitzen Fingern eines der Taschentücher vom schmalen Seitenstreifen der Straße. »Was haben wir denn da?«, fragte er theatralisch.

»Ein altes Tempo, herzlichen Glückwunsch.«

»Falsch. Ein weißes Stofftaschentuch. Mit verkrustetem Blut.«

Damit war definitiv klar, dass der beim Autounfall verletzte Nikolaus Johann Albert Christoph von Westerstetten in der vergangenen Nacht auf der Straße gestanden war, um Hilfe zu suchen – und den Tod zu finden.

Die beiden Kommissare fuhren umgehend nach Hofstetten hinauf, zum Wirtshaus, in dessen Saal die CSU-Versammlung am Abend zuvor über die Bühne gegangen war. Die Wirtin konnte sich erinnern, dass Nikolaus von Westerstetten um kurz nach dreiundzwanzig Uhr losgefahren war. Die Versammlung hatte sich zu diesem Zeitpunkt bereits im Wesentlichen aufgelöst.

»Es haben ja alle noch einen weiten Weg heim«, sagte die Wirtin. »Die kommen bis drüben von Altmannstein und Mindelstetten und aus der anderen Richtung bis von Mörnsheim.« Sie deutete mit weit ausholender Geste nach Osten beziehungsweise Westen, um den Besuchern die schier endlosen Dimensionen des Landkreises Eichstätt zu demonstrieren. »Da schaut jeder, dass er früh genug loskommt, und ehrlich gesagt ist so eine Parteiversammlung ja auch nicht besonders unterhaltsam.«

»Hatte der Herr von Westerstetten etwas getrunken? Alkohol?«

»Ich weiß nicht, ob ich Ihnen das so einfach sagen darf, der Mann hat schließlich eine Privatsphäre.«

»Geben Sie sich einen Ruck«, flötete Hecht.

»Also gut – er hat sich sowieso zurückgehalten. Zwei leichte Gutmann-Weizen, einen Spezi und ein Haferl Kaffee hat er gehabt. Und gegessen hat er auch, Bratwürste mit Kraut. Da dürfte sich also nichts fehlen mit Alkohol. So viel leichtes Weißbier kann einer gar nicht trinken, bis er nicht mehr fahrtüchtig ist. Eher kriegt er Flöhe im Bauch. Die Mannsbilder von unserem Stammtisch haben da mal einen Versuch gemacht, als einer einen Alkomaten mitgebracht hat. Alle durften blasen, einen ganzen Abend lang. Eine Riesengaudi.«

»Der Herr Abgeordnete war also praktisch nüchtern.«

»Für bayerische Verhältnisse auf jeden Fall«, pflichtete die Wirtin bei und strich mit den Händen ihre weiße Schürze glatt. »Er hat sich am Schluss noch mit ein paar Leuten unterhalten, da war der Saal schon ziemlich leer, und dann ist er gegangen. Der Landrat war noch da, die Leute von der CSU-Geschäftsstelle in Eichstätt, die haben nämlich mit mir noch die Bierfilzl von den Ehrengästen abgerechnet. Aber seine Bratwürste hat der Westerstetten partout selbst bezahlen wollen. Ein feiner Mann. Und so gute Manieren. Wissen Sie was: Ich habe ihn bei der letzten Wahl auch gewählt.«

»Wen auch sonst?«, fragte Hecht, der sehr wohl um die politischen Mehrheitsverhältnisse im Herzen Bayerns wusste.

Hecht und Morgenstern fuhren ins Präsidium, um Schneidt Bericht zu erstatten und im Zusammenhang mit dem Tod des Abgeordneten einen Fahndungsaufruf zu formulieren: Gesucht wurden Autofahrer, die am Sonntagabend um kurz nach dreiundzwanzig Uhr zwischen Hofstetten und Pfünz unterwegs waren. Wer hatte auf der Straße einen Fußgänger gesehen? Hatte jemand bemerkt, dass ein Auto einen Fußgänger aufgelesen hatte? War jemandem zwischen dreiundzwanzig Uhr und Mitternacht ein Wagen aufgefallen, der auf einem Feldweg oberhalb von Eichstätt zwischen Lüften und den Wintershofer Steinbrüchen unterwegs war?

Was mit Nikolaus von Westerstetten genau geschehen war, wurde als »Täterwissen« ausdrücklich zurückgehalten. Das war vorerst ein Leichtes, denn es hatte sich herausgestellt, dass der Spaziergänger mit Hund, der die Leiche bei der Henkerskapelle gefunden hatte, ein pensionierter Polizeibeamter war – und so war es kein Problem für Adam Schneidt, den Mann bis auf Weiteres zu absolutem Stillhalten zu verpflichten.

Während all dies vereinbart und in die Wege geleitet wurde, lag Peter Hechts Katerchen Hagen auf Schneidts Schreibtisch und schaute dem Polizeidirektor mit großem Ernst beim Tippen auf der Computertastatur zu. »Es ist, als würde er jedes Wort verstehen«, sagte Adam Schneidt begeistert.

»Dann kann er also tagsüber hier im Präsidium sein?«, fragte Hecht vorsichtig.

»Ich bestehe sogar darauf«, gab Schneidt zurück. »So ein kleines, quirliges, fröhliches Lebewesen kann diesem Betrieb nur guttun. Ich habe deswegen schon mit meiner Frau telefoniert. Sie kauft in der Tierabteilung beim Dehner einen kleinen Katzenkorb. Weich gepolstert. Den stellen wir hier in meinem Büro auf.«

»Und das Katzenklo?«, fragte Hecht.

»Das kommt natürlich in Ihr Büro«, sagte Schneidt kurz angebunden. »Ist schließlich Ihr Kater. Und schauen Sie schleunigst, dass der kleine Racker sauber wird. Nicht dass mir unser Hagen noch aus Versehen auf die Couch pinkelt.«

***

Als Morgenstern am frühen Abend mit der Bahn nach Hause kam und die Treppe zu seiner Mietwohnung hinauffächzte, wartete Fiona schon auf ihn. Ausgehbereit und in einer Garderobe, die ihr Mann schon länger nicht mehr an ihr gesehen hatte. Zwei große goldene Ohrringe, einen bunten, langen Mantel aus Filz, darunter trug sie ein Batikkleid.

»Willst du nach San Francisco?«, fragte er leichthin und intonierte gleich mal: *»If you're going to San Francisco, be sure to wear some flowers in your hair …«*

Fiona war aber offenkundig nicht in der Stimmung für solche Scherze. »Ich gehe zum Marktplatz. Da ist jetzt eine Mahnwache. Das ist vorgestern in der Zeitung gestanden. Um halb sieben geht's los. Mir pressiert's also. Steh mir nicht im Weg.«

»Mahnwache? Was für eine Mahnwache?«, fragte Morgenstern verdutzt. »Tschernobyl-Jahrestag? Fukushima-Jubiläum? Solidarität mit Flüchtlingen?«

»Hexen«, sagte Fiona. »Hexenverfolgung im Altmühltal. Wir wollen endlich ein ordentliches Denkmal hier in unserer Stadt. An einem zentralen Ort. Wenn du mich jetzt bitte durchlassen würdest.«

»Äh, äh …« Morgenstern verschlug es für einen Augenblick die Sprache. Das konnte doch nicht wahr sein, dass ausgerechnet an dem Tag, an dem Nikolaus von Westerstetten neben dem steinernen Hexenhammer sein Leben gelassen hatte, auf dem Marktplatz demonstriert wurde. Was für eine Pietätlosigkeit.

Am liebsten hätte er Fiona an ihrem Hippie-Mantel gepackt, sie in die Wohnung zurückgeschoben und ihr bei einer Flasche Rotwein alles erklärt. Aber in diesem heiklen Fall galt oberste Diskretion. Es würde früh genug durchsickern, was mit dem unglücklichen Bundestagsabgeordneten geschehen war. Schwer zu glauben, dass sich die Medien, allen voran die Bluthunde von »Bild«, mit einem dünnen Pressebericht abspeisen lassen würden, in dem vor allem von einem »Verkehrsunfall mit Todesfolge« die Rede war. Dazu war der Abgeordnete in seiner kurzen Politikerkarriere bereits zu bekannt geworden.

Morgenstern, obwohl politisch wenig bewandert, hatte den Namen Nikolaus von Westerstetten am Spätnachmittag bei Google eingegeben und war auf eine Fülle von Zeitungsartikeln gestoßen, die weit über die Region Ingolstadt hinausführten: Westerstetten war in der ganzen Republik unterwegs gewesen, von Rostock bis Freiburg hatte er an verschiedensten Treffen teilgenommen, mal mit der Jungen Union, für die er als Vorzeige-Shootingstar galt, mal für außenpolitische »Freundeskreise« seiner Fraktion, in denen er mutmaßlich klug die unterschiedlichsten Ecken des Globus samt geostrategischen Hintergründen beleuchtete, von den USA bis zu den Golfstaaten. Hie und da hatte er auch Gastbeiträge für Zeitschriften verfasst, deren Namen Morgenstern nichts sagten.

Doch jetzt war seine Stimme für immer verstummt – und vielleicht nur wegen eines dummen Familiennamens und eines fernen Verwandten aus den Zeiten des Dreißigjährigen Krieges. Albern. Abstrus. Aberwitzig.

»Muss das wirklich sein, das mit den Hexen?«, fragte Morgenstern in einem bescheidenen Versuch, seine Frau aufzuhalten.

»Ja, das muss sein.«

Morgenstern dachte einen Moment nach. Er lauschte in die Wohnung, hörte die Kinder mit der Katze spielen und beschloss spontan: »Dann komm ich mit. Das will ich mir mal ansehen.«

»Muss das wirklich sein?«, fragte Fiona.

»Ja, das muss sein.«

So gingen sie zu zweit durch die abendliche Stadt zum Marktplatz, und es war mit Händen zu greifen, dass Fiona nicht begeistert von ihrem Begleiter war. Als er sich bei ihr unterhaken wollte, schüttelte sie ihn zweimal nacheinander ab, bis Morgenstern muffelig die Hände in die Hosentasche schob und damit bekundete, dass er jetzt wirklich beleidigt sei.

Auf dem Marktplatz plätscherte der Willibaldsbrunnen gemütlich vor sich hin – grüßend hob der grünspanige Bistumsgründer, der heilige Willibald, der hoch über dem Brunnenbecken thronte, seine bronzene Hand. Die Fensterbretter des rosarot gestrichenen Rathauses bordeten über von Blumenschmuck, die Caféterrassen waren gut gefüllt mit einheimischem Dämmerschoppenpublikum und Touristen. Das blanke Idyll also, eine Kulisse kurz vor dem Kitschverdacht – wäre da nicht in der Mitte des Platzes, im Epizentrum von Metzgereien, Zinngießerei, Hutgeschäft, Café, Rathaus, Hotel und Brunnen, eine Menschentraube mit drei Transparenten gestanden.

Die etwa dreißigköpfige Gruppe umringte im Halbkreis ein Meer von kleinen roten Grablichtern, es mussten mehrere hundert sein, schätzte Morgenstern. Auf den Transparenten, ganz klassisch aus alten Betttüchern gefertigt, stand in blutroter Farbe: »Hexenmahnmal jetzt!«, »Zeit für eine Entschuldigung, Herr Bischof!« sowie ohne weitere Erläuterung in Schreibschrift der Name »Veronika Ferber«.

Fiona kramte in ihrer gefilzten Umhängetasche mit einem aufgedruckten stilisierten Ammoniten und zog einen Dreierpack Grablichter heraus. Sie stellte ihre Kerzen zu den anderen und zündete sie umständlich mit Streichhölzern an. Dann gesellte sie sich zu mehreren Frauen ihrer Alterskohorte – zwei von ihnen hielten das »Ferber«-Plakat.

Wie es aussah, war da in letzter Zeit einiges an Mike Morgenstern vorbeigelaufen. Fiona hatte, obwohl sie noch nicht lange in Eichstätt waren, Anschluss an ihresgleichen gefunden. Soll heißen an ökologisch und feministisch bewegte Frauen verschiedenen Alters, von der Studentin bis zur Rentnerin, die unter dem Banner des Regenbogens für eine bessere und vor allem weiblichere Welt eintraten. Unter diesen Vorzeichen wusste Morgenstern, wo sein Platz war: Er trollte sich und schlenderte zum Streifenwagen der Polizeiinspektion Eichstätt, der vor der Eisdiele »Dolomiti« geparkt war. Vom Wagen aus behielten zwei Kollegen die Mahnwache im Auge. Morgenstern erkannte den dicken, gemütlichen Ludwig Nieberle.

»Servus, Mike, gehst du jetzt auch auf Hexen-Demo?«, fragte Nieberle.

»Eigentlich nur Fiona, meine Frau«, sagte er. »Fragt mich nicht, was in die gefahren ist. Aber jetzt will ich mir das mal anschauen. Ihr könnt euch denken, warum.«

Nieberle nickte. »Bis jetzt gibt es aber noch nicht viel zu sehen. Grablichter und Bettlaken.«

»Was hat es denn mit diesem Namen auf sich?« Morgenstern wandte sich zur Mahnwache um und kniff die Augen zusammen – er brauchte dringend mal eine Brille. »Veronika Ferber?«

»Ja mei, die Ferber war eine Hexe, die sie hier in Eichstätt verbrannt haben. Mehr weiß ich auch nicht. Vielleicht war sie die letzte – oder eine besonders berühmte. Anscheinend nehmen sie die als Paradebeispiel her.«

»Als Paradebeispiel wofür?«

»Für das, was damals alles schiefgelaufen ist in Eichstätt und Umgebung. Es muss hier ziemlich viele Frauen erwischt haben und ein paar Männer noch dazu. Aber wie sage ich immer: Schnee von gestern. Lasst die Toten ruhen.«

»Schnee von gestern«, echote Morgenstern. »Wenn's halt wahr wäre. Aber das kriegt momentan eine ganz unangenehme Aktualität. Wer hat eigentlich die Mahnwache angemeldet?«

Nieberle deutete aus dem Auto hinüber zur Gruppe. »Da drüben, die Frau mit dem schwarzen langen Kleid und der Habichtsnase. Das ist eine pensionierte Geschichtslehrerin aus Ingolstadt. Frau Dr. Bodenschenk, Anita Bodenschenk.«

»Hält sie auch eine Ansprache?«

»Normal schon, sie hat eine kleine Lautsprecheranlage dabei. Wir haben das ja schon einmal hier gehabt. Vor einem Dreivierteljahr.«

»Da waren wir noch in Nürnberg«, sagte Morgenstern wehmütig.

Es dauerte eine kurze Weile, bis sich knarzend die Stimme der Historikerin meldete. Sie las ihre Rede von einem Blatt Papier ab: »Meine sehr geehrten Damen und Herren, liebe Mitstreiterinnen und Mitstreiter. Ich freue mich, dass Sie heute hier so zahlreich zusammengekommen sind, um gemeinsam eines monströsen Verbrechens zu gedenken und gleichzeitig alle Verantwortlichen aus Staat und Kirche aufzurufen, sich endlich zu einer angemessenen Erinnerungskultur zu bekennen.«

Es gab Beifall, irgendwer hatte eine Trillerpfeife mitgebracht und bekundete damit lärmend seine Zustimmung.

»Ich weiß, dass es oben auf dem Berg, auf einer Ödfläche, einen Gedenkstein für die unschuldigen Opfer der sogenannten Hexenverfolgung gibt. Aber das ist nicht genug. Wir müssen die Erinnerung in die Mitte dieser Stadt holen. Hierher auf den Marktplatz oder auf den Domplatz oder auf den Residenzplatz.«

Wieder gab es Applaus, und Morgenstern sah mit Überraschung, dass seine Gattin sich von irgendjemandem die Trillerpfeife geborgt hatte und für einen beträchtlichen Teil des Radaus mitverantwortlich war.

Die pensionierte Lehrerin redete weiter: »Man hat mir gesagt, dass es in dieser Stadt bereits eine Straße gibt, die an die Hexen erinnert. Ich habe mir diese Straße angesehen.« Sie machte eine kunstvolle Pause. »Das Hexengässchen hinter dem Domplatz, kennen Sie es?«

Erwartungsgemäß gab es großes Kopfschütteln.

»Es ist eine winzige, schäbige Sackgasse, soweit ich das gesehen habe, mit einer einzigen Hausnummer. Ich sage: Wir brauchen ein echtes Denkmal, so wie es das Kriegerdenkmal auf dem Domplatz gibt. Und wie es im Kreuzgang des Eichstätter Doms eine Tafel gibt, in die alle Toten der Weltkriege eingeschrieben sind. Und wissen Sie, was mir aufgefallen ist: Gleich neben dieser Tafel findet sich der Grabstein für den Eichstätter Hexenjäger

Johann Christoph von Westerstetten, sein Epitaph, sein steinernes Porträt. Ganz unschuldig ist dieser Stein in die Wand eingelassen. Unkommentiert. Und wer vorbeikommt, den starrt dieser Schreckensbischof, dieser Fürst der Finsternis mit seinen bösen, toten Augen an.«

Eine schrille Frauenstimme rief: »Buuh!«

Verstärkt vom knarzenden Lautsprecher fuhr die Rednerin fort: »Der Hexenjäger hat seinen Platz für die Nachwelt gefunden. Aber wir alle miteinander werden dafür sorgen, dass auch seine unschuldigen Opfer ihren Platz in der Gesellschaft bekommen. Opfer wie die Bäckersgattin Veronika Ferber. Dafür treten wir ein. Wir werden nicht ruhen, bis es eine Veronika-Ferber-Straße gibt und ein würdiges, zentrales Mahnmal.«

»Aha«, sagte Morgenstern und begann dann, sich die Demonstranten genauer anzusehen. Natürlich waren da Fiona und ihre feministischen Gesinnungsgenossinnen. Aber es waren auch etliche ältere Herren gekommen und ein paar Jugendliche, Studentinnen und Studenten der Katholischen Universität. »Kennt ihr die Leute?«, fragte er Ludwig Nieberle.

»Die meisten«, gab der zurück. »Unsere Grünen-Stadträte sind dabei, die örtlichen Heimatforscher sind auch gekommen, ein paar Leute aus der Dompfarrei. Es sind meistens dieselben, die zum Demonstrieren gehen, ganz gleich, um was es geht. Der Otto Normalverbraucher geht bei uns erst zum Demonstrieren, wenn er persönlich betroffen ist. Wenn ein Windrad in die Nachbarschaft kommen soll oder eine Stromleitung. Dann werden die Leute rebellisch. Aber mit so einem Schmarrn wie dem hier«, er deutete auf die Mahnwache, »lockst du nicht viele Bürger hinterm Ofen vor.«

»Dann sind die alle nicht ganz normal, findest du?«

»Das hast jetzt du gesagt«, lachte Nieberle. »Ist ja immerhin deine eigene Frau dabei.«

Anita Bodenschenk hob noch einmal das Mikrofon. »Lassen Sie mich noch kurz einen Satz zu einem traurigen Ereignis sagen. Ich habe erfahren, dass der Abgeordnete Nikolaus von Westerstetten in der vergangenen Nacht bei einem Verkehrsunfall ums Leben gekommen ist. Sie wissen, dass der Abgeordnete und ich in der Vergangenheit nicht immer einer Meinung waren – ich hätte mir von ihm mehr Verständnis für unser Anliegen erhofft und habe das auch öffentlich bekundet. Ich würde lügen, wenn ich sagen würde, dass mir das im Nachhinein leidtut. Aber ich bedaure jeden Menschen, der so jung aus einem hoffnungsvollen Leben gerissen wird, aus seinen Träumen, seinen Wünschen. Ein Mensch, dessen Lebensfaden gerissen ist, dessen Flamme zu früh erloschen ist.«

Unter den Zuhörern machte sich Betroffenheit breit. Manche falteten sogar die Hände.

Anita Bodenschenk machte eine lange Pause, fast schon eine Schweigeminute. Dann fuhr sie mit lauter Stimme fort:»Denken wir heute also auch an Nikolaus von Westerstetten, mit dessen Hinscheiden die Familie von Westerstetten erloschen ist. Gedenken wir all der vielen hundert Menschen, deren Hoffnungen und Träume einst auf ganz andere Weise beendet wurden.«

»Die Frau hätte das Zeug zur Pfarrerin«, sagte Ludwig Nieberle.

»Eher zur Demagogin«, kommentierte Morgenstern. Und fragte sich, woher Bodenschenk wusste, dass Westerstetten der Letzte seines Namens war.

Die Versammlung begann sich aufzulösen. Die Frauen rollten ihre Stofftransparente zusammen, irgendwer packte die kleine Lautsprecheranlage in einen Pappkarton. Manche schlenderten zur Eisdiele, um sich nach getaner Protestarbeit drei Kugeln Vanille-Schoko-Erdbeere zu gönnen. Zurück blieben nur noch die vielen, vielen angezündeten Kerzen – deren Effekt um diese Uhrzeit bei schönstem Sommersonnenschein allerdings verrauchte.

Die Kerzen waren eindrucksvoll zu zwei großen Zeichen geformt: Das eine war ein Kreis mit vier zum Mittelpunkt hin ausgerichteten Linien – das gute alte Peace-Zeichen. Das andere hielt Morgenstern zunächst für einen großen Davidstern. Aber was hatte die Judenverfolgung mit den Hexen zu tun? Bis ihm klar wurde, dass es sich in Wahrheit um einen aus rund zweihundert Grablichtern bestehenden Drudenfuß handelte.

Die Organisatorin hatte vor Beginn der Mahnwache die Umrisse sorgfältig mit weißer Kreide aufs Marktplatzpflaster gemalt, was bei einem Drudenfuß, soweit Morgenstern sich nun dunkel erinnerte, ohne ein einziges Absetzen möglich war – wie beim »Haus vom Nikolaus«. Man musste nur eine gewisse Übung darin haben.

Anita Bodenschenk, die noch eine Weile mit etlichen Unterstützerinnen gesprochen hatte, kam auf den Streifenwagen zu. Sie warf einen skeptischen Blick auf Mike Morgenstern, stufte ihn dabei – korrekterweise – als Polizeibeamten in Zivil ein und wandte sich an Ludwig Nieberle. »Wir würden die Kerzen gerne stehen lassen. Ist das in Ordnung?«

Nieberle wog nachdenklich den Kopf, entschied sich dann aber für die Freund-und-Helfer-Variante der Staatsgewalt. »Von mir aus. Aber morgen früh müssen sie abgeräumt sein. Morgen ist hier auf dem Platz Wochenmarkt, der ist diesmal auf den Dienstag vorverlegt worden. Die ersten Gemüsehändler kommen schon um sechs Uhr in der Früh und bauen ihre Stände auf.«

»Bis dahin ist alles wieder weg«, versprach Anita Bodenschenk. »Sie können sich darauf verlassen.«

»Und uns wäre es ganz recht, wenn Sie den heiligen Willibald in Zukunft in Frieden lassen«, fügte Nieberle hinzu und deutete auf den Bistumspatron hoch auf dem Marktplatzbrunnen. Irgendjemand hatte es während der Ansprache mit einer kleinen Kletteraktion geschafft, der überlebensgroßen Bronzestatue eine zerschlissene Fahne in Regenbogenfarben in die Hand zu drücken.

»Ist doch ganz hübsch«, sagte Bodenschenk.

»Das sagen die Fußballfans auch immer, wenn Deutschland Weltmeister geworden ist. Dann trägt der Willibald eine Deutschlandfahne. Aber wenn bei so einer Aktion der Bischofsstab verbogen wird, weil ein besoffener Spaßvogel nicht aufgepasst hat, dann will es auf einmal keiner gewesen sein. Also gut, wer räumt dieses ganze Zeug morgen früh auf?«

Nieberle setzte eine Amtsmiene auf, zückte einen kleinen Block und einen Kugelschreiber und schaute Bodenschenk erwartungsvoll an. »Ich brauch einen Namen, damit ich weiß, an wen wir uns halten können, wenn's nicht klappt.«

»Die Fiona«, sagte die Frau mit der Habichtsnase. »Das macht die Fiona. Ich habe vorher kurz mit ihr drüber gesprochen. Aber fragen Sie mich jetzt bitte nicht nach ihrem Nachnamen.«

»Morgenstern«, brummelte Mike Morgenstern mit einem Gesichtsausdruck, als habe er in eine Zitrone gebissen.

»Ach, das ist das Schöne an solchen Kleinstädten. Da kennt

wirklich jeder jeden, wahrscheinlich schon seit Generationen«, sagte Bodenschenk und versuchte sich – vergeblich – an einem Lächeln für den unbekannten Zivilpolizisten in seinen machohaften Cowboystiefeln.

»Wenn Sie das sagen«, meinte Morgenstern knapp und machte keine Anstalten, die wahren Familienverhältnisse aufzuklären. Und Ludwig Nieberle tat es auch nicht.

VIER

Am nächsten Morgen piepste der Wecker im Morgenstern'schen Schlafzimmer bereits um fünf Uhr. Fiona schlüpfte so geräuschlos wie möglich in ihr Hippie-Kleid, aber ihr Mann war dennoch hellwach. Die kleine Katze, von den Kindern auf den Namen Lotta getauft, hatte nicht wie erhofft in ihrem eigens gekauften Körbchen still geruht, sondern sich nach einigem Maunzen erneut beim Familienvorstand breitgemacht. Erst hatte sie sich – wie ein Alb – auf Morgensterns Brust gelegt, später dann an die Füße des Hausherrn gekuschelt.

Die Nacht war also ziemlich unruhig verlaufen, und so schwang sich Morgenstern aus dem Bett und sah aus dem Fenster. Im Tal lag dicker Nebel.

»Willst du zum Marktplatz mitkommen?«, fragt Fiona.

»Nein danke, gestern Abend hat mir gereicht. Ich kümmere mich lieber um unsere Lotta. Und überhaupt weiß ich wirklich nicht, was das alles soll. Hexen – Mann, hätt ich Probleme.«

»Du wirst doch nicht mit mir streiten wollen?«

»Nein, das fehlte noch. Du gehst zum Marktplatz und bläst die letzten Kerzen aus. Ich füttere die Katze und lese schon mal die Zeitung. Setzt du uns noch schnell einen Kaffee auf, bevor du rausgehst?«

Krachend fiel die Schlafzimmertür ins Schloss.

Morgenstern sah Lotta fragend an: »Frauen! Ob wir sie wohl jemals verstehen werden?«

Lotta maunzte.

Natürlich kochte Morgenstern umgehend eine viel zu große Kanne Kaffee, deckte den Tisch und breitete die aktuelle Ausgabe des »Eichstätter Kurier« aus, die er aus dem Briefkasten geholt hatte. Dann fütterte er das Kätzchen entgegen allen gut gemeinten Ratschlägen mit einer Schale Milch.

Fiona kam mit einer großen Plastiktüte voll abgebrannter Grablichter zurück. »Die Fahne habe ich dem heiligen Willibald gelassen. Da bräuchte man eine Leiter«, sagte sie. »Außerdem finde ich es ganz witzig.«

»Die wird der städtische Bauhof dann schon runterholen«, sagte Morgenstern, wohl wissend, dass andernfalls er selbst von seiner Frau dienstverpflichtet werden würde.

»Mir ist da draußen etwas aufgefallen«, sagte Fiona, als sie ihre Jacke an die Garderobe hängte. »In der Stadt sind an allen Ecken so kleine gelbe Aufkleber hingepappt. Rat mal, was draufsteht.«

»Wie soll ich da draufkommen? Gelbe Aufkleber? FDP?« Wobei sich Morgenstern nicht vorstellen konnte, dass sich hier in der Stadt jemand für die schwächelnde liberal-demokratische Partei so ins Zeug legen wollte.

»Nein. Veronika Ferber. Der Name Veronika Ferber. Weiß auf gelbem Grund. Rechteckige Aufkleber. Die hängen seit heute Nacht an jeder zweiten Straßenlaterne, an jedem dritten Verkehrsschild. Nicht zu übersehen.«

»Veronika Ferber. Wer war das gleich wieder?«

»Da hatten wir gestern Abend dieses Plakat. Veronika Ferber war eine bekannte Eichstätter ›Hexe‹.« Fiona malte beim Wort »Hexe« zwei imaginäre Anführungszeichen in den Flur.

»Da waren wohl heute Nacht noch ein paar von eurer Bande schwer unterwegs. Hoffentlich hast du dich nicht heimlich rausgeschlichen.« Morgenstern grinste.

Aber Fiona blickte nachdenklich. »Ich hätte vielleicht schon mitgemacht. Aber ich weiß von nichts. Davon war gestern Abend keine Rede.«

»Schwamm drüber. Ich habe für uns Kaffee gekocht. Stell dir einfach vor, heute wäre Internationaler Frauentag.« Säuselnd fing Morgenstern zu singen an: »Der Kaffee ist fertig ... Klingt das net unheimlich zärtlich?«

Fiona stempelte ihren Gatten mit einem einzigen, frostigen Blick als hoffnungslosen Fall ab. »Jeder Tag ist Frauentag«, sagte sie kurz angebunden. »Ich hoffe, du weißt, was das bedeutet.«

*＊＊

Dr. Anita Bodenschenk, pensionierte Gymnasiallehrerin für Deutsch, Geschichte und Sozialkunde, wohnte in der Ingolstädter Altstadt. Am Unteren Graben. In einem der kleinen, schmalen Häuschen, die sich dicht an dicht direkt an die Innenseite der alten, aus Backsteinen errichteten Stadtmauer schmiegten. Auf der Außenseite der Stadtmauer hatten die Häuser, wenn ihre Eigentümer Glück hatten, winzige Gärten, Oasen mitten in der geschäftigen Großstadt.

Hecht und Morgenstern hatten einen kurzen Weg zu Bodenschenks Anwesen. Vom Polizeipräsidium waren es nicht mehr als ein paar Steinwürfe zum Unteren Graben, und in mancher Mittagspause war Morgenstern schon durch die schmale Gasse geschlendert, mit einem vor Joghurtsoße triefenden Döner in der Hand, den er sich in der Harderstraße gekauft hatte. Hecht hatte den Besuch gleich am Morgen telefonisch angekündigt – und Bodenschenk hatte gebeten, am besten so rasch wie möglich vorbeizukommen. Sie habe, wie alle Rentner und Pensionisten, wenig Zeit. Sie wolle noch am Vormittag nach Eichstätt, ins Diözesanarchiv.

Hecht klingelte an der Tür, und Bodenschenk öffnete umgehend, als habe sie direkt neben dem Eingang auf ihre Besucher gewartet. Sie bat die beiden in ein Wohn- und Arbeitszimmer, dessen Wände gesäumt waren von Billy-Regalen, vollgestellt mit Hunderten von Büchern. Auf einem niedrigen Couchtisch lagen Zeitschriften wie »Geo Epoche – Der Dreißigjährige Krieg« und die Süddeutsche Zeitung.

Die beiden Ermittler wurden in tiefen, mit beigem Stoff bezogenen Sesseln platziert. Anita Bodenschenk setzte sich, nachdem sie aus der Küche eine bereits vorbereitete Kanne Schwarztee, drei Tassen, ein Glas mit Honig und zwei Zitronenhälften gebracht hatte, auf ein Sofa.

»Was kann ich für Sie tun?«, fragte sie, nachdem sie allen eingegossen hatte.

»Wir wüssten gerne, Frau Dr. Bodenschenk, was für eine Beziehung Sie zu Herrn von Westerstetten hatten«, sagte Hecht und drückte den Saft einer halbierten Zitrone in seine Tasse. »Ich habe es Ihnen am Telefon schon gesagt: Wir ermitteln in dieser Sache. Und es ist kein Geheimnis, dass Sie sich in der vergangenen Zeit auf unseren Bundestagsabgeordneten eingeschossen hatten. Wie mir mein Kollege, Oberkommissar Morgenstern, erzählt hat, haben Sie das erst gestern Abend bei der Mahnwache auf dem Eichstätter Marktplatz angesprochen.«

Bodenschenk rührte in ihrer Teetasse und wandte sich Morgenstern zu. »Dann haben Sie auch gehört, Herr Oberkommissar, dass ich den Tod von Herrn von Westerstetten sehr bedauere.«

Morgenstern nickte. »Aber ich habe nichts damit zu tun. Deswegen sind Sie ja wohl hergekommen. Um mich genau danach zu fragen. Da müssen wir auch gar nicht lange um den heißen Brei herumreden, nicht wahr?«

»Korrekt«, sagte Morgenstern. »Also: Ganz konkret, gleich mal zum Warmwerden: Wo waren Sie am späten Sonntagabend, etwa ab zweiundzwanzig Uhr dreißig?«

Bodenschenk dachte einen kurzen Moment nach und beugte sich dann weit nach vorn. »Ich war hier. Genau hier auf diesem Sofa. Ich habe meine Ansprache für die Eichstätter Mahnwache vorbereitet. Und ich habe an einem Aufsatz über dieses Thema gearbeitet.« Sie zog das blaue Geo-Epoche-Heft zu sich heran. »Die Geo-Redaktion in Hamburg plant ein Sonderheft über die Hexenverfolgung. Ich bin gebeten worden, einen Beitrag über das Fürstbistum Eichstätt zu verfassen. Eine große Ehre, aber auch viel Arbeit.«

»Wieso ausgerechnet Eichstätt?«, fragte Hecht. »Und wieso ausgerechnet Sie? Ist das nicht eher ein Fall für einen Forscher an der Uni, an der Katholischen Universität in Eichstätt? Eine Professorin?«

»Ach, die Wissenschaftler von der Uni haben andere Sorgen. Die konzentrieren sich auf Fachzeitschriften, denen ist eine Zeitschrift wie Geo viel zu populär. Dieser Hochmut ist ein altes Leiden unter deutschen Historikern, da sind uns die Kollegen aus dem angelsächsischen Raum um Lichtjahre voraus. Die machen aus historischen Themen Bestseller.« Sie nahm vorsichtig einen Schluck Tee.

»Es gibt auch nicht viele in Deutschland, die sich auf das Thema Hexenverfolgung spezialisiert haben. Ein wirklich unerfreuliches Thema. Wer in den Originalquellen liest, in den alten Verhörprotokollen, der braucht starke Nerven.«

»Sie haben diese starken Nerven?«, fragte Morgenstern.

Bodenschenk setzte ein bittersüßes Lächeln auf. »Ich denke doch. Obwohl: Manchmal wird es auch mir zu viel. So viel Gemeinheit, so viel Niedertracht. So viel Bösartigkeit. Man kann es manchmal nicht fassen, was diesen armen Frauen angetan worden ist. *Homo homini lupus.*«

»Wie bitte?«

»Der Mensch ist dem Menschen ein Wolf. Hat der große englische Philosoph Thomas Hobbes erklärt. Übrigens zur selben Zeit, als hier in Eichstätt überall die Scheiterhaufen brannten. Und er hat daraus gefolgert, dass es ein Gleichgewicht der Mächte geben muss, damit sich die Menschen gegenseitig in Schach halten können. Ein Demokratiekonzept, geboren aus einem durch und durch pessimistischen Menschenbild. Der Mensch an sich ist böse. Mögen Sie vielleicht ein paar Kekse zu Ihrem Tee?«

»Danke, gerne.« Morgenstern hatte noch nichts gegessen an diesem Vormittag, für seine übliche Nussschnecke vom Bäcker war keine Zeit gewesen.

Bodenschenk stand auf, ging in die Küche und kam wenig später mit einem Teller voller Kekse zurück. Staubtrockene Dinkeltaler aus dem Bioladen, wie sich rasch herausstellte. Der hungrige Morgenstern hatte sich zwei Kekse unmittelbar nacheinander in den Mund gesteckt und schob den krümeligen Klumpen lange im Mund hin und her. Er spürte die Spelzen auf der Zunge und schmeckte nur eine minimale Süße von Honig – weißer Zucker galt in Anita Bodenschenks Haushalt anscheinend als Teufelswerk. Morgenstern mümmelte wie ein Hase.

»Zurück zu Sonntagabend«, sagte er, als er die Kekse schließlich hinuntergewürgt hatte.»Kann jemand bestätigen, dass Sie hier waren? Leben Sie allein?«

»Ich bin Witwe. Mein Mann ist schon vor zehn Jahren gestorben. An Krebs, Lungenkrebs, wie so viele. Er war Raucher. Seitdem lebe ich allein hier. Ich bin viel unterwegs, bei kulturellen Veranstaltungen in Ingolstadt, ich habe ein Abo fürs Stadttheater, ich besuche Vernissagen, bin bei den Konzerten des Georgischen Kammerorchesters. Aber am Sonntagabend stand nichts auf dem Programm. Ich habe mich gegen Mitternacht schlafen gelegt. Und um kurz nach sechs Uhr bin ich aufgestanden. Ich brauche nicht viel Schlaf.«

»Was fahren Sie eigentlich für ein Auto?«, wollte Hecht wissen und griff sich erneut einen der Kekse, mit denen er wesentlich besser zurechtkam als sein Kollege – er träufelte sich beiläufig ein wenig Honig darauf.

»Nichts Besonderes. Ich fahre die meisten Strecken mit dem Zug, müssen Sie wissen. Ich habe lange überlegt, ob ich überhaupt einen Wagen brauche. Hier in der Ingolstädter Altstadt macht das bloß Probleme, man findet kaum einen Stellplatz. Jetzt fahre ich einen kleinen Franzosen. Einen Peugeot. Er steht draußen auf der Straße.«

Morgenstern stand auf, aber nicht um aus dem Fenster nach dem Wagen zu sehen, sondern um die Privatbibliothek von Anita Bodenschenk näher zu betrachten.

»Sie werden nicht viel über Hexen finden«, warnte ihn die Hausherrin. »Es gibt nicht viele Bücher, die da tiefer einsteigen. Kein Stoff, mit dem man sich gerne abgibt. Die zwanzigste Wallenstein-Biografie, kein Problem. Gustav Adolf, immer gern genommen. Aber nach einem ehrlichen, tiefschürfenden Buch über Fürstbischof Johann Christoph von Westerstetten können Sie lange suchen.«

Sie stand auf und stellte sich neben Morgenstern vor eines der weißen Ikea-Regale. »Aber sehen Sie, was ich hier habe.« Sie zog ein dickleibiges Buch heraus. »Der Hexenhammer. Dritter Teil. Ich habe ihn vor vielen Jahren auf einem Flohmarkt gekauft. Kennen Sie den Hexenhammer?«

Morgenstern erinnerte sich an das Motiv des Mahnmals hoch über Eichstätt. Am ehemaligen Richtplatz. »Hab davon gehört«, nuschelte er.

»Der Hexenhammer ist eigentlich ein dreibändiges Werk, und Teil drei ist eine Gebrauchsanleitung zur systematischen Hexenverfolgung«, dozierte Bodenschenk jetzt. »Er ist im Jahr 1487 erschienen und erklärte den Inquisitoren genau, wie sie vorzugehen hatten. Von da an war es, als ob alle Dämme gebrochen wären.«

Sie drückte Morgenstern den Wälzer in die Hand. Er blätterte mit leichtem Gruseln in dem Buch, das Unglück über so viele unschuldige Menschen gebracht hatte. Ein muffiger, schimmliger Geruch stieg von den Seiten auf. Reflexartig musste Morgenstern niesen.

»Ich muss Sie warnen, Herr Oberkommissar. Dieses Thema kann einen ganz schön deprimieren. Ich selbst werde davon manchmal richtig wütend.«

»Das war gestern bei Ihrer Kundgebung nicht zu überhören.« Morgenstern klappte das Buch wieder zu: Er konnte es nicht glauben, dass ein über fünfhundert Jahre altes Buch heute noch Menschen zur Weißglut treiben konnte. Hatten die Leute keine anderen Sorgen?

Es schien, als ob Anita Bodenschenk seine Gedanken lesen könnte, vielleicht war sie aber einfach auch nur eine gute Beobachterin, die aus dem heftigen Klappen der Buchdeckel ihre Schlüsse zog. »Sie halten das alles für überflüssigen Quatsch, habe ich recht? Sie glauben, dass das alles so lange her ist, dass es uns moderne Menschen nichts mehr angeht?« Sie nahm Morgenstern das Buch aus der Hand und schob es ruppig ins Regal zurück.

»Meine feste Überzeugung ist: Geschichte kann sich wiederholen. Wer seine Vergangenheit nicht kennt, der hat auch keine Zukunft. Und wer nicht bereit ist, sich mit seiner Geschichte auseinanderzusetzen, der ist dazu verdammt, sie noch einmal zu durchleben.«

Ähnlich hatte sie das auch schon in ihrer Rede am Eichstätter Marktplatz formuliert, und Morgenstern war es dort schon nicht besonders originell vorgekommen. Sein Eindruck war, dass er das alles schon bei unzähligen Reden gehört hatte, vorzugsweise bei Kranzniederlegungen am Volkstrauertag, denen er als junger Bereitschaftspolizist vor vielen Jahren als Mitglied einer »Ehrenwache« beigewohnt hatte – was tat man nicht alles für einen Tag Sonderurlaub. Da war es dann immer um den Nationalsozialismus gegangen, mit dem man sich gar nicht genug auseinandersetzen könne. Aber eine Jagd auf Hexen? Damit musste im 21. Jahrhundert nun wirklich niemand mehr rechnen.

»Ich habe nicht gemerkt, dass in neuerer Zeit irgendwelche Frauen als Hexen verfolgt wurden – oder ist mir da was entgangen?«, bemerkte er spitz. »Der Tod von Nikolaus von Westerstetten, den Sie zuvor persönlich angegriffen hatten, ist aber sehr wohl traurige Realität. Und deswegen sind wir bei Ihnen.« Er deutete auf das Bücherregal mit dem »Hexenhammer«. »Nicht wegen irgendeines alten Buches mit giftigem Inhalt. Wir sind hier nicht beim ›Namen der Rose‹.«

»Obwohl da auch eine Hexe auf dem Scheiterhaufen verbrannt wird«, schaltete sich Hecht ein. »Ich hatte den Film mal auf Video, aber dann ging der Rekorder kaputt, und da habe ich alle Kassetten weggeworfen. Gibt ja bloß noch DVDs heute.«

»Ich würde schon gern mal wissen, was Sie eigentlich gegen Nikolaus von Westerstetten persönlich hatten«, legte Morgenstern nach. »Ich versteh das einfach nicht. Es kann doch keiner was für seine weit entfernten Vorfahren. Wenn's so wäre, müssten wir uns alle ununterbrochen voreinander entschuldigen. Ich mich bei Ihnen, Sie sich bei mir – wegen Dingen, an die sich längst keiner mehr erinnert.«

Bodenschenk seufzte tief und setzte dann eine Miene auf, die sie wohl in ihrer Zeit als Lehrerin verinnerlicht hatte: als müsse sie einem Schulbuben schon zum dritten Mal am selben Vormittag das kleine Einmaleins vorbeten.

»Es ist ja nicht der Name Westerstetten allein, Herr Morgenstern, auch wenn Sie anscheinend glauben, dass Namen nur Schall und Rauch sind. Aber bei Herrn von Westerstetten kommt noch mehr hinzu.« Sie setzte sich wieder an den Teetisch, und Morgenstern nahm neben ihr Platz. »Wissen Sie, was Westerstetten gearbeitet hat?«

»Ja klar. Er war im Bundestag, und da ist er auch in ein paar Ausschüssen gesessen. Ich hab das gestern Nachmittag erst nachgelesen.«

Geistesabwesend nahm er sich noch einen der Dinkelkekse. Er tauchte ihn in seine Teetasse ein, verfolgte, wie sich das trockene Backwerk vollsaugte, und schob sich das schlabbrige Ding schließlich in den Mund. Die Hälfte davon brach allerdings zuvor ab und platschte auf Bodenschenks weißen Teppich. Mit einem Taschentuch versuchte Morgenstern, das Malheur zu beheben, doch es blieb ein hässlicher dunkelbrauner Fleck zurück.

Bodenschenk sah Morgenstern tadelnd an. »Das hat jetzt schon fast etwas Symbolisches«, sagte sie dann. »Westerstetten war überall da, wo Deutschland keine weiße Weste hat. Er war da, wo sich unser Land die Finger dreckig macht mit dubiosen internationalen Geschäften. Er war Mitglied in der Deutsch-Arabischen Gesellschaft, er war für die Kontrolle des Außenhandels mit zuständig. Er hat Waffengeschäfte arrangiert. Er war ein Mann der deutschen Waffenindustrie. Wenn Sie so wollen, war er ein Waffenhändler. Und Sie dürfen sicher sein, dass er gut daran verdient hat.«

»Er hat kein Geheimnis daraus gemacht«, sagte Hecht. »Mit seinem Beratervertrag für Airbus Defence und der Sache mit Arabien ist er offen umgegangen.«

»Für mich war er ein Händler des Todes«, sagte die Pensionärin knapp. »Ein Mann ohne Moral.«

»Das geht mir jetzt zu weit«, meinte Morgenstern. »Und vergessen Sie nicht: Die Gegend hier lebt zumindest zum Teil vom Bau von Flugzeugen und Hubschraubern.«

»Und von Raketen«, pflichtete Hecht bei. »Wir haben bei uns in Schrobenhausen das Werk für Lenkflugkörper. Da ist es immer gut, wenn Leute wie der Abgeordnete Westerstetten ein Auge drauf haben. Sonst kommen die Franzosen und die Spanier und all die anderen und nehmen uns die Butter vom Brot. Von den Amerikanern rede ich da noch gar nicht. Da geht es um Tausende von Arbeitsplätzen. Wir können schließlich in Schrobenhausen nicht alle bloß vom Spargelanbau leben.«

Bodenschenk atmete tief durch. »Da muss man sich nicht wundern, dass es in dieser Gegend schon seit Jahren mit der Friedensbewegung den Bach runtergeht. Ich weiß noch, wie wir in den achtziger Jahren hier große Ostermärsche veranstaltet haben. Gegen die Aufstellung von Pershing-Raketen in Oberstimm und sogar in Eichstätt drüben, bei einem einsamen Gutshof auf der Jurahöhe. Ich war immer in vorderster Reihe mit dabei. Und heute kümmert das alles niemand mehr. Es ist zum Verzweifeln. Ich höre immer bloß Arbeitsplätze, Arbeitsplätze, Arbeitsplätze. Wir sind ein Land ohne Moral geworden.«

Morgenstern schien es, als sehne sich Anita Bodenschenk nach der Zeit des Kalten Krieges zurück, als die Feindbilder noch eindeutig waren – und John Lennon noch nicht auf offener Straße erschossen worden war. Als die Grünen jung und unschuldig waren – und die CSU in Bayern unter Führung von Franz Josef Strauß tiefschwarz. Das musste eine gute Zeit für Bodenschenk gewesen sein.

Was für ein Wandel: Heute musste man sich als alternativ gesinnter Mensch mit der mühsamen Kosten-Nutzen-Rechnung für Windkraftanlagen herumschlagen, mit der Frage, ob bei menschenverachtenden islamischen Terroristen Gandhis Prinzip der Gewaltlosigkeit an seine Grenzen stieß. Und nicht zuletzt, ob man im Altmühltal nicht dringend ein neues Mahnmal für verfolgte Hexen brauchte.

Immerhin: Die sogenannten »Stolpersteine« für die im Dritten Reich ermordeten Juden hatten durch einstimmigen Stadtratsbeschluss ihren Platz im Straßenpflaster der Eichstätter Altstadt gefunden. Ein Projekt, das Gymnasiasten im Rahmen des Unterrichts durchgesetzt hatten.

Morgenstern beschloss, dass er fürs Erste genug hatte von dieser seltsam unfrohen Frau mit ihren dünnen, langen Armen, behängt mit klimpernden Armreifen wie bei einer in die Jahre gekommenen Flamencotänzerin. Er nickte Hecht zu – Aufbruch. Sie erhoben sich vom Tisch und gingen Richtung Ausgang.

Hecht hatte freilich, noch in der Tür, eine letzte Frage: »Waren Sie eigentlich in jüngster Zeit mal bei diesem real existierenden Hexenmahnmal neben der Eichstätter Henkerskapelle?«

Bodenschenk schüttelte den Kopf. »Ich habe es mir ein einziges Mal angesehen, das war vor zwei Jahren. Und da habe ich beschlossen, dass mir das zu wenig ist. Ein armseliges Feigenblatt. Nicht mehr.«

»Also«, setzte Morgenstern an, »ich finde es nicht so schlecht. Ein Hammer, darunter ein Stein wie ein Amboss, dazwischen die zertrümmerten Stäbe, das ist doch aussagekräftig.«

»Was nur beweist, dass Sie nicht wissen, was anderswo los ist.«

»Also ich muss doch sehr bitten«, erwiderte Morgenstern beleidigt. »Ich komme aus Nürnberg.«

»Bistum Bamberg«, gab Bodenschenk zurück. »Bamberg war wie Eichstätt eine Hochburg der Hexenverfolgung. Aber da gibt es ein Mahnmal, das diesen Namen verdient. Die haben sich wirklich damit auseinandergesetzt. Oder schauen Sie mal nach Salzburg.«

»Was gibt's da?«, fragte Morgenstern, dem der vorwurfsvolle Ton zunehmend auf die Nerven ging. Es hörte sich fast schon an, als würde er, Morgenstern, persönlich irgendetwas verhindern.

»Was es da gibt? Eine einzige Frau, die als Hexe verbrannt worden ist. Die Hexe von Mühldorf, Mühldorf am Inn. Und ihretwegen hat der Bischof eine große offizielle Entschuldigung abgegeben. So etwas nenne ich Vergangenheitsbewältigung. Nicht diesen kümmerlichen Eichstätter Gedenkstein irgendwo im Nirgendwo.«

»Aha«, schaltete sich Hecht ein. »Und was sagt er, der Bischof von Salzburg?«

Anita Bodenschenk ging eifrig in ihr Wohnzimmer und kam nur Sekunden später mit einem Leitz-Ordner zurück. Nach kurzem Suchen hatte sie darin eine Kopie gefunden, säuberlich in einer Klarsichthülle abgeheftet. In feierlichem Ton las sie die bischöfliche Stellungnahme vor, ein Dokument der Zerknirschung.

»So stelle ich mir das auch bei uns vor«, sagte sie schließlich. »Aber Vergangenheitsbewältigung gehört nicht gerade zu den Stärken dieser Stadt. Nur das Schweigen im Walde. Aber das werden wir noch ändern.«

»Dann wünsche ich Ihnen viel Glück, Frau Bodenschenk«, sagte Morgenstern.

Draußen vor der Tür stand der kleine rote Peugeot. Morgenstern warf im Vorbeigehen einen Blick ins Wageninnere, kehrte dann zu Anita Bodenschenk zurück, die an der Tür stand und immer noch den Leitz-Ordner in den Händen hielt. »Können Sie uns kurz mal Ihren Wagen aufsperren?«

»Wenn's der Wahrheitsfindung dient.« Sie holte den Schlüssel, die Zentralverriegelung klackte auf, und Morgenstern öffnete vorsichtig die Beifahrertür.

Er hielt auf Verdacht Ausschau nach Spuren auf dem Beifahrersitz. Blut vielleicht? War es möglich, dass Nikolaus von Westerstetten nach seinem Unfall in diesem Wagen gesessen war? Aber warum hätte ausgerechnet Anita Bodenschenk im alles entscheidenden Moment an der Unfallstelle im Wald bei Hofstetten vorbeifahren sollen?

So fand sich denn auch nichts Auffälliges im Wagen – nur die üblichen Accessoires eines typischen Frauenautos: eine angebrochene Box mit Papiertaschentüchern, ein uralter Lippenstift, drei leere oder halb leere Mineralwasserflaschen. Morgenstern schlug die Tür wieder zu.

Bodenschenk, die die Aktion argwöhnisch verfolgt und sich zweifellos ein paar Augenblicke lang ihres unaufgeräumten, fast schon etwas vermüllten Wagens geschämt hatte, klackte die Verriegelung zu.

Oder war das etwas zu schnell?, fragte sich Morgenstern. Wollte die Frau ihre lästigen Besucher loswerden? »Frau Bodenschenk, machen Sie doch bitte nochmals kurz auf«, forderte er. Hecht sah ihn fragend an.

Morgenstern umrundete das Auto, ging an die Rückseite, suchte und fand den Verschlussmechanismus für die Heckklappe und öffnete langsam den Kofferraum.

»Da habe ich nun aber überhaupt nicht aufgeräumt«, hörte er Anita Bodenschenk sagen, die sich nun direkt neben ihn gestellt hatte und ihn mit ihren Geieraugen von der Seite ansah.

Die tief stehende Sonne des Märzvormittags leuchtete wie ein Scheinwerfer genau in den Kofferraum des Peugeot. Morgenstern sah alte, zerfledderte Zeitungen, sah weitere Getränkeflaschen, sah das vorgeschriebene Warndreieck und die ebenso vorgeschriebene, noch in Zellophan verpackte Warnweste, dazu einen Regenschirm und einen Pappkarton mit leeren Weinflaschen, die ihrer Entsorgung im Altglascontainer harrten. Doch was er vor allem sah, waren: Strohhalme. Einige wenige goldgelbe, dreißig Zentimeter lange Strohhalme lagen kreuz und quer über all dem Plunder, und unter normalen Umständen wären sie ganz gewiss nicht aufgefallen. Aber dies hier waren keine normalen Umstände.

Hecht und Morgenstern beugten sich fast synchron wie zwei chinesische Mandarine beim Kotau vor ihrem Kaiser tief in den Wagen. Dann zupfte sich Hecht einen einzelnen Halm heraus, hielt ihn ins gleißende Sonnenlicht und stellte die entscheidende Frage: »Können Sie uns bitte erklären, Frau Dr. Bodenschenk, wie dieses Stroh in Ihr Auto kommt?«

Anita Bodenschenk, pensionierte Gymnasiallehrerin für Deutsch, Geschichte und Sozialkunde, konnte nicht.

Natürlich verrieten ihr Hecht und Morgenstern nicht, warum Stroh im Falle Westerstetten eine Rolle spielte. Alle Informationen dazu waren bislang sorgsam zurückgehalten worden. Und so war auch für Bodenschenk nicht klar, warum die beiden Ermittler wegen dieser paar harmlosen Halme in Aufregung gerieten.

Nein, Sie habe mit ihrem Wagen noch nie einen Ballen Stroh durch die Gegend kutschiert, stellte sie klar. Sie sei definitiv eine Stadtfrau. »Vielleicht hat der Wind die paar Halme ins Auto geweht«, schlug sie schließlich ratlos vor.

»Der Wind, der Wind, das himmlische Kind«, sagte Hecht

süffisant, und Morgenstern grübelte, woher dieses Zitat wohl stammte.

»Hänsel und Gretel«, löste Hecht auf. »Ausgerechnet das Märchen, in dem die böse Hexe verbrannt wird.« Und zur weiteren Erläuterung schob er nach: »Knusper, knusper, Knäuschen, wer knuspert an meinem Häuschen? Der Wind – das glauben Sie doch selbst nicht.«

Anita Bodenschenk blickte ratlos von einem zum anderen, bis Hecht erklärte: »Haben Sie uns nicht vielleicht etwas zu sagen? Etwas, was Ihnen jetzt erst einfällt?«

Sie schüttelte den Kopf und presste dabei verunsichert den Aktenordner auf ihre Brust. »Ich verstehe überhaupt nicht, was das jetzt soll.«

»Wirklich nicht?«, fragte Morgenstern. »Das kaufen wir Ihnen nicht ab. Frau Bodenschenk, ich muss Sie auffordern, mit uns ins Präsidium zu kommen. Und Ihren Wagen nehmen wir mit. Den fahre ich.«

Nachdem die beiden Ermittler zu Fuß gekommen waren, ging es für Hecht und Bodenschenk nun zu Fuß zum Präsidium zurück. Einträchtig spazierten sie nebeneinanderher, ohne in irgendeiner Form für Aufsehen zu sorgen – sah man davon ab, dass Anita Bodenschenk etwa jeden dritten Passanten grüßte.

Wenn auch Ingolstadt offiziell den Status einer Großstadt innehatte, seit sie in den 1980er Jahren die Hunderttausend-Einwohner-Marke übersprungen hatte, so war die »Schanz« doch in vielen Strukturen immer noch den alten Zeiten verhaftet, als jeder jeden kannte. Und eine Frau vom Kaliber Bodenschenk war in dieser Stadt der buchstäbliche bunte Hund. Mehr als einmal musste Hecht mit ihr anhalten, weil jemand seine Begleiterin in einen kurzen Schwatz verwickeln wollte.

Morgenstern gurkte derweil mit dem für ihn völlig ungewohnten Peugeot durch die schmale Gasse am Unteren Graben und fühlte sich dabei schmerzlich an seine ersten Fahrstunden erinnert, zumal ihm das Auto mehrmals absterb. Als er endlich im Hof des Präsidiums angekommen war, stank der Wagen entsetzlich nach durchgeschliffener Kupplungsscheibe.

Er holte die Fachleute von der Spurensicherung und erklärte den Technikern der Präsidiumswerkstatt, was es mit dem Wagen auf sich hatte. Sie sollten das Auto bis ins kleinste Detail untersuchen. Vom Beifahrersitz über die Rückbank bis zum Kofferraum, von möglichen Erdspuren im Reifenprofil bis zu Bluttropfen an der Nackenstütze. Die Experten nickten.

»Und das Stroh ist ein wichtiges Beweismittel. Ich will jeden einzelnen Halm haben. Das ist ein Fall für die Asservatenkammer.«

»Geht klar.«

Was weniger klarging, war die erneute Befragung von Anita Bodenschenk, die darauf beharrte, den ganzen Abend und auch die Nacht zu Hause verbracht zu haben und den Bundestagsabgeordneten Nikolaus von Westerstetten zuletzt vor etwa drei Wochen gesehen zu haben – zufällig vor dem CSU-Büro hier in Ingolstadt, das liege direkt in ihrer Nachbarschaft.

»Ich erinnere mich noch gut daran. Ich war mit dem Fahrrad unterwegs, und da sehe ich, wie er gerade ins Büro reinwill. Ich habe ihn direkt auf seinen Vorfahren angesprochen und ihn aufgefordert, sich endlich öffentlich zu erklären. Ich hatte die Illusion, wir könnten ihn als Unterstützer für unser Mahnmal gewinnen.«

»Und da sind Sie bei ihm an den Falschen geraten«, vermutete Morgenstern, »noch dazu, wenn Sie ihn auf offener Straße angehen.«

»Das mache ich immer so«, sagte Bodenschenk. »Aber in dem Fall war Hopfen und Malz verloren. Am Ende hat der Westerstetten mir sogar gedroht, dass er mich wegen übler Nachrede anzeigt, wenn ich ihn weiterhin wegen der Hexensache belästige.«

»Er hat Ihnen gedroht?«, fragte Hecht.

»Genau. Aber ich bin ja nicht auf der Brennsupp'n dahergeschwommen und habe ihm gesagt, dass er als Person des öffentlichen Lebens so etwas hinnehmen muss. Und seitdem war Funkstille.«

Und die CSU-Delegiertenversammlung am Montagabend in Hofstetten?

Von der hatte sie tatsächlich gelesen. Der »Donaukurier« hatte eine kurze Ankündigung veröffentlicht – und ja, in der Meldung sei auch das Kurzreferat des Stimmkreisabgeordneten Nikolaus von Westerstetten erwähnt worden. Sie wusste also, dass er teilnehmen

würde. Anita Bodenschenk war eine sehr gründliche Zeitungsle-
serin. »Als Erstes lese ich übrigens immer das Feuilleton.«

»Damit dürften Sie in Ingolstadt die Einzige sein«, meinte
Hecht, »zumindest, was die Reihenfolge angeht.«

Das war's dann. Hecht und Morgenstern mussten die Frau wieder ziehen lassen. Ohne Auto natürlich.

FÜNF

Die Ermittler hatten es sich gerade in ihrem Büro bequem gemacht und sich den ersten Kaffee dieses Vormittags eingeschenkt, da läutete Hechts Telefon. Eine Münchner Nummer leuchtete auf dem Display. Hecht ging ohne Arg ran – und Morgenstern sah zu seiner Überraschung, wie der Kollege förmlich Haltung annahm und in Befehlsempfängerpose einfror.

»Ja, Herr Staatssekretär. ... Ich habe verstanden, Herr Staatssekretär.« So ging das eine ganze Weile, und dann, nach und nach, wurde Hecht etwas weniger verkrampft. Offenbar wollte das Gegenüber den aktuellen Stand der Ermittlungen erfahren und gab sich zunehmend leutselig. Hecht berichtete schließlich sogar von der Strohspur, erntete anscheinend Lob dafür, dann nannte er in irgendeinem für Morgenstern undefinierbaren Zusammenhang den Namen »Maria de Victoria«, ehe er schließlich auflegte.

»Was war das jetzt?«, fragte Morgenstern.

»Das war der Innenstaatssekretär höchstpersönlich. Mensch, hab ich vielleicht einen Schrecken gekriegt.«

»Das hat man dir angesehen. Du hättest vor lauter Ehrfurcht fast die Bayernhymne gesungen. Und, was hat er gewollt?«

»Das Innenministerium ist wegen Westerstetten in Kontakt mit Pullach oder Berlin oder wo immer die inzwischen sitzen.«

»Mit den Schlapphüten vom Bundesnachrichtendienst?«

»Genau. Auf höchster Ebene. Denen geht anscheinend die Muffe, dass unser feiner Herr Abgeordneter mit seinem Nebenjob für die Rüstungsbranche ein wenig übers Ziel hinausgeschossen ist.«

Morgenstern nahm einen großen Schluck Kaffee, der wie immer viel zu stark war, weil die Filtermaschine rettungslos verkalkt war. »Was soll das heißen?«

»Die guten Kontakte in die arabische Welt sind nicht ganz unproblematisch, meint der Staatssekretär. Natürlich muss jedes Exportprojekt hochoffiziell abgesegnet sein. Aber in jüngster Zeit hat es da Spannungen gegeben. Es geht um einen großen Auftrag für Kampfhubschrauber, bei dem Westerstetten den Türöffner machen sollte. Helikopter für den Nahen und Mittleren Osten.«

»Für Israel?«, fragte Morgenstern.

»Eben gerade nicht. Die Israelis haben Wind von der Sache bekommen und sind alles andere als *amused*. Es gibt bereits Verwicklungen bis nach Berlin, das Auswärtige Amt hängt mit drin, das Kanzleramt, der deutsche Botschafter in Tel Aviv ist einbestellt worden. Da glühen die Drähte heiß.«

»Und mittendrin war Nikolaus von Westerstetten, Förderer der deutsch-arabischen Freundschaft?«

»Genau. Aber jetzt ist er tot. Und die Schlapphüte wollen gerne wissen, was da genau los war. Unser Staatssekretär hat mir gerade Weisung gegeben, dass wir mit dem Bundesnachrichtendienst kooperieren sollen.«

»Na, die werden eine Freude haben, wenn wir ihnen Frau Anita Bodenschenk als Täterin präsentieren. Auf dem Silbertablett.«

»Wie einst der Kopf von Johannes dem Täufer«, sagte Hecht in einem Anflug von Bildungshuberei.

»Unser Geheimdienst«, sinnierte Morgenstern. »Der BND, fast wie 007, bloß ohne die Lizenz zum Töten. Und was passiert jetzt konkret?«

»Wir haben um ein Uhr ein Treffen. Konspirativ natürlich. Mit einem Menschen vom BND.«

»Wo?«

»In Maria de Victoria. War mein Vorschlag.«

»Maria e Victoria? Ist das eine Pizzeria?«, fragte Morgenstern. Er dachte an ein italienisches Restaurant, betrieben von zwei drallen Schwestern namens Victoria und Maria, das schien ihm so plausibel wie »Osteria da Luigi«. Aber er lag unfassbar daneben, und Peter Hecht konnte kaum glauben, mit welchem Kulturbarbausen er hier zu einem Ermittlerteam zusammengespannt worden war.

Maria de Victoria, so dozierte er, stehe gleich um die Ecke, bloß ein paar hundert Meter vom Präsidium entfernt, und das sei mal wieder typisch für Leute vom Schlage eines Mike Morgenstern, dass ihnen dazu trotzdem nichts anderes als Pizza Margherita einfalle. Nein. Maria de Victoria sei eine berühmte Saalkirche, gebaut von den Gebrüdern Cosmas Damian und Egid Quirin Asam und bekannt insbesondere für das riesige Deckengemälde.

»Und wieso willst du dich ausgerechnet da mit dem BND

treffen? Ich persönlich hätte ja ein Lokal vorgezogen, gerne auch eine Pizzeria. Auf Spesen natürlich.«

»Weil es schön ist, wenn man Leuten von auswärts mal beiläufig unsere Kulturschätze zeigen kann. Vor allem aber, weil da zu dieser Jahreszeit bestimmt überhaupt nichts los ist. Da sind wir unter uns – diskreter geht's nicht.«

»So weit zum Thema ›weltberühmtes Kulturgut‹«, grinste Morgenstern.

Offen blieb die Frage, warum man sich als bayerischer Kriminalbeamter mit einem Vertreter des Bundesnachrichtendienstes nicht schlicht und ergreifend in einem Besprechungsraum des Polizeipräsidiums Oberbayern Nord zum gemütlichen Plausch bei Kaffee und Bahlsens bunter Gebäckmischung – garantiert ohne Dinkelkekse – treffen konnte. Anscheinend waren die Informationen so exklusiv, dass man gar nicht vorsichtig genug sein konnte. Oder aber, und das schien Morgenstern viel wahrscheinlicher, das war ein Tick dieser Geheimdienstleute, die aus alter Gewohnheit nicht vom System der konspirativen Treffpunkte, der toten Briefkästen und der versteckten Mikrofone lassen konnten. Pullach-Paranoia, selbst wenn die Truppe jetzt zum Großteil in der Bundeshauptstadt residierte.

»Woran erkennen wir unseren Mann eigentlich?« war Morgensterns letzte Frage, bevor sie in Richtung Asamkirche abzogen. Der Agent war längst schon in der Stadt. »An Trenchcoat und beigem Hut?«

»Er trägt den Bayernkurier unterm Arm«, sagte Hecht trocken. »Das fand sogar der Staatssekretär lächerlich.«

Die beiden Ermittler hätten allerdings ohne das CSU-Parteiorgan als Erkennungsmerkmal Probleme bekommen, den Abgesandten des BND eindeutig zu identifizieren. Der einfache Grund: Es handelte sich um eine Frau, womit sie überhaupt nicht gerechnet hatten.

Die etwa fünfundvierzigjährige Agentin hatte sich bereits in der Mitte der Asamkirche aufgestellt und drehte sich ganz langsam um ihre eigene Achse, den Blick hoch zur Decke gerichtet.

Das meiste, was Morgenstern über Geheimdienste wusste, stammte geradewegs aus der flotten Feder von Ian Fleming, einer

Quelle, gegen die noch das trübste Donau-Altwasser wie ein kristallklarer Quell wirkte. Ganz normale Frauen waren in dieser Welt allenfalls in Gestalt von Miss Moneypenny vorgesehen, aber soweit sich Morgenstern erinnerte, durfte Moneypenny prinzipiell nicht in den Außendienst.

Morgenstern und Hecht mussten am Eingang wie jeder andere Eintritt bezahlen – bei einer jungen Frau, die angesichts des mehr als spärlichen Publikums eindeutig an Unterforderung litt und sich klugerweise ein Buch mitgebracht hatte. Dann stellten sie sich in der großen, rechteckigen Halle auf, und Hecht zeigte in die linke hintere Ecke der Decke. »Siehst du den Bogenschützen da oben?«, fragte er. »Den kleinen Neger, der mit dem Pfeil auf dich zielt?«

»›Neger‹ darf man nicht sagen«, stellte Morgenstern fest.

»Ich mein ja bloß. Siehst du ihn?«

»Ja.«

»Der Clou ist: Wo immer du dich in dieser Kirche hinstellst – überall zeigt der Pfeil auf dich. Echt wahr.«

Morgenstern machte umgehend die Probe aufs Exempel, ging ein weites Stück und drehte sich dann zu dem Bogenschützen um. Tatsächlich – er zielte immer noch auf ihn. »Gruselig«, sagte er.

»Nein, große Kunst. Asam war ein Meister der Perspektive. Das siehst du überall auf diesem Gemälde. Die Ecken stellen übrigens die vier Erdteile dar, die man seinerzeit gekannt hat. Australien war noch nicht entdeckt. Schau, die Pyramide, das ist natürlich Afrika mit Ägypten.«

»Interessant«, meldete sich eine Stimme von der Seite. »Darf ich mich Ihrer kleinen Privatführung anschließen?« Die Frau mit dem Bayernkurier war beiläufig herbeigeschlendert, und Hecht erklärte, was sich die Brüder Asam für diese Kirche alles hatten einfallen lassen.

Er selbst, so Hecht, sei schon als Gymnasiast von Schrobenhausen aus in diese Kirche gefahren, und davon zehre er bis zum heutigen Tag. Ob man übrigens wisse, warum diese Kirche »Maria de Victoria« heiße, also »Maria vom Sieg«? In dieser Kirche werde der Sieg der Christenheit über die türkische Flotte in der Seeschlacht von Lepanto gefeiert. Irgendwann ums Jahr 1700 sei das gewesen – und wenn man ihm, Hecht, bitte folgen wolle, dann könne er gleich in der benachbarten Sakristei ein ganz und gar ungewöhnliches Ausstellungsstück präsentieren.

Hecht zog seine beiden – mittelmäßig interessierten – Zuhörer in einen Nebenraum, der sich an der rechten Rückwand des Kirchensaals öffnete. Es war die ehemalige Sakristei der Saalkirche, die inzwischen als Schatzkammer fungierte. In Vitrinen aus dickem Glas lagen und standen hier die Schätze, die die Ingolstädter im Laufe der Jahrhunderte angesammelt hatten: das Kreuz, mit dem Generalissimus Tilly im Dreißigjährigen Krieg in seine blutigen Schlachten geritten war, ein paar mit Diademen geschmückte Totenschädel, vor allem aber eine riesige goldene Monstranz.

»Das ist die wertvollste Monstranz der Welt«, flüsterte Hecht mit ehrfürchtiger Stimme. »Die Lepanto-Monstranz. Sehen Sie nur, aus Gold und Silber ist darauf die Schlacht von Lepanto dargestellt.«

Morgenstern und die BND-Frau rückten näher heran. Sie sahen ein Segelschiff mit feinstem Tauwerk aus Silberdraht, sahen dickbackige Engel, die Wind in die Segel bliesen, sahen kämpfende Christen und Osmanen. Ein Gemetzel – und das alles rund um das zentrale Schauglas, in das bei Andachten und Prozessionen eine geweihte Hostie gestellt wurde.

»Interessant«, sagte die Frau mit dem Bayernkurier. »Allerdings befürchte ich, dass dieses Ding da«, sie zeigte auf die Monstranz, »der deutsch-arabischen Freundschaft nicht wirklich weiterhilft.«

»Das glaube ich auch«, sagte Morgenstern. »Die deutsch-arabische Freundschaft, sie ist ein zartes, empfindliches Pflänzchen. Das will gehegt und gepflegt und regelmäßig gegossen sein.«

»Man darf es aber auch nicht übertreiben mit dem Gießen«, stellte die Frau fest. »Alles mit Maß und Ziel.«

»Und unser Herr von Westerstetten ist also übers Ziel hinausgeschossen«, sagte Hecht. »Reden wir doch mal Klartext. Westerstetten wollte irgendwelche Waffen verticken. In welches Land?«

»In den Iran. Sie wissen doch bestimmt, dass das Embargo gelockert wurde. Seitdem sind Geschäfte möglich, die über dreißig Jahre lang absolut tabu waren. Es hat ein regelrechtes Wettrennen eingesetzt, wer moderne Technologie nach Teheran liefern darf. Die Franzosen, die Briten, die Chinesen, die Russen … da geht es zu wie auf dem Basar.«

»Und die Deutschen sind mittendrin«, sagte Morgenstern. Er

erinnerte sich an Zeitungsmeldungen, dass noch nie so viele Rüstungsgüter aus Deutschland exportiert worden seien wie in den vergangenen Jahren. Ein zweifelhafter Rekord, der aber allenfalls den Grünen sauer aufgestoßen war – und natürlich Menschen wie Anita Bodenschenk.

Die Agentin senkte die Stimme: »Aber wir Deutschen müssen uns wegen unserer besonderen Geschichte zumindest gemäß offizieller Linie zurückhalten. Das erwarten die Israelis von uns. Das Auswärtige Amt hat ihnen das auch ausdrücklich versprochen. Keine problematischen Kriegswaffen für Teheran – wir sprechen da natürlich nicht von einfachen Heckler-&-Koch-Pistolen, obwohl die ebenfalls einen beträchtlichen Umsatz machen. Sie können sich vorstellen, dass das bei unseren Unternehmen nicht gerade auf Begeisterung stößt.«

Morgenstern deutete auf die Monstranz mit der Seeschlacht. »Die würden so gerne Kriegsschiffe verkaufen und U-Boote und Jagdflugzeuge.«

»Und Kampfhubschrauber«, fügte Hecht hinzu. »Und Lenkflugkörper.«

»Sie sagen es«, bestätigte die Frau. »Wir können diese Dinge zwar inzwischen einigermaßen problemlos in die Arabischen Emirate verkaufen, Eurofighter für Kuwait sind inzwischen kein allzu großes Problem. Aber all das würden die Mullahs im Iran auch gerne haben. Und wir können es ihnen nicht geben.«

»Es sei denn, es findet sich ein Schlupfloch, ein Umweg«, spekulierte Morgenstern. »Ich denke da spontan an Helikopter, die angeblich nur für den zivilen Einsatz ausgerüstet sind. Vielleicht reicht es ja, wenn man ein großes rotes Kreuz draufmalt.«

»Einen roten Halbmond«, korrigierte Hecht.

Die Frau ging auf die sanften Provokationen nicht ein, sondern blieb ernst. »Man braucht einen Vermittler, der im Hintergrund die Fäden zieht, dass alles wie am Schnürchen klappt. Einen, der arabisch spricht, der die Mentalität der Leute versteht, der die juristischen Finessen kennt. Und jemanden, der mit unseren Herstellern optimal vernetzt ist.«

»Westerstetten konnte Arabisch?«, fragte Morgenstern.

»Ein bisschen. Und auch ein wenig Farsi, das spricht man in Persien.«

»Oh Mann, was die Leute alles machen«, seufzte Morgenstern. »Und da soll man keine Minderwertigkeitskomplexe kriegen. Ich kann mir im Urlaub mit meinem schlechten Schulenglisch im besten Fall ein Bier bestellen.«

»Für den Fall, dass Sie im Iran Urlaub machen, würden Sie weder auf Englisch noch auf Farsi ein Bier bekommen«, kommentierte die Frau. »Aber was ich sagen will: Es gibt nicht viele Männer vom Kaliber Nikolaus von Westerstetten. Männer für die wirklich komplizierten Fälle. Und er war noch so jung.«

Sie seufzte wehmütig, und Morgenstern hatte einen Moment lang den Eindruck, auch die Agentin habe sich – bei aller Professionalität – Westerstettens Charme nicht ganz entziehen können.

»Ich habe ihn zweimal persönlich getroffen«, setzte sie nach, als müsse sie das Seufzen erklären.

»Sie haben sich mit ihm getroffen?« Hecht war überrascht.

»Allerdings. Zuletzt in München. Am Rande der letzten Wehrkundetagung – oder Sicherheitskonferenz, wie es inzwischen heißt – im Hotel Bayerischer Hof. Das Stelldichein der Mächtigen dieser Welt und die Bühne der Rüstungsexperten. Ich habe ihn getroffen, und ich habe ihn gewarnt. Wir hatten Hinweise bekommen, dass Tel Aviv besorgt ist über die Kontakte Westerstettens nach Teheran. Die wussten genau, wohin das führen sollte. Keine Ahnung, wie die davon Wind bekommen haben.«

»Folge der Spur des Geldes«, sagte Morgenstern. »So jemand wie Westerstetten ist Geschäftsmann. Der bekommt Geld für seine Hilfeleistung, da gibt es Vorauszahlungen, dicke Provisionen. Die werden auf Nummernkonten in der Schweiz überwiesen oder bei irgendwelchen Banken in Panama oder auf den Bahamas eingezahlt. Anonym – aber mit ein bisschen Hacker-Geschick lässt sich das schon nachvollziehen. Inzwischen gibt es doch in jeder größeren Bank eine undichte Stelle, ein Datenleck.«

Morgenstern dachte unfroh an seinen eigenen Kontostand, der derzeit keine größeren konspirativen Finanztransaktionen nach Übersee nötig machte. Gleichzeitig wurde ihm klar, wie sich das Ehepaar von Westerstetten seine Architektenvilla leisten konnte. Am Ende schaukelte im sanften Wellengang vor Saint-Tropez auch noch eine Yacht, mit der Westerstetten hie und da ein bisschen vor der Küste der Levante gekreuzt war, um sich an Bord diskret mit Kunden aus verschiedensten Ländern zu treffen, mit einem Gläschen Châteauneuf-du-Pape im Licht der langsam im Meer versinkenden Sonne.

Morgenstern summte leise: »Wenn bei Capri die rote Sonne im Meer versinkt ...« Dabei merkte er, wie die Phantasie mit ihm durchging. Hatten es solche Leute wirklich nötig, sich im Deutschen Bundestag in endlosen Sitzungen den Hosenboden durchzuscheuern? Also gut, dachte er: keine Yacht.

»Sie haben Herrn von Westerstetten vor den Israelis gewarnt. Ich vermute mal, vor dem Mossad, um genau zu sein.«

Die Frau lächelte. »So in etwa. Wir haben über unsere eigenen Kanäle Nachricht erhalten, dass der Name Nikolaus von Westerstetten auf einer schwarzen Liste steht. Mit all seinen Stempeln aus Syrien und dem Iran durfte er in Israel ohnehin schon länger als unerwünschte Person gegolten haben, mit Einreiseverbot und allem Drumherum. Da hilft dann auch kein Mandat des Deutschen Bundestags. Aber aktuell wurde es wohl richtig gefährlich für ihn. Es gab konkrete Hinweise.«

»Man wollte ihm ans Leder?«, fragte Morgenstern. »Das kann ich mir beim besten Willen nicht vorstellen. Die Zeiten sind doch längst vorbei. Wir sind doch nicht im Kalten Krieg.«

»Glauben Sie, was Sie wollen«, sagte die Frau. »Wir geben Ihnen nur einen kleinen Tipp, in welche Richtung Sie die Augen offen halten könnten. Wir wissen, dass vor etwa zwei Wochen ein Mann aus Tel Aviv nach München geflogen ist. Angeblich gehört er zum diskreten Security-Pool, den Israel für das Jüdische Zentrum am Jakobsplatz im Münchner Stadtzentrum bereithält.«

»Da stehen doch Tag und Nacht unsere eigenen Polizisten«, warf Morgenstern ein. Er war einmal mit den Kindern vor der großen Synagoge mit ihren Mauern aus rauem Kalkstein gestanden und hatte die versenkbaren Poller gesehen, mit denen der ganze Platz gegen terroristische Attacken abgeschirmt war, hatte die Polizeibeamten gegrüßt, die mit Maschinenpistolen an der Ecke standen.

»Die Israelis verlassen sich nicht gern nur auf andere Länder«, sagte die Agentin. »Aber was diesen neuen Mann betrifft: Wir gehen davon aus, dass er einen Spezialauftrag hatte, der mit der Synagoge nichts zu tun hat.« Sie klappte die Zeitung auseinander und entnahm ihr ein Foto. Auf dem Ausdruck war nicht ganz scharf ein Mann zu erkennen, der mit einer Umhängetasche durch einen Flur lief.

»Ist er das?«, fragte Hecht.

»Wir haben das Foto von einer Überwachungskamera am Flughafen im Erdinger Moos. Hinten ist der Name drauf, unter dem er mit Touristenvisum eingereist ist.«

»Moshe Mayr«, las Morgenstern, »Jahrgang 1982.« Auf dem Bild war ein unauffälliger Geschäftsmann zu sehen, mit braunem Haar und gut sitzendem Anzug.

»Wir haben ihn zunächst beschattet, aber er ist uns entwischt«, sagte die Frau, »wir wissen also nicht, wo er gerade stecken könnte.«

»Vielleicht ist er schon wieder zu Hause?«

»Oder er besichtigt gerade Schloss Neuschwanstein und Rothenburg ob der Tauber?«, meinte Hecht.

»Das ist alles denkbar«, sagte die Frau kurz angebunden. »Wir wollten Ihnen nur einen kleinen Hinweis geben, das ist alles.« Sie seufzte. »Ach. Für den Fall, dass Sie ihn irgendwo entdecken, lassen Sie es mich doch bitte umgehend wissen. Und noch was: Seien Sie vorsichtig. Das sind Leute, die sich als Soldaten verstehen. Die glauben, sie befinden sich im Krieg.«

»Und unser Abgeordneter von Westerstetten wäre demnach eine Art Kollateralschaden?«, fragte Morgenstern.

»Nein, das wäre zu wenig. Wir glauben eher, dass man uns ganz bewusst wissen lassen will, dass man rote Linien nicht ungestraft überschreiten darf.«

Das Trio kehrte von der »Schatzkammer« in den Kirchensaal zurück. Die Kassenfrau hob überrascht den Kopf, sichtlich verwundert, wie lange die einzigen Gäste sich für die Schätze in der Sakristei hatten begeistern können. Noch einmal begutachteten die drei die Deckengemälde, noch einmal hielt Morgenstern Ausschau nach Asams Bogenschützen, dessen Pfeil niemand in diesem Raum entkommen konnte. Dann traten Hecht und Morgenstern hinaus auf die Straße. Die Frau vom BND verließ die Kirche wenig später.

★★★

Nach einer deutlich verspäteten Mittagspause am Ingolstädter Viktualienmarkt gleich neben dem Stadttheater, wo die beiden Kommissare um ein Haar mit zwei schon um diese Uhrzeit betrunkenen Stammgästen in Streit geraten wären, kehrten sie ins Präsidium zurück. Es gab Nachrichten für sie: Nikolaus von Westerstettens Leichnam war im rechtsmedizinischen Institut in München obduziert worden, und jetzt lag das Ergebnis vor.

Morgenstern war erleichtert, dass er sich die Leiche nicht noch ein zweites Mal ansehen musste. Noch immer hatte er den unerträglichen Geruch von verbranntem Haar und Fleisch in der Nase. Es reichte ihm bei Weitem, dass in dem DIN-A3-Kuvert der Rechtsmedizin jetzt die wichtigsten Ergebnisse in einigermaßen verständlichem Deutsch dargestellt waren und nicht in fachmedizinischem Kauderwelsch. Und für nähere Informationen lag eine CD mit Fotos im Kuvert, auf der Niklaus von Westerstettens Körper von allen Seiten und mit allen Details dokumentiert worden war.

Die Obduktion hatte ergeben, dass Nikolaus von Westerstetten den Autounfall wie vermutet einigermaßen glimpflich überstanden haben musste. Er hatte sich das Nasenbein angebrochen, ebenso das linke Handgelenk. An der rechten Hand hatte er eine tiefe Schnittwunde erlitten.

»Das war das Blut, das wir am Baumstamm beim Auto entdeckt haben«, sagte Morgenstern zu Hecht, der mit Kater Hagen von Tronje auf dem Schoß neben ihm saß.

Morgenstern fürchtete sich davor, weiterzulesen. Ihm graute bei dem Gedanken, Westerstetten könnte noch gelebt haben, als er in Brand gesteckt worden war. Eine entsetzliche Vorstellung. Doch der Bericht kam zum eindeutigen Ergebnis, dass der Tod schon zuvor eingetreten war: durch Strangulation. Der Abgeordnete war erdrosselt worden, und es stand auch schon fest, wie: mit seiner eigenen Krawatte.

»Jetzt weiß ich wieder, warum ich grundsätzlich nie eine Krawatte trage«, sagte er und merkte umgehend, dass das in dieser Situation alles andere als feinfühlig war. Aber Kollege Hecht war gleichfalls irgendwie erleichtert, dass Westerstetten nicht erst in den Flammen sein Leben ausgehaucht hatte.

Beide wussten von Kollegen der Verkehrspolizei, dass es immer wieder schreckliche Autounfälle gab, bei denen es den Helfern nicht gelang, die im brennenden Wagen eingeschlossenen Menschen zu bergen. Die Erinnerung an solche dramatischen Szenen suchte die Rettungsmannschaften oft noch Jahre später heim.

Mancher hatte nach einem solchen traumatischen Erlebnis der Feuerwehr oder auch dem Roten Kreuz für immer den Rücken gekehrt oder sich zumindest geweigert, jemals wieder zu einem Verkehrsunfall auszurücken. Da war ein »Krawattenmord« noch die erträglichere Vorstellung.

Allmählich formte sich ein Bild dessen, was Sonntagnacht geschehen war. Es war höchste Zeit für eine Pressekonferenz mit einem großen Fahndungsaufruf an die Bevölkerung. Kriminaldirektor Adam Schneidt übernahm das zwei Stunden später höchstpersönlich im Konferenzraum des Präsidiums.

Morgenstern und Hecht saßen rechts und links von ihm und fungierten als Stichwortgeber. Redakteure aller umliegenden Regionalzeitungen waren gekommen, auch die Münchner Redaktionen hatten Journalisten nach Ingolstadt geschickt, das Bayerische Fernsehen war da, RTL und natürlich auch das Regionalfernsehen INTV. Morgenstern wusste, dass ihnen nur die regionalen Medien wirklich nützlich sein würden, aber bei so einem Anlass konnte es keine journalistischen Extrawürste geben.

Mit Schneidt war vereinbart worden, dass nur zwei wesentliche Informationen zurückgehalten werden sollten: die Spur zum Mossad und die Krawatte als Corpus Delicti, an deren verkohlten Resten sich leider keinerlei Spuren finden ließen. Den todbringenden Schlips hatten die Ermittler im Vorfeld zum Täterwissen erklärt. Dennoch wäre der Kriminaldirektor auf hartnäckige Nachfrage eines RTL-Journalisten beinahe damit herausgeplatzt, wenn Morgenstern nicht rhetorisch dazwischengegrätscht wäre und den Chef in letzter Sekunde gestoppt hätte.

So beließ es Adam Schneidt bei der Erklärung, der Bundestagsabgeordnete von Westerstetten habe einen Verkehrsunfall erlitten, den er nach ersten Erkenntnissen mit »mittelschweren Verletzungen« überstanden habe. Der Tod sei durch »Erdrosseln« herbeigeführt worden und der Leichnam anschließend mehrere Kilometer entfernt beim Eichstätter Hexenmahnmal in Brand gesteckt worden. Natürlich deute alles auf einen Zusammenhang mit dem einstigen Fürstbischof Johann Christoph von Westerstetten hin. Man ermittle aber selbstverständlich »in alle Richtungen« und werde sich nicht vorzeitig auf ein bestimmtes Motiv festlegen.

Als ein Journalist nach einem möglichen Zusammenhang mit dem allseits bekannten Engagement des Abgeordneten für die deutsche Rüstungsindustrie und seinen Beziehungen zum Nahen und Mittleren Osten fragte, gab sich Schneidt diplomatisch: Man werde nichts ausschließen, sich aber auf keinen Fall an Spekulationen beteiligen.

Der Journalist ließ zu Morgensterns Überraschung nicht locker. »Haben Sie konkrete Hinweise, dass ein ausländischer Geheimdienst seine Hände im Spiel hat?«

Schneidt räusperte sich, sah erst zu Morgenstern und dann zu Hecht, die beide wider besseres Wissen den Kopf schüttelten. »Ich weiß nicht, auf welchen seltsamen Informationen Ihre Frage beruht, aber ich kann Ihnen dazu nichts sagen.«

Irgendjemand im BND, das wusste Morgenstern nun, hatte die Information an den Journalisten weitergegeben. Hier kochte jeder sein eigenes Süppchen.

Am Abend bereits waren die Nachrichten voll mit Beiträgen über den mysteriösen Tod von Nikolaus von Westerstetten. Zu Morgensterns Überraschung kam das komplizierte Geheimdienstthema nur am Rande und andeutungsweise vor. Die Medien stürzten sich stattdessen auf den möglichen historischen Zusammenhang. Der ergab eindeutig die besseren Schlagzeilen.

SECHS

»Der lange Schatten des Hexenjägers« – die Überschrift las Morgenstern am nächsten Morgen, als er um neun Uhr vor dem Traditionshotel am Eichstätter Marktplatz auf Hecht wartete. In dem Gebäudekomplex war auch ein Zeitschriften- und Tabakladen untergebracht, und im Schaufenster lag neben der üblichen Lotto-Reklame auch eine Ausgabe der »Bild«-Zeitung. Westerstetten hatte es auf den Titel geschafft.

Morgenstern kaufte sich die Zeitung und dazu in alter Gewohnheit noch ein Bayern-Los, das sich allerdings ebenso gewohnheitsmäßig als Niete entpuppte. Hecht hatte ihm schon oft davon abgeraten, wie er überhaupt das gesamte Angebotssortiment von Lotto und Toto als »Dummensteuer« abqualifizierte. Der schlenderte gerade herbei, als Morgenstern mit der Zeitung in der Hand aus dem Laden kam.

»Wir sind auf dem Titel«, sagte er, und es klang fast so etwas wie Stolz in seiner Stimme mit.

»Darauf könnte ich gerne verzichten«, meinte Hecht und las sich den kurzen Anreißertext auf der ersten Seite durch, ergänzt um ein Foto vom Hexengedenkstein und ein kleines Porträtbild des Abgeordneten von Westerstetten. Im Inneren des Blattes fand sich auch noch ein Foto von der jüngsten Mahnwache am Marktplatz, zusammen mit der Behauptung, der Abgeordnete sei in den vergangenen Wochen zunehmend »unter Druck geraten«.

Der Medienaufruf jedenfalls hatte bis jetzt noch keine ernsthaften Hinweise erbracht. Weder hatte jemand am Unfallort im Pfünzer Forst etwas Verdächtiges bemerkt, noch hatte man zur Nachtstunde ein Auto in der Prärie hoch über Eichstätt herumkurven sehen. Nichts hatten die Ermittler bekommen, außer riesigen Zeitungsüberschriften und pietätlosen Wortbeiträgen in den sozialen Netzwerken.

»Wo ist jetzt dieses CSU-Büro?«, fragte Hecht.

»Im Rückgebäude.« Morgenstern deutete ins Portal des Hotels, das sich zu einem schmalen Gang weitete.

Ältliche Fahrradtouristen in quietschbunter Funktionssportkleidung blockierten den Torbogen zum Hotel- und Restauranteingang und den schmalen Gehsteig, als sie umständlich ihre Satteltaschen auf die Gepäckträger montierten. Fußgänger drängten sich vorbei, Rentner standen plaudernd im Weg herum, ein Kellner wischte Tische ab, die dem sonst so privilegierten Straßenraum abgetrotzt worden waren.

Auf der Straße selbst herrschten süditalienische Verhältnisse. Autofahrer, die sich um die wenigen Parkplätze stritten, Lieferautos, die ohne Rücksicht auf Verluste in zweiter Reihe positioniert waren, ohne dass da freilich Platz für eine dritte Reihe wäre. Morgenstern hörte das Hupen von Autos, das Knattern von Vespas, und irgendwo von ferne näherte sich dem ganzen Chaos mit Tatütata ein Krankenwagen im Noteinsatz – oder wollten die Sanitäter nur zur besten Brotzeit-Zeit eine Leberkässemmel kaufen?

Die Kommissare fanden die lokale Zentrale der in Bayern staatstragenden Partei am Ende eines mit Granitsteinen gepflasterten Flurs. Ruhig war es hier, fast abgeschieden. Die Schaufenster gingen zur Rückseite des Marktplatzes, zur Pedettistraße. Es gab einen engen Besprechungsraum, den ein großer Tisch mit einem Dutzend Stühlen dominierte. Auf dem Tisch stapelten sich Plakate mit dem Konterfei des amtierenden Bayerischen Landwirtschaftsministers, der demnächst Schirmherr beim »Altmühltaler Lammabtrieb« in Böhming sein würde.

An den Wänden hingen gerahmte Bilder, die die Höhepunkte in der Geschichte des CSU-Kreisverbands dokumentierten. Unvergessen war demnach ein Besuch von Franz Josef Strauß auf dem Eichstätter Residenzplatz. Das Foto zeigte den Patron des Münchner Flughafens umringt von verschiedensten Mandatsträgern in altmodischen Trachtenanzügen, denen der Volksmund das Etikett »Raiffeisen-Smoking« angeheftet hatte. Nur der Bischof trug natürlich Ornat.

Dem Besprechungsraum folgte ein Büro, in dem hinter einem Tresen eine Sekretärin und der Kreisgeschäftsführer an ihren Computern saßen. Morgenstern reichte ihm über den Tresen hinweg die Hand, und der Geschäftsführer erhob sich seufzend, ein schmaler Mann mit dicker Brille, der sich als Klaus Meissner vorstellte.

»Ich habe die Kreisdelegiertenliste schon für Sie ausgedruckt«, sagte er. »Mit allen Anschriften und Telefonnummern.« Er schob einige zusammengetackerte Blätter über den Tresen. Morgenstern warf flüchtig einen Blick auf die Liste. »So viele!«, entfuhr es ihm.

Meissner lächelte. »Selbstverständlich. Die Delegiertenzahl hängt von der Zahl der Parteimitglieder ab. Und da können Sie ablesen, dass wir hier gut aufgestellt sind. Immer noch, auch wenn es natürlich nicht einfach ist für unsere Partei, für keine Partei. Die Leute wollen sich heute einfach nicht mehr binden. Aber wir wollen uns nicht beschweren. Bei uns ist die Welt schon noch in Ordnung.«

»Na ja.« Morgenstern räusperte sich. »Das sehe ich aktuell ein wenig anders.«

»So habe ich das nicht gemeint«, beeilte sich der Geschäftsführer zu sagen. »Das mit unserem Herrn von Westerstetten, mit unserem Nikolaus, ist eine Katastrophe. Wir sind alle erschüttert. Hier in diesem Büro fließen die Tränen, das kann ich Ihnen versichern.«

Wie auf Kommando begann die Sekretärin an ihrem Computer zu weinen. Geschäftsführer Meissner reichte ihr fürsorglich ein Papiertaschentuch und wischte sich seinerseits kurz mit dem Hemdsärmel über die Augen, nachdem er umständlich die Brille abgenommen hatte. Dann kam er um den Tresen herum und wies den beiden Besuchern Stühle am Konferenztisch zu, an dem sich ansonsten der Kreisvorstand traf.

Meissner kramte eine Weile in einem Aktenschrank, dann zog er eine zusammengerollte Karte des Landkreises Eichstätt heraus – ein auf dickes, mit irgendeinem Kunststoff beschichtetes Papier gedrucktes Werk, das über Anzeigen finanziert war. Das Gebiet des Landkreises war umringt von Inseraten verschiedenster Gastronomen und Unternehmer.

»Ist nicht mehr der neueste Stand, ein paar Ortsumfahrungen sind noch nicht drauf«, sagte Meissner zur Entschuldigung. »Hier bei uns werden ständig Umfahrungen gebaut. Der Verkehr wird immer mehr. Alle wollen nach Ingolstadt, zu Audi.«

»Oder ins Polizeipräsidium«, pflichtete Morgenstern bei und zog mit dem Finger die Streckenführung der B 13 zwischen Eichstätt und Ingolstadt nach. Nach kurzem Suchen deutete er auf das Dorf Hofstetten.

»Hier hatten Sie also die CSU-Kreisversammlung«, sagte er, fummelte einen Kugelschreiber aus der Brusttasche seiner Jeansjacke und markierte den Ort mit einem dicken blauen Kreuz.»So. Und jetzt kreuzen wir die Wohnorte aller Delegierten an, die auf der Heimfahrt die Straße zwischen Hofstetten und Pfünz nehmen mussten.«

Meissner sah Morgenstern zweifelnd an.»Wollen Sie die alle befragen?«

»Das ist noch nicht gesagt. Aber am späten Abend sind auf so einer Strecke nicht viele unterwegs, und nach meiner Erfahrung muss man der Erinnerung der Leute auf die Sprünge helfen. Erst sagt jeder, dass ihm beim Vorbeifahren nichts, aber schon rein gar nichts aufgefallen ist, und wenn man dann ein bisschen nachbohrt, fällt dem ein oder anderen doch noch etwas ein.«

»Sie suchen nach Zeugen?« Der Geschäftsführer wirkte erleichtert.

»Erst einmal suchen wir immer nach Zeugen«, erklärte Hecht. »Nach Leuten, die an Ort und Stelle waren, als irgendetwas passiert ist.«

»Ach so. Ich dachte schon, Sie verdächtigen einen unserer Delegierten.«

Morgenstern schüttelte den Kopf und zog die Adressenliste heran.»Helfen Sie mir mal, Sie kennen doch die Ortschaften hier bestimmt wie Ihre Westentasche.«

»Darauf können Sie sich verlassen. Auch wenn der Landkreis riesengroß ist, siebzig Kilometer von der einen bis zur anderen Ecke, von Mörnsheim im Gailachtal bis Pförring an der Donau.« Er deutete auf die südöstlichste Ecke der Karte.

»Da war ich erst kürzlich«, sagte Morgenstern nicht ohne Stolz über seine neu erworbene Ortskenntnis.»In Ettling.«

»Hoffentlich nicht dienstlich.«

»Nein, da ging es definitiv um kein Verbrechen. Das war rein privat.«

»Wir machen unsere Versammlungen nach Möglichkeit immer irgendwo in der Mitte vom Landkreis, damit keiner allzu weit fahren muss. Und jetzt gehen wir einfach mal die Namenslisten durch.«

Es dauerte eine ganze Weile, bis sie mit der Arbeit fertig waren. Meissner erläuterte zu jedem, dessen Namen er auf der Liste einkringelte, die Funktion: Eine ganze Reihe waren Bürgermeister. Dazu kamen die CSU-Ortsvorsitzenden, falls das nicht in der Gemeinde ohnehin der Bürgermeister in Personalunion war. Auf der Liste fanden sich Unternehmer und Handwerksmeister und aus Morgensterns Sicht überraschend viele Frauen. Die Frauen-Union hatte in den vergangenen Jahren ganze Arbeit geleistet und sich, wie der Geschäftsführer erläuterte, zu einem schlagkräftigen Netzwerk verwoben, an dem kein Weg mehr vorbeiführte. »Die Zeiten, als die Frauen bei uns fürs Kuchenbacken zuständig waren, sind gottlob vorbei«, sagte er. Es gebe im Landkreis sogar bereits einige Bürgermeisterinnen –, »im Einzelfall leider auch von der politischen Konkurrenz«.

Morgenstern sah sich die Liste an – und beschloss im selben Moment, die mühsame Sisyphusarbeit der endlosen telefonischen Rundrufe an ein paar junge Kollegen mit »frischem Auge« im Präsidium zu delegieren. Das hier schien ihm ein Fass ohne Boden.

Doch Klaus Meissner hatte gute Nachrichten für ihn. »Die Leute aus den Gemeinden tun sich normalerweise zu Fahrgemeinschaften zusammen. Da fährt kaum einer allein. Wenn man bei der Versammlung nichts trinken darf, kann so ein Abend schon lang werden. Hier zum Beispiel: Die Mörnsheimer fahren zusammen und die Schernfelder und die Tittinger. Unsere schwarzen Hochburgen, wie ich zu sagen pflege.«

Peter Hecht stand auf, um sich die Fotos an den Wänden genauer anzusehen. Eines zeigte Nikolaus von Westerstetten, die Faust triumphal nach oben gereckt, in einem Büro vor einer Großleinwand, auf die Zahlen projiziert waren. Es musste der Augenblick gewesen sein, als er das Bundestagsmandat gewonnen hatte.

»Das war vor drei Jahren«, sagte der Geschäftsführer, der sich neben Hecht postiert hatte. »Im Eichstätter Landratsamt. Da am Computer sitzt der Kreiswahlleiter, und daneben ist der Landrat, und die beiden anderen, das sind die Kandidaten von der SPD und den Grünen, leicht zu erkennen an den traurigen Gesichtern.«

»Da gilt wohl das olympische Prinzip: Dabei sein ist alles«, flachste Morgenstern. »Wer war eigentlich der Amtsvorgänger von Herrn von Westerstetten?«

»Das war Thomas Daffner«, schaltete sich Hecht ein. »Wie lange war der gleich wieder im Amt?«

»Zwei Wahlperioden lang, acht Jahre«, sagte Meissner. »Dann hat er sich zurückgezogen. Das Leben als Bundestagsabgeordneter ist aufreibend, zumindest, wenn man das Direktmandat hat. Da gibt es praktisch keinen einzigen freien Abend in der Woche, man pendelt ununterbrochen zwischen Bayern und Berlin hin und her, und am Wochenende muss man sich auf jeder größeren Veranstaltung in der Region sehen lassen. Da kann man keinem verübeln, wenn er nach acht Jahren sagt: Es gibt noch ein Leben neben der Politik, jetzt sollen mal die Jüngeren ran.«

»Und dann schlug die Stunde von Westerstetten«, sagte Morgenstern.

»Genau. Thomas Daffner hat ihn selbst als seinen Nachfolger vorgeschlagen, und die Delegierten haben ihn fast einstimmig nominiert.« Der Geschäftsführer lächelte. »Wie üblich natürlich nicht ganz einstimmig: Wenn ich mich recht erinnere, hatten wir eine Gegenstimme und eine Enthaltung. Man darf annehmen, dass die Enthaltung vom Kandidaten selbst kommt, in aller Bescheidenheit.«

Er ging in den Nachbarraum an seinen Computer, tippte ein wenig herum und kam zufrieden zurück. »Wie ich gesagt habe: eine Gegenstimme, eine Enthaltung, eine Zustimmung von siebenundneunzig Komma vier Prozent.«

»Wie einst bei Erich Honecker«, warf Morgenstern ein.

»Es gab also keine Kampfabstimmung um die Bundestagskandidatur?«, stellte Hecht fest.

Der Geschäftsführer zeigte angesichts von so viel Naivität ein mitfühlendes Lächeln. »Wo denken Sie hin. Solche Entscheidungen sind bei uns sorgsam vorbereitet. Das kann man doch nicht dem Zufall überlassen. Das muss im Vorfeld bereits geklärt sein, sonst gibt es am Ende ein Hauen und Stechen, und die ganze Partei hat den Schaden. Ich sage immer: Wenn man nicht aufpasst, dann wird aus einem Wahlzettel ein Dolch aus Papier.«

»Ich dachte immer, die Wahlmöglichkeit gehört zur Demokratie«, sagte Morgenstern spöttisch.

»Die Leute dürfen ja abstimmen«, rechtfertigte sich Meissner. »Wenn es nur einen Bewerber gibt, kann man auf den Stimmzettel ausdrücklich ›Ja‹, ›Nein‹ oder einen beliebigen anderen Namen schreiben. Wenn niemand diese Möglichkeit wahrnimmt, kann man das nicht der Partei in die Schuhe schieben. Und der Herr von Westerstetten war über jeden Zweifel erhaben. Für uns war er als Daffners Nachfolger ein Volltreffer. Jung, dynamisch, rhetorisch perfekt, mitreißend – und so gute Manieren. Das hat uns auch bei den Frauen viele Stimmen eingebracht.«

Morgenstern wusste nicht recht, was er mit dem Begriff »gute Manieren« anfangen sollte. Zuletzt hatte er diese Formulierung wohl bei seiner Oma in der Fränkischen Schweiz gehört, wo er als Kind regelmäßig seine Sommerferien verbracht hatte. Da ging es dann um den Verzicht auf Schlürfgeräusche beim Verzehr der pürierten Kohlrabisuppe oder darum, ob man die Nachbarn, die man beim Gang zum Katra-Lebensmittelladen traf, auch mit einem formvollendeten »Guten Morgen« grüßte. Die Oma bestand darauf und hatte es für sich selbst so verinnerlicht, dass sie bei ihren eigenen, unregelmäßigen Besuchen in Nürnberg die Passanten sogar in der Fußgängerzone mit einem freundlichen »Grüß Gott« bedachte.

Gute Manieren im Sinne des Bundestagsabgeordneten von Westerstetten mussten wohl irgendeine andere Dimension haben, vermutete Morgenstern. Wahrscheinlich ging es darum, gut aussehenden Damen mit allerhand »Küss die Hand« bei Bedarf in den Mantel zu helfen und ansonsten zu wissen, zu welcher Uhrzeit man als Gentleman von Welt von den braunen handgenähten Budapestern aus einer Londoner Maßschusterei zu den schwarzen wechselte: achtzehn Uhr. Morgenstern hatte von solcherlei Gepflogenheiten vor einiger Zeit im Ratgeberteil der Heimatzeitung gelesen, ein Beitrag, in dem es auch um die Rückkehr der sündteuren Bartpflege durch Herrenfriseure gegangen war. Er selbst hatte für derartige Bemühungen allerdings wenig übrig: Seinen schütteren Bart schabte er seit eh und je alle paar Tage mit halb stumpfen Klingen von der Haut, und beim Schuhwerk hatte er zu keiner Uhrzeit die Qual der Wahl zu befürchten: In aller Regel reichten ihm seine bewährten Cowboystiefel.

»Wer wird denn nun der Nachfolger von Herrn von Westerstetten?«, fragte Hecht. »Gibt es da jemanden, der sich aufdrängt?«

Klaus Meissner blickte indigniert. Eine solche Frage zu einem Zeitpunkt, da Westerstettens sterbliche Hülle noch nicht einmal unter der Erde war, hielt er für unpassend. Dann gab er sich aber einen Ruck.

»Das müssen die Gremien entscheiden. Der Bundeswahlkreis 217 ist groß, und ich vermute, dass wir nicht schon wieder einen Bewerber oder eine Bewerberin aus dem Altmühltal auf den Schild heben werden. Es könnte auf einen Ingolstädter hinauslaufen, da gibt es gute Leute. Auch bei den Neuburgern. Der Zeitpunkt ist, wenn es schon so sein muss, nicht ganz ungünstig. Wir hätten ohnehin in zwei Monaten wieder eine Nominierungsversammlung gehabt. Die Bundestagwahl steht an. Aber es gab für uns keinerlei Zweifel, dass Westerstetten weitermacht.« Meissner seufzte tief. »Er hatte noch so viel vor. Er hätte dem Altmühltal Ehre gemacht. Und er wird uns fehlen. Das reicht bis zu ganz praktischen Fragen: Wer geht denn jetzt für uns zu den ganzen Feuerwehrfesten?«

»Das könnte doch übergangsweise der Ex-Abgeordnete Daffner übernehmen«, schlug Hecht vor. »Ich habe den vor Jahren bei uns in Schrobenhausen erlebt, beim hundertjährigen Jubiläum vom Obst- und Gartenbauverein. Da hat er das erste Bierfass im Festzelt angezapft. Das hat er gut hingekriegt, das schafft nicht jeder mit drei Schlägen.«

Der Geschäftsführer verzog das Gesicht, als habe er auf etwas Bitteres gebissen. »Nein, ich glaube nicht, dass Thomas Daffner dafür noch mal zu haben ist. Er kommt zwar noch regelmäßig zu allen unseren Veranstaltungen, das schon. Aber …« Er zögerte kurz, vergewisserte sich, dass die Sekretärin ihn nicht beobachtete, setzte dann eine imaginäre Flasche an den Mund und nahm sie wieder ab.

»Die Ära Daffner ist vorbei. Er war zu seiner Zeit der richtige Mann. Er hat viel bewegt, gerade im Straßenbau. Ich sage nur Bundesverkehrswegeplan – da hat er an allen denkbaren Strippen gezogen, dass unsere Gemeinden hier Ortsumfahrungen bekommen. Beim Bau der ICE-Strecke hat er mit der Bahn verhandelt: Was denken Sie, warum wir heute wohl an der ICE-Strecke ausgerechnet einen Regionalhalt in Kinding haben, genau in der Mitte vom Altmühltal? Solche Dinge fallen nicht vom Himmel, so etwas wird einem nicht geschenkt. Aber er hat auch den politischen Instinkt besessen, rechtzeitig aufzuhören.«

»Und dann hat er einen lukrativen Auftragsposten bei der Deutschen Bahn bekommen?«, tippte Morgenstern mit ketzerischem Unterton und erinnerte sich an verschiedenste Ex-Politiker, die sich zu mächtigen Lobbyisten gewandelt hatten, für welche Branche auch immer, und mochte es die russische Gaswirtschaft sein.

»Nein, er ist heute nur noch ein bisschen im Immobiliengeschäft. Der macht es richtig: Er hat seine Schäfchen im Trockenen und lässt es ein wenig ruhiger angehen. Morgens einen Cappuccino auf dem Marktplatz vor dem Café im Paradeis und dabei ein bisschen den Gemüsehändlern auf dem Wochenmarkt bei der Arbeit zuschauen, mittags Golfspielen beim Wittelsbacher Golfclub in Neuburg und dabei ein paar Geschäfte einfädeln, abends ein schönes Glas Rotwein im Restaurant Domherrnhof. Und das mit sechzig. So alt wie ich. Aber ich habe noch ein paar Jahre.«

»Wenn wir Pech haben, müssen wir alle bis siebzig arbeiten, bis wir unsere Rente bekommen«, fügte Morgenstern hinzu. Eine Vision, die ihn schreckte. Er stellte sich einen Moment lang vor, wie er im schönsten Großvateralter immer noch Verbrecher jagte. Aber ein Lebensende als eine Art Frühpensionär schien ihm sogar noch schlimmer. Das, so stand zumindest in seinem Falle zu befürchten, führte geradewegs in eine milde Form des Alkoholismus. Er war sich aber sicher, seine Frau Fiona würde solcherlei Versumpfungstendenzen energisch einen Riegel vorschieben.

Das Telefon im Büro hatte schon mehrmals lange geläutet, und wiederholt hatte die Sekretärin dem Geschäftsführer durch die geöffnete Tür signalisiert, dass er anderweitig benötigt werde. Jetzt kam sie herüber: »Die Bildzeitung ist dran – die lassen sich nicht abwimmeln.«

»Das war irgendwie klar«, warf Morgenstern ein. »Die Aasgeier kreisen über dem Altmühltal. Ein gefundenes Fressen. Nun gut, gehen Sie ruhig rüber. Die brauchen jetzt ihre tägliche Fortsetzungsgeschichte. Aber von mir aus: Vielleicht führt es zu einem Zeugenhinweis. Wir packen hier unsere Sachen zusammen und gehen. Mit all diesen Telefonnummern haben wir Arbeit genug.«

Er überflog noch einmal kurz die Liste der Teilnehmer an der CSU-Kreisversammlung: Der Name Daffner fiel ihm auf, mit Festnetz- und Handynummer. »Daffner ist Kreisdelegierter?«, fragte er.

»Nein, er war Ehrengast. Und wahrscheinlich sitzt er momentan mit seinem Stammtisch auf der anderen Seite vom Marktplatz vor dem Café.«

Morgenstern holte sein Handy aus der Tasche und tippte die Mobilnummer ein. Daffner ging sofort ran. Und tatsächlich: Er war ein Mann, der seine Rituale pflegte.

Das Café im Paradeis, mitten am Marktplatz gelegen, befand sich genau zwischen dem mächtigen Rathaus und den Resten der ehemaligen Stadtpfarrkirche, der »Collegiata«, die vor über zweihundert Jahren abgebrochen worden war. Eine Gruppe von drei Häusern bildete ein mittelalterlich-barockes Ensemble, und zwei davon waren zu einem Gastronomiebetrieb mit großer Terrasse ausgebaut worden.

Die Terrasse war inzwischen so etwas wie der »Balkon« von Eichstätt. Hier konnte, wer Zeit und Muße hatte, gemütlich im Sonnenschein sitzen und dem Treiben auf dem Marktplatz zusehen. Wobei auch jenseits der Café-Bestuhlung nur selten Hektik angesagt war. Der größte Teil des Platzes war verkehrsberuhigt – bloß die Busse der Stadtlinie bahnten sich im Halbstundentakt ihren Weg durch die Flaneure. An den beiden Wochenmarkttagen war immer besonders viel geboten, und das barocke Eichstätt hatte endgültig eine mediterrane Anmutung irgendwo zwischen Toskana und Südfrankreich, auch wenn die Gemüsehändler alle aus der näheren Umgebung kamen.

An diesem Dienstagvormittag saß Thomas Daffner mit einigen Pensionärsfreunden bei einer Art Stammtisch zusammen, an einem Tisch nahe bei der Straße, wo man unkompliziert Rufkontakt zu anderen Rentnern aufnehmen konnte, die gerade im Schlenderschritt ihre Einkäufe erledigten – oder das zumindest simulierten, während sie überwiegend damit beschäftigt waren, einen sonnigen Vormittag mit Klatsch und Tratsch totzuschlagen.

Als Daffner die beiden ihm unbekannten Männer auf das »Paradeis« zukommen sah, stand er auf und winkte, um sich gleich zu erkennen zu geben.

»Sind Sie die beiden Herren von der Kripo?«, fragte er mit lauter Stimme, woraufhin sich prompt jeder einzelne Gast des Cafés mit höchstem Interesse Hecht und Morgenstern zuwandte. »Setzen Sie sich ruhig her zu uns, wir haben gerade noch zwei Stühle frei.«

»Eigentlich würden wir lieber mit Ihnen allein sprechen«, sagte Hecht. »Dauert auch bestimmt nicht lange.«

»Schnickschnack, ich habe nichts zu verbergen, und es gibt definitiv nichts über mich, was diese Herren«, er deutete zu seinen Stammtischbrüdern, »nicht schon längst wüssten. Die alten Bazis.« Bei den Pensionären setzte großes Grinsen ein, und einer beschied den beiden Kommissaren: »Jetzt zieren Sie sich nicht und hocken Sie sich einfach zu uns her. Es sei denn, Sie sind etwas Besseres.« Der Blick, den er auf Morgensterns Jeansjacke und Stiefel richtete, sollte offenbar bedeuten, dass er elitäre Attitüden eher für unangebracht hielt.

Und schon saßen die beiden Ermittler in der Stammtischrunde. Hecht warf einen Blick auf die Uhr. Genau zwölf, es war ohnehin so eine Art Mittagspause angesagt.

»Ja, wie gesagt, wir sind von der Kripo und ermitteln zum Tod von Herrn von Westerstetten. Da gibt es doch noch einige Unklarheiten«, sagte Morgenstern nebulös. »Sie haben ihn am Abend vor seinem Unfall im Saal in Hofstetten noch erlebt, Herr Daffner?«

Daffner lehnte sich in seinem Stuhl zurück. »Bei der Delegiertenversammlung. Er hat dort eine Ansprache gehalten, sehr gelungen, sehr engagiert. Ein guter Mann. Wir haben uns zuvor schon persönlich begrüßt.«

»Von Vorgänger zu Nachfolger quasi«, sagte Hecht.

»Genau. Wir haben uns auch später noch mal kurz getroffen, auf dem Herrenpissoir.«

Die Herrenrunde hielt das für äußerst witzig und brach in lautes Gelächter aus.

»Und – über was haben Sie gesprochen?«

Daffner, animiert durch die Heiterkeit seiner Freunde, nahm das als Steilvorlage an. »Was man halt so redet, wenn zwei Männer nebeneinander beim Bieseln stehen. Dass es ein Jammer ist, wie man erst das gute Bier für teures Geld kauft und es jetzt so dahinläuft in Richtung Kanalisation. Und dass man gerne noch ein zweites und ein drittes trinken würde, wenn man nicht dauernd befürchten müsste, dass einen draußen gleich hinterm Ortsschild die Polizei abpasst und einen freiwilligen Alkoholtest anbietet.« Beim Wort »anbietet« malte er mit beiden Händen Gänsefüßchen in die Luft.

Einer seiner Freunde sagte mit Don-Vito-Corleone-Stimme: »Ich mache Ihnen ein Angebot, das Sie nicht ablehnen können.«

»Ach ja, und ich wollte von ihm wissen, ob er auch ab und zu in Berlin ins Café Einstein geht wie ich seinerzeit. Und dann hat er mir erzählt, dass er da neulich erst mit dem Außenminister gesessen ist.«

»Ein wichtiger Mann, der Herr von Westerstetten«, kommentierte Morgenstern.

»Na ja, ich bin in meiner aktiven Zeit auch gut unterwegs gewesen in unserer Bundeshauptstadt«, gab Thomas Daffner leicht pikiert zurück. »Bloß ist das bei mir nicht so aufgefallen. Ich war zum Beispiel im Landwirtschaftsausschuss, Sie möchten gar nicht wissen, wie oft ich deswegen in Brüssel war.«

»Du hättest bestimmt einen guten Landwirtschaftsminister abgegeben«, mischte sich einer der Stammtischbrüder ein. »Noch nie hat mir einer so gut die Vor- und die Nachteile der Milchquote erklärt wie du. Aber ich habe es mir trotzdem nicht merken können.«

Die Männerrunde lachte.

Morgenstern hatte seine Zweifel, ob Thomas Daffner wirklich der geborene Spitzenpolitiker war, erst recht, wenn er ihn hier so sitzen sah: bieder, rotbackig, bodenständig. Da war Westerstetten ein ganz anderes Kaliber gewesen. Und wenn er sich richtig erinnerte, war die Milchquote längst aufgehoben. Die gab's nicht mehr, die interessierte heute keinen mehr.

»Was hatten Sie denn für ein Verhältnis zum Herrn von Westerstetten, Herr Daffner?«, bohrte Hecht nach.

»Ein ganz normales. Wir waren nicht direkt befreundet. Aber man hat sich schon füreinander interessiert. Er hat allerdings von Anfang an einen anderen Themenschwerpunkt gewählt.«

»Sie meinen die Wirtschaftspolitik?«

»Oder was man halt darunter versteht«, sagte Thomas Daffner. »Ich persönlich bin überzeugt, dass diese Konzerne keine Türöffner in der Politik brauchen. Die können sowieso machen, was sie wollen. Ich habe mich von den Rüstungsfirmen aus Prinzip immer ferngehalten. Ich verfolge diese ganzen Geschäfte mit gemischten Gefühlen. Nennen Sie mich naiv, aber ich habe manchmal einfach altmodische Ansichten. Ich hatte bei den großen Rüstungsdeals immer Skrupel. Wofür hat meine Partei denn das ›C‹ im Namen?«

»Der Herr von Westerstetten war da etwas legerer«, warf Morgenstern ein.

»Wendiger«, korrigierte Daffner. »Er war wendiger als ich. Das ist mir nicht entgangen. Er hatte seinen ganz eigenen Stil.«

»Und kaum Skrupel«, fasste Morgenstern zusammen. »Wir haben einen Hinweis, dass das international nicht überall gut ankam.«

Daffner nickte vorsichtig. »Das habe ich auch schon läuten hören. Ich habe immer noch ein paar gute Kontakte. Ich war ganz passabel vernetzt in der Bundeshauptstadt. Am Anfang habe ich Westerstetten selbstverständlich geholfen, ein paar Tipps gegeben für Berlin, damit er schnell reinfindet. Das ist nicht ganz einfach, bis man sich da einen Überblick verschafft hat. Die Arbeit in den Fraktionen und in den Ausschüssen … Für einen Anfänger gibt es viel zu lernen im Raumschiff Berlin.«

»Und Sie selbst sind wieder heil in der Bodenstation Eichstätt angekommen«, stellte Hecht fest.

»Genau. Heil und unbeschadet.« Daffner deutete auf sein Weißbier, hob dann das Glas, dass die Sonnenstrahlen durch die goldgelbe Flüssigkeit schimmerten, und nahm einen tiefen Schluck. »Ich bin froh, dass ich mir diese Strapazen nicht mehr antun muss. Ich gehe zu den CSU-Versammlungen, ich gebe Ratschläge, wenn man mich danach fragt. Ganz klar, Ehrensache. Aber aus diesem Hamsterrad der Berufspolitiker bin ich raus. Kein Wochenende, an dem nicht irgendein Fest war, kaum einmal ein freier Abend und dann das ständige Pendeln zwischen Eichstätt und Berlin. Jeden Montag in aller Frühe am Bahnhof stehen, mit dem Aktenkoffer in der einen Hand und dem Rollkoffer in der anderen.« Er trank noch einmal. *»Tempi passati.«*

Morgenstern wollte es aber dann doch nicht dabei belassen. »Ich hätte Sie jetzt einen kleinen Moment noch gerne exklusiv. Können wir kurz unter sechs Augen sprechen?«

»Wenn's sein muss.« Daffner erhob sich mit einem Seufzen.

Er und die beiden Kommissare schlenderten ein paar Meter weiter.

»Was gibt's?«, fragte Daffner.

»Sie haben gerade Ihre alten Kontakte nach Berlin angesprochen. Es ist möglich, dass Herr von Westerstetten Probleme mit einem ausländischen Geheimdienst bekommen hat. Ist Ihnen da etwas zu Ohren gekommen?«

Thomas Daffner sah sich in alle Richtungen um. »Man munkelt so etwas in München«, flüsterte er. »Der bayerische Landwirtschaftsminister war vor einiger Zeit in Israel, ein paar Projekte besichtigen – und man hat ihm ganz am Rande schöne Grüße an Herrn von Westerstetten bestellen lassen. Dazu ganz freundlich der Hinweis, er solle auf seine Gesundheit achten.«

Hecht und Morgenstern sahen sich an. Den Hinweis hatte Herr von Westerstetten leider nicht beherzigt.

***

Den Nachmittag verbrachten Hecht und Morgenstern mit Anrufen bei sämtlichen CSU-Delegierten – sie hatten beschlossen, diese Aufgabe doch nicht dem leichtfertigen Nachwuchs anzuvertrauen. Wer wusste schon, ob die Jungkriminaler auch wirklich alle Zwischentöne heraushören konnten. Doch niemand hatte Westerstettens Unfall im Pfünzer Forst bemerkt, niemand hatte ihn da draußen an der Straße gesehen – wie schon beim Zeugenaufruf in den Medien. Noch immer hatte er keine Wirkung gezeigt, obwohl unablässig weiter berichtet wurde. Es war wie verhext.

SIEBEN

Am nächsten Tag hatte Morgenstern Urlaub – schon seit Langem beantragt, schließlich waren große Ferien. Natürlich, so hatte er Adam Schneidt versprechen müssen, war er vierundzwanzig Stunden lang in Rufbereitschaft für den Fall, dass sich in den Westerstetten-Ermittlungen Dringliches ergab. Hecht hielt zusammen mit Hagen die Wacht im Büro und hatte keine Einwände.

Entgegen Fionas üblichen Zumutungen hatte Mike Morgenstern einen Ausflug nicht mit den Fahrrädern, sondern mit dem Auto geplant. Nach dem Frühstück fuhr die Familie wie am Vorabend vereinbart und insbesondere von den Kindern gewünscht altmühlaufwärts nach Pappenheim.

Die Söhne interessierten sich neben dem Thema Katzen seit einiger Zeit nämlich auch für Ritter, und da schien Pappenheim als Ziel perfekt. Nicht die Stadt selbst, denn die war ein winziges Örtchen, das in einer weiten Altmühlschlaufe von lang vergangenen, besseren Tagen träumte und vom wirtschaftlichen Aufschwung der Region in den vergangenen Jahrzehnten nur gestreift worden war. Nein, das Thema Ritter spielte sich auf einer Burg ab, die hoch über dem gemeinen Volk thronte.

Schon von Weitem sichtbar war der riesige Bergfried, der befestigte Turm in der Mitte der lang gestreckten Anlage, auf der Spitze wehte die Fahne mit dem Wappen der Herren von Pappenheim: sechs zum Dreieck formierte weiße Helme auf blauem Grund.

In dem Städtchen angekommen, lenkte Morgenstern den Land Rover durch die Gassen, bis er den Wegweiser zur Burg fand. Durch ein gefährlich schmales steinernes Stadttor ging es steil nach oben bis auf den Besucherparkplatz vor der Burganlage. Die Morgensterns passierten einen Kassen- und Mitbringselladen, überquerten den Verteidigungsgraben und fanden sich in einem großen Innenhof wieder.

»Super«, sagte Marius. »Und da haben die Ritter gelebt?«

»Genau«, sagte Morgenstern. »Die Pappenheimer waren früher ganz wichtige Leute. Darum haben sie so eine große Burg. Das können wir uns jetzt alles anschauen.«

»Und ich will gern die Gartenausstellung sehen«, fügte Fiona an. »Die haben alle Kräuter, die man sich nur denken kann. Die wachsen hier überall.«

»Als Erstes steigen wir auf den Turm«, entschied Morgenstern. »Da muss man eine tolle Aussicht haben.«

Das erste Stockwerk des quadratischen Turms war durch eine steile steinerne Außentreppe zu erreichen, dann ging es innen über eine Vielzahl von Stufen weiter, bis ganz oben eine Plattform erreicht war. Der nicht ganz schwindelfreie Morgenstern war heilfroh, als er endlich dort angekommen war.

Jetzt blickte er mit vermeintlicher Kennermiene übers Land. »Alles fränkisch«, sagte er zufrieden.

Unter ihnen lag die Stadt, umflossen von der Altmühl, man sah Fachwerkhäuser und den mit grün glasierten Ziegeln eingedeckten spitzen Turm der evangelischen Stadtkirche. Gleich daneben, in warmem Ocker gestrichen, stand das neue Schloss mit der gräflichen Verwaltung. Der Einfluss des Grafen war in dieser Stadt unübersehbar. Aber das kannte Morgenstern bereits aus Eichstätt – bloß dass es da der Bischof war.

Der Wind pfiff der Familie Morgenstern auf ihrem luftigen Aussichtspunkt um die Ohren, über ihren Köpfen knatterte die blaue Fahne mit dem Helmwappen, ein Sperberpärchen flog seine Runden um die alten Mauern.

Marius und Bastian liefen vorneweg, um die Besichtigungstour fortzusetzen, gefolgt von Fiona und am Ende, besonders vorsichtig, dem Vater. Unten im Hof herrschte reger Betrieb, anscheinend hatte mindestens eine Busgesellschaft, eher zwei, die Burg angesteuert.

»Wow, cool, da gibt's eine Folterkammer«, rief Marius plötzlich und deutete auf ein Schild, das zu einer steinernen Treppe ins Untergeschoss eines dreistöckigen Gebäudes führte.

Im Gebäude selbst, so war einer kleinen Informationstafel zu entnehmen, befanden sich ein großer und ein kleiner »Rittersaal« für Privatfeiern aller Art, der Gewölbekeller war hingegen eher nichts für Festivitäten, wie Morgenstern rasch feststellen musste.

»Ich setze keinen Fuß in diesen Keller«, sagte Fiona energisch. »Das ist doch widerlich. Das tue ich mir nicht an.«

»Nun hab dich nicht so«, meinte Morgenstern leichthin. »So ein kleines bisschen Gruseln am Vormittag.« Und schon waren Marius und Bastian die Stufen vom Hof in den weit offen stehenden Keller hinabgegangen.

»Ich schau mir die Kräuter an«, patzte Fiona und stapfte davon. Morgenstern blieb unschlüssig stehen, dann folgte er den Kindern ins Gewölbe.

Der Raum war etwa dreißig Quadratmeter groß, und jetzt drängten sich darin die Besucher. Anscheinend handelte es sich um eine der Hauptattraktionen im Burgbesichtigungskonzept. Die Besucher waren überwiegend reifere Damen und Herren mit einheitlichem Modegeschmack: Popelinejacken in Beige, entschieden zu warm für die Jahreszeit.

Die Busreisegruppe hatte ihren eigenen Führer dabei, der sich von den Senioren nicht im Alter, wohl aber in der Kleidung unterschied: eine halblange Lederhose mit Hosenträgern, ein blau-weiß kariertes Hemd und einen dünnen Lodenjanker. Ein Urbayer sozusagen und, wie sich schnell herausstellte, auch ein Gaudibursche erster Güte.

Die Führung war bereits in vollem Gange, und die männliche Linie der Familie Morgenstern klinkte sich der Einfachheit halber ein – Weghören wäre angesichts der überlauten Stimme des rustikalen Cicerone ohnehin nicht möglich gewesen. Marius und Bastian drängelten sich ganz nach vorn neben den Reiseleiter, um nichts zu verpassen, der Vater hielt sich dezent im Hintergrund und versuchte im Getümmel, ein paar Blicke auf die Exponate zu erhaschen.

»Und hier haben wir etwas besonders Hübsches«, donnerte der Mann. »Der Verhörstuhl. Wie Sie sehen, war das kein sehr gemütliches Möbelstück, oder was meint ihr dazu, Kinder? Was sehen wir da: Dieser Sessel hat überall eiserne Spitzen, und wenn man sich da draufsetzen muss, dann macht das richtig Aua. Aber hallo! Kinder, was glaubt ihr, wie lange man es auf so einem Nagelstuhl aushalten kann?«

Morgenstern hörte die zögernde Stimme von Marius. »Vielleicht, äh, vielleicht eine Minute?«

»Der junge Herr bietet eine Minute. Meine Damen und Herren, wer bietet mehr?«

»Eine Viertelstunde«, tippte ein Rentner.

»Also gut, treffen wir uns in der Mitte. Maximal ein paar Minuten, dann hat auf diesem Verhörstuhl jeder gestanden. Und Sie sehen hier die eisernen Schellen an den Lehnen, ja? Da hat man die Arme festgemacht, das hat auch alles eiserne Dornen, und die Schellen kann man so eng schnallen, wie man will. Wenn das auch nicht gereicht hat, dann hat man noch mit der Maniküre beginnen können, nicht wahr, meine Damen? Mit einer Fingernagelpflege der ganz besonderen Art. Das Ausreißen von Fingernägeln war damals weit verbreitet. Wächst aber alles wieder nach, glaube ich jedenfalls, hahaha.«

Der Trachtenträger lachte glucksend, und Morgenstern fragte sich, ob sich der Mann mit der Lederhose womöglich schon bei der Busfahrt nach Pappenheim mit ein paar Schlucken aus dem Flachmann auf Betriebstemperatur gebracht hatte. Aber noch wichen ihm Marius und Bastian nicht von der Seite. »Und was ist das da drüben?«, hörte Morgenstern die hohe Stimme seines Neunjährigen.

»Hohoho«, sagte der Bajuware. »Das ist so etwas wie der Rolls-Royce unter den Foltergeräten. Schaut interessant aus, gell? Das ist die Streckbank. Da ist den Lumpen das Lachen vergangen, gell. Man hat die Leute mit dem Bauch nach unten auf dieses Gerät draufgelegt und sie an den Fußgelenken in Eisenschellen gespannt. Das kennen wir ja schon von drüben vom Verhörstuhl, und dann hat man mit den Stricken hier die Handgelenke festgebunden und angefangen, die Leute in die Länge zu ziehen. Hier haben wir die Winde, die hat ein Übersetzungsverhältnis von, lassen Sie mich kurz nachdenken, von eins zu zehn, also, da bringt man schon ganz schöne Power her.«

Wieder bohrte Marius nach. »Und für was sind diese komischen Walzen mit den eisernen Stacheln?«

»Die vier hölzernen Walzen meinst du? Diese Konstruktion hat einen ganz hübschen Namen: Das ist der sogenannte gespickte Hase. Nicht der falsche Hase, hahaha, weil das wäre ja der Hackbraten, gell, den magst du bestimmt auch gerne, den Hackbraten mit Kartoffelbrei und Soße. Aber das hier ist der gespickte Hase. Der macht unsere gute alte Streckbank besonders effektiv, weil man da mit bloßem Oberkörper draufliegt, während man um ein paar Zentimeter länger gemacht wird.« Und wieder dröhnte das Santa-Claus-Lachen des Reiseleiters durch den Gewölbekeller. »Hohoho. Hackbraten und Kartoffelbrei!«

Das Popelinejacken-Publikum lachte nur zum Teil mit, stellte Morgenstern fest, der sich mittlerweile auf die steinernen Treppenstufen gesetzt hatte, die von den Strahlen der hoch stehenden Sonne gerade noch erreicht wurden. Dennoch fröstelte es ihn, und er zog seine Jeansjacke enger.

Fiona hatte recht gehabt, das alles war nun wirklich nichts für Kinder, auch wenn Marius sich noch so eifrig zu Wort gemeldet hatte. Was war eigentlich mit dem siebenjährigen Bastian los? Von dem hatte er schon seit einiger Zeit nichts mehr gehört.

Morgenstern erhob sich und drängte sich durch die Seniorengruppe, die immer noch zusammen mit Marius die Streckbank umringte. »'tschuldigung, 'tschuldigung!«

Er fand Bastian schließlich in der hintersten Ecke des Gewölbekellers, auf den Steinboden gekauert, direkt neben dem Verhörstuhl mit seinen grässlichen Stacheln und Eisenbändern. Das Kind hatte den Kopf gesenkt, mit beiden Händen hielt es sich die Ohren zu. Der Oberkörper erzitterte unter Schluchzen. Der Vater trat ganz dicht heran, nahm den Buben sanft an beiden Schultern und zog ihn nach oben. Bastians Backen waren nass von Tränen.

»Jetzt aber raus hier«, sagte Morgenstern, und eine Woge von schlechtem Gewissen erfasste ihn. Er warf einen letzten angewiderten Blick auf den Folterstuhl, der in vergangenen Jahrhunderten gewiss unzähligen Menschen einen erbärmlichen Tod bereitet hatte, denn wer hätte vor der Erfindung von Antibiotika allein die Infektionen durch die rostigen eisernen Stacheln überleben können?

Er führte Bastian vorsichtig aus dem dunklen, kühlen Keller hinaus ins warme, alles versöhnende Sonnenlicht. Sie setzten sich auf eine Holzbank direkt vor den Eingang, unter dem Schild »Folterkeller«, und Morgenstern strich dem Buben wieder und wieder mitfühlend übers Haar.

»Warum sind die Leute so gemein gewesen?«, schluchzte Bastian. »Warum sind die Leute so böse? Man darf doch keinem wehtun, das weiß doch jeder! Und der Mann hat sich sogar darüber lustig gemacht.«

»Na, dem werde ich was erzählen«, drohte Morgenstern und wusste, dass er selbst und niemand sonst schuld war. Ein Erwachsener konnte sich einstellen auf so eine Kammer des Schreckens, denn er wusste, was sich Menschen immer schon gegenseitig angetan hatten und immer noch taten. Da musste man nur am Abend die Fernsehnachrichten ansehen. Oder sich den grausamen Tod von Nikolaus von Westerstetten vor Augen halten.

Es gab irgendwo in der Gegend jemanden, der in der Lage war, einen anderen kaltblütig umzubringen, aus welchen Gründen auch immer. Ein solcher Mensch hätte wahrscheinlich auch seine Freude an dieser Folterkammer und würde hier ganz gewiss nicht in Tränen ausbrechen, sinnierte Morgenstern. Aber was verstand er schon von Psychologie? Eines aber stand für ihn fest: Ein Kind hatte ein Recht darauf, an das Gute im Menschen zu glauben.

Unten im Gewölbe gab es jetzt kurzen Applaus, dann strömten die Senioren die Treppe herauf – Marius strahlend mitten unter ihnen.

»Mensch, ihr habt die Daumenschrauben verpasst«, sagte er, als er Bastian und den Vater auf der Bank sitzen saß. »Die waren voll fies.« Dann erst bemerkte er, in welch miserablem Zustand sein bleichgesichtiger Bruder war. »Was ist denn mit dir los? Hat's dir nicht gefallen?«

Bastian antwortete nicht, sondern nickte nur kurz.

»Er hat sich das alles sehr zu Herzen genommen«, erklärte Morgenstern. »Es geht ihm gerade gar nicht gut, aber das wird schon wieder.« Und dann schickte er Marius los, am Burg-Imbiss ein Eis zu besorgen.

»Wenn's geht, Nucki Erdbeer«, flüsterte Bastian. Er war auf dem Weg der Besserung.

Als Letzter kam der Lederhosenmann die Treppenstufen hoch. Morgenstern erhob sich abrupt von der Bank, ließ Bastian sitzen und stellte sich ihm in den Weg. »Sagen Sie mal, geht's Ihnen noch gut?«, raunzte er ihn an. »Haben Sie nicht gesehen, dass da Kinder mit im Raum waren? Da können Sie doch nicht solche Horrorgeschichten erzählen.«

Der Mann schaute ihn von oben bis unten an, dann lächelte er dümmlich. »Ich hab nur meine eigene Gruppe geführt, wir sind der Obst- und Gartenbauverein Kelheim, ich bin der Schriftführer und Organisator, und heute fahren wir ein bisschen durchs Altmühltal. Ich kann nichts dafür, wenn sich da irgendwelche Zwerge anschließen und große Ohren kriegen. Dem einen hat's doch ziemlich gut

gefallen, der hat mir fast ein Loch in den Bauch gefragt.« Er grinste.
»Sie sind der Vater, oder? Dann sind Sie zuständig, nicht ich. Und
außerdem bin ich der Ansicht: Was wahr ist, wird man wohl noch
sagen dürfen. Dieses ganze Foltergerät habe schließlich nicht ich
erfunden. Das war alles mal richtig im Einsatz. Die Leute heute
interessieren sich halt für Geschichte, wenn man sie ihnen richtig
präsentiert.«
   »Und Sie glauben also, dass Sie das richtig präsentiert haben?«
   »Die Leute sind zufrieden. Haben Sie nicht gehört, wie sie am
Schluss geklatscht haben? Ich habe sogar noch eine kleine Gesangs-
einlage gegeben: das Lied von den alten Rittersleut. Wenn man
das nicht staubtrocken und wissenschaftlich macht, sondern so wie
ich, mit einem Augenzwinkern und mit ein bisschen Humor, dann
können die Leute das viel leichter aufnehmen. Ich war schon öfter
hier, und da habe ich mal erlebt, wie sich einer aus lauter Jux und
Tollerei versuchsweise auf den Verhörstuhl gesetzt hat. Das war
eine Riesengaudi damals.«
   »Für meinen Buben war's das nicht. Der ist nämlich sehr sensibel«, sagte Morgenstern und deutete zu Bastian, der auf seiner
Bank ins Leere schaute.
   »Dann kaufen S' ihm halt eine Limo«, schlug der Gartenbauver-
einsschriftführer versöhnlich vor und kramte in seinem Geldbeutel
nach einer Münze. »Hier. Für eine Bluna.«
   Und ehe sich's Morgenstern versah, hatte der Mann Bastian
zwei Euro zugesteckt, kniff ihm noch kurz in die Backe und sagte:
»Hab ich dich ein wenig erschreckt, Kleiner? Alles halb so wild.
Bis zur Hochzeit ist alles wieder gut.« Dann wandte er sich um und
machte sich auf die Suche nach seiner auf dem ganzen Burggelände
versprengten Ausflugsgesellschaft.

Es dauerte zum Glück doch nicht bis zur Hochzeit, bis Bastian
wieder mit sich und der Welt im Reinen war. Ein Nucki Erdbeer,
viele tröstende Worte von Vater und Bruder und nicht zuletzt ein
Riesenanpfiff, den Fiona ihrem Gatten wegen dessen pädagogi-
scher Grobklotzigkeit verpasste, wirkten beim Sohn psychologische
Wunder. Er verdrückte noch eine Träne, und dann war die Sache
offenbar aus der Welt geschafft.
   Fiona erzählte, welche interessanten Pflanzen sie im botanischen

Garten der Burg gesehen hatte: von der Vielfarbigen Wolfsmilch bis zum Weidenblättrigen Ochsenauge und dem Sichelblättrigen Hasenohr. Darüber konnte Bastian dann schon wieder lachen.

Als sie sich wenig später das Burggelände ansahen, fielen Morgenstern die überall angebrachten Schilder auf: »Betreten der gesamten Anlage auf eigene Gefahr. Eltern haften für ihre Kinder.« Gemeint waren damit vor allem Kletterpartien auf verlockenden Mauerstümpfen. Aber Morgenstern dachte nur an die vermaledeite Folterkammer, die seinen sensiblen Sohn hoffentlich nicht nachhaltig verstört hatte.

»So etwas müsste man verbieten«, knurrte er, »oder mit einem Warnhinweis ›Zutritt erst ab 18 Jahren‹ versehen.« Gut, dass sie die Katze angeschafft hatten. Die würde Bastian wohl trösten können.

ACHT

Mike Morgenstern hatte von landwirtschaftlichen Details keine Ahnung, und er hatte auch nicht die Absicht, das zu ändern. Ob Kühe nun Heu fraßen oder Stroh, war ihm herzlich egal, und die Antwort auf die Frage, was da genau wuchs auf den Äckern des Altmühltals, überließ er den Leuten, die sich von Berufs wegen oder mangels anderer Hobbys mit so etwas auskannten. Im Frühling, wenn überall die Rapsfelder blühten, freute er sich über die sonnengelbe Farbe; was aber mit diesem Grünzeug später passierte, scherte ihn nicht – obwohl er das sogar wusste: Der meiste Raps wurde im Sommer gedroschen und landete in den großen Ölmühlen am Rhein.

Manchmal bedauerte er, dass nirgendwo Vieh im Freien weidete. Eine leibhaftige Kuh kriegte man fast nicht mehr zu sehen, in den meisten Dörfern gab es gerade noch einen einzigen Milchbauern, alle anderen hatten das mühsame Geschäft mit der Milch längst aufgegeben. Schweine bekam man schon gar nicht zu Gesicht – die wurden in hermetisch abgeschlossenen Großställen gemästet, und der Laie konnte ihre tausendfache Existenz nur ahnen, wenn der Wind ungünstig stand und der süßliche Gestank der ammoniakgeschwängerten Gülle übers Land waberte. Morgenstern war in dieser Hinsicht der ganz normale Durchschnittsbürger, der den Unterschied zwischen Gerste und Weizen nur dann zur Kenntnis nahm, wenn es ums Bier ging: Das Helle wurde aus Gerstenmalz gebraut, das Weißbier aus Weizen. So stand's zumindest auf der Flasche.

So kam es, dass Morgenstern äußerst überrascht war, als er und Hecht am nächsten Morgen in ihrem Büro Besuch aus dem Labor bekamen: Es ging ums Stroh.

»Wir haben eure Strohproben unter die Lupe genommen«, erklärte der Techniker. »Das Stroh, mit dem Westerstetten in Brand gesteckt worden ist, ist Gerstenstroh, und von der Länge und Farbe her passt es genau zu den Ballen, die neben dem Lüftenhof gelagert sind.«

»Das habe ich mir schon gedacht«, sagte Morgenstern. »Der Täter hat sich an den Ballen bedient, einfach im Vorbeifahren.«

»Das klingt plausibel. Aber ich habe noch etwas anderes festgestellt.«

»Und das wäre?«

»Diese Halme aus dem Auto, aus dem Kofferraum, die ihr uns gegeben habt – die sind definitiv nicht von diesen Strohballen.«

Hecht und Morgenstern sagten wie aus einem Munde: »Sondern?«

»Die sehen irgendwie anders aus. Ich bin da wirklich kein Fachmann, aber das erkennt man ziemlich schnell, dass das kein Gerstenstroh ist. Das ist eine andere Getreidesorte. Aber wenn ihr Genaueres wissen wollt, müsst ihr einen Experten fragen.«

»Ich ruf gleich mal im Landwirtschaftsamt an«, sagte Hecht. »Das ist doch hier gleich um die Ecke. Die haben Leute, die das wissen. Und du fragst noch mal bei der Bodenschenk nach, woher das Stroh kommen könnte. Irgendwas kommt mir da seltsam vor.«

»So genau müssen wir's doch gar nicht wissen«, meinte Morgenstern. »Mir reicht es, wenn es nicht dasselbe Stroh ist wie am Tatort. Damit wäre die Bodenschenk zumindest in diesem Punkt aus dem Schneider.«

Doch Hecht blieb hart. »Ruf du die Bodenschenk an – und ich beim Landwirtschaftsamt.«

Bei Anita Bodenschenk meldete sich der Anrufbeantworter: Sie sei den ganzen Tag im Eichstätter Diözesanarchiv. Hecht wiederum erreichte in der Bauernbehörde nach einiger Zeit den gewünschten Fachmann für »pflanzliche Erzeugung«, einen Beamten namens Anton Dobler, der versprach, gleich vorbeizukommen, er sei ohnehin gerade auf dem Weg in den Außendienst, um zu kontrollieren, ob die Bauern sich auch brav an alle Vorgaben der Europäischen Union hielten.

Wenige Minuten später stand Dobler bei Hecht und Morgenstern im Büro und lobte die kurzen Wege in einer Stadt wie Ingolstadt. Der Techniker hatte inzwischen die Strohproben aus dem Labor geholt, und Dobler begutachtete beide mit Kennerblick.

»Gerste, eindeutig Gerste«, sagte er über die erste Probe. Er hatte einen Laptop mitgebracht, den er beiläufig aufklappte und hochfuhr. »Vom Lüftenhof? Da haben wir's ja«, murmelte er, nachdem er eine Excel-Datei geöffnet hatte. »Erzeugergemeinschaft für Qualitätsgetreide Jura-Land e. G. Die bauen Braugetreide für die Brauerei Gutmann in Titting an. Dann kennen wir sogar die Sorte: Steffi.«

»Steffi?«, fragte Morgenstern.

»Ganz bekannte Sorte. Hat sich als Braugetreide auf dem Jura sehr bewährt. Aber jetzt lassen Sie mich mal das andere Stroh sehen.« Mit spitzen Fingern nahm er die Halme in die Hand, an mehreren von ihnen hing noch die ausgedroschene Ähre.

»Was haben wir denn da?« Dobler kniff die Augen zusammen. »Hmmm.« Wieder tippte er etwas in seinen Laptop.

»Weizen?«, fragte Morgenstern. »Ich tippe auf Weizen.«

Dobler sah den Oberkommissar von der Seite an. »Sie haben wohl gar keine Ahnung, oder? Das lernt man doch schon in der Grundschule, wie Weizen aussieht.« Dobler legte sich die Ähre auf ein weißes Blatt Papier auf Morgensterns Schreibtisch und öffnete dann eine Datei mit Fotos und schematischen Zeichnungen von Getreidesorten.

»So sieht Weizen aus«, sagte er und zeigte Morgenstern ein Bild. Dann tippte er auf die Ähre auf der Tischplatte. »Und das hier, das ist Einkorn.«

Morgenstern schüttelte den Kopf. »Einkorn. Nie gehört. Was soll das sein?«

»Einkorn ist ein sogenanntes Urgetreide. Das dürfte das erste Getreide sein, das die Menschen gezielt angebaut haben. Man hat die Körner schon den Pharaonen in die Pyramiden mitgegeben. Heutzutage ist das nur noch eine Spielerei im Ökolandbau. Genauso wie der Emmer. Das ist eine winzige Marktnische. Eine Liebhaberei.«

Anton Dobler freute sich sichtlich, dass er mit seinem Expertenwissen glänzen konnte. »Das Riedenburger Brauhaus macht Bier draus. Aus Emmer, Einkorn oder Dinkel. Ökobier in kleinen Flaschen. Also ich persönlich bleibe da lieber bei einem guten, normalen Hellen. Ich glaube nicht, dass ich eine Maß Dinkelbier packen würde.«

Morgenstern erinnerte sich an Anita Bodenschenks Dinkelkekse und konnte Dobler sehr, sehr gut verstehen.

Hecht sah sich die Ähre nun ebenfalls genauer an und ließ

den Halm zwischen Daumen und Mittelfinger rotieren. »Nur eine winzige Nische, sagen Sie, Herr Dobler. Wie viele Bauern sind es denn, die es bei uns in der Gegend mit diesem seltsamen Einkorn versuchen?«

»Das haben wir gleich.« Dobler tippte in seinen Computer. »Wir führen da eine Statistik fürs Ministerium in München. Die wollen solche Sachen ganz genau wissen. Einkorn … gleich hab ich's.« Dobler stutzte. »Also, das überrascht mich jetzt echt. Ich dachte, dass es mehr wären. Da haben wohl einige Bauern in den letzten Jahren das Handtuch geworfen.«

»Wie viele sind es?«, fragte Morgenstern ungeduldig. »Nun sagen Sie schon!«

»Es sind nur noch drei. Drei in der ganzen Region Ingolstadt. Sehen Sie selbst.« Doblers Excel-Datei enthielt drei Namen.

»Und das sind definitiv alle?«, wollte Hecht wissen. Er notierte sich die drei Namen und die dazugehörigen Adressen auf einem Notizblock.

Dobler nickte. »Alle, die in diesem Jahr Einkorn gesät haben. Alle drei sind Biobauern, ein anderer würde sich die Mühe mit dem Einkorn bestimmt nicht antun. Die Ernte fällt naturgemäß niedrig aus.«

»Sagt ja schon der Namen Einkorn«, sagte Morgenstern mit dem guten Gefühl, wieder etwas gelernt zu haben.

»Nein, wieder falsch. Natürlich hat auch die Ähre vom Einkorn viele Körner. Aber nicht so viele wie die modernen Kulturpflanzen.« Dobler zögerte kurz, dann gab er sich einen Ruck. »Darf man wissen, um was es hier eigentlich geht? Ermittelt die Polizei gegen einen von unseren Bauern? Manchmal gibt's Anzeigen, wenn einer auf freiem Feld Stroh verbrennt. Da verstehen die Landratsämter keinen Spaß. Wir haben genaue Vorschriften fürs Verbrennen von strohigen Abfällen, wie es amtlich heißt.«

»Im weitesten Sinne«, sagte Hecht, »ist das unser Thema. Das strafbare Verbrennen von Stroh. Danke für Ihre Mithilfe.«

Als Anton Dobler gegangen war, herrschte im Büro Ratlosigkeit. Hecht hob den kleinen Hagen aus seinem Katzenkorb, setzte ihn sich auf den Schoß und streichelte ihm lange den Rücken. Ein leises, genüssliches Schnurren setzte ein.

»Dieses Stroh aus dem Kofferraum der Frau Bodenschenk hat also nichts mit dem Stroh vom Eichstätter Richtplatz zu tun. Demnach wäre es reiner Zufall, dass wir es zweimal mit Stroh zu tun haben.«

»Ich glaube nicht an Zufälle«, sagte Morgenstern, der gerade dabei war, dem in einem großen Pflanztopf vor sich hin trocknenden Ficus benjamina per Wasserinfusion eine lebensverlängernde Galgenfrist zu gewähren. »Auch wenn die Bodenschenk Stein und Bein schwört, dass sie sich die Halme in ihrem Auto nicht erklären kann.«

»Aber wie sind sie dann reingekommen?«, sinnierte Hecht, ohne Hagens gefühlvolle Thai-Massage auszusetzen. »Wahrscheinlich war sie auf einem der drei Biobauernhöfe, die dieses komische Getreide anbauen, und hat es bloß vergessen. So eine wie die Bodenschenk kauft bestimmt beim Hofladen vom Biobauern ein, alles öko, alles regional. Und wenn der Bauer ihr eine Kiste voll runzliger Äpfel ins Auto hebt, hängen halt unten noch ein paar Strohhalme dran. Das ist des Rätsels Lösung.«

»Das wäre dann doch Zufall. Ich finde es ziemlich seltsam«, beharrte Morgenstern. »Wir fahren zur Bodenschenk ins Diözesanarchiv. Die Sache stinkt.« Er schnupperte. »Apropos stinken: Verwendet dein Hagen eigentlich brav das Katzenklo, das du ihm besorgt hast?«

Hecht sah sein Katerchen skeptisch an. »Bisher noch nicht, obwohl ich ihn heute früh gleich mal präventiv ein paar Minuten draufgesetzt habe. Vielleicht muss er einfach nicht.«

»Es riecht aber ein bisschen streng, findest du nicht?«

Es dauerte ein Weilchen, bis des Rätsels Lösung gefunden war. Hagen von Tronje hatte sich gegen die offizielle Erleichterungskiste mit ihrer Füllung aus extra saugfähigem Granulat entschieden und eine vermutlich artgerechtere Alternative gefunden: den Ficus-Topf auf dem Fußboden.

»Besser, als wenn er sich auf Schneidts Sofa erleichtert«, sagte Hecht verständnisvoll. »Und dem Ficus kann ein bisschen Dünger nicht schaden. Ist das erste Mal seit fünf Jahren.«

✳✳✳

Das Diözesanarchiv in Eichstätt hatte seinen Sitz in der Stadtmitte, in der Luitpoldstraße, die vom zentralen Leonrodplatz in sanfter Steigung nach Norden Richtung Buchtal führte. Links davon war das Bischofspalais, gegenüber lagen das Seelsorgeamt der Diözese Eichstätt und ein weiteres kirchliches Amtsgebäude. Es waren die ehemaligen repräsentativen Wohnsitze der adeligen Domherren, die nun für verschiedenste Zwecke der Bistumsverwaltung genutzt wurden.

Hecht und Morgenstern hatten ihren Dienst-Audi auf dem Leonrodplatz neben einem großen rechteckigen Brunnenbecken geparkt, über das gütig eine steinerne Muttergottes mit Jesuskind wachte. Der Leonrodplatz mit der gewaltigen Schutzengelkirche war fest in kirchlicher Hand – was nicht ausschloss, dass auch die evangelische Erlöserkirche samt barockem Pfarrhaus in diesem Ensemble noch ihren Platz gefunden hatte.

An den Ecken der dem Platz zugewandten Häuser fanden sich die für Eichstätt typischen Erker, die Fassaden waren durch breite Bänderungen gegliedert. Da war es wieder, Morgensterns Italien-Gefühl, und seinem Kollegen Hecht ging es genauso.

Das Gebäude des Diözesanarchivs war noch ein wenig stattlicher als das Bischofshaus. In der Beletage prangte über dem hölzernen Eingangstor ein vergoldeter Balkon, darüber ein ovales Wappenschild.

»Schau dir mal das Wappen an.« Hecht stieß Morgenstern kumpelhaft in die Seite. »Hoffentlich meinen die nicht uns.« Das Wappen zeigte einen weißen Esel mit erhobenen Vorderhufen.

Sie klingelten am Tor, die Tür öffnete sich, und es ging über ein repräsentatives Treppenhaus in den ersten Stock. Der Leiter des Archivs, Heinrich Ettringer, erwartete sie vor einer großen weißen Flügeltür.

»Sie kommen von der Kriminalpolizei?«, fragte er. »Ich hoffe, ich kann Ihnen helfen. Kommen Sie doch bitte rein.«

Ein lichtdurchflutetes, geräumiges Büro mit edelstem historischem Parkettboden und dem Zugang zum Goldbalkon stellte sich als des Archivars Arbeitsplatz heraus. Die beiden Besucher nahmen an einem Besprechungstisch Platz.

»Schön haben Sie's hier«, sagte Morgenstern. »Ich vermute, dass nicht viele Archivare in Bayern so nobel residieren.«

Ettringer lächelte, nicht ohne Stolz. »Sie werden gleich sehen, dass unser Leseraum auch nicht ohne ist. Wir können uns nicht beklagen. Das stammt noch aus der Zeit unserer Fürstbischöfe. Aber nun sagen Sie mir doch bitte, was Sie wissen möchten.« Morgenstern räusperte sich, legte dann den Finger auf den Mund, als ob er den Archivar zur Verschwiegenheit mahnen wolle.

»Wir ermitteln wegen des Todes von Nikolaus von Westerstetten und hatten deswegen schon ein Gespräch mit Frau Bodenschenk. Wir haben noch ein paar weitere Fragen an sie, und nun hören wir, dass sie gerade bei Ihnen ist. Da dachten wir: Warum kommen wir nicht einfach gleich hierher?«

Der Archivar neigte den Kopf. »Frau Bodenschenk ist eine Stammkundin im Diözesanarchiv, wenn man so sagen will. Eine sehr eifrige und, wie uns scheint, auch effektive Forscherin. Nun ja, sie ist studierte Historikerin, da lernt man die Archivarbeit von der Pike auf. Da müssen wir nicht mehr viel erklären.«

»Was forscht sie denn?«, fragte Morgenstern.

»Immer dasselbe Thema: Hexenverfolgung im Hochstift Eichstätt unter Fürstbischof von Westerstetten. Kein sehr erquickliches Thema. Soweit ich weiß, schreibt Frau Bodenschenk an einem Zeitschriftenartikel und einem Buch dazu. Allerdings lagern die allermeisten Akten zum Thema im Staatsarchiv in Nürnberg.«

Hecht stand von seinem Stuhl auf und warf einen Blick aus dem Fenster, hinab auf die Luitpoldstraße. »Gibt es noch andere, die sich mit der Hexenverfolgung befassen?«, fragte er, ohne sich zum Archivar umzudrehen.

»Nicht dass ich wüsste. Bei uns wollen die meisten einfach nur Einblick in die Kirchenbücher nehmen, weil sie Familienforschung betreiben und ihren Stammbaum zurückverfolgen wollen, am liebsten bis zu Adam und Eva. Ein mühsames Geschäft, das kann ich Ihnen sagen. Die meisten scheitern bereits an der Handschrift des jeweiligen Pfarrers. Und am Ende stellen sie fest, dass ihre Vorfahren mindestens seit dem Dreißigjährigen Krieg in genau demselben Dorf wohnten, in dem die Familie heute noch lebt. Taufe, Trauung, Tod – das ist alles, was über die einfachen Menschen niedergeschrieben ist. Das ist nicht unbedingt spannend.«

»Ich wüsste schon gerne, was meine Vorfahren so getrieben haben«, sagte Hecht.

»Ich nicht«, meinte Morgenstern. »Das gibt bloß Enttäuschungen. Aber da fällt mir ein: War zufällig mal der Abgeordnete von Westerstetten hier bei Ihnen? Wegen seines berüchtigten Vorfahren?«

Heinrich Ettringer stützte das Kinn auf die Hand. »Nein, ganz bestimmt nicht. Daran würde ich mich erinnern. Ich glaube, Herr von Westerstetten hatte mit dem Hier und Heute gerade genug zu tun. Diese ganze Familienforschung ist doch eher etwas für Leute, die zu viel Zeit haben. Pensionäre, Rentner, Lehrer im Unruhestand. Und jetzt zeige ich Ihnen mal unseren Leseraum.«

Acht Augenpaare wandten sich Hecht und Morgenstern zu, als der Archivar vom Flur aus eine hohe Tür öffnete. Von zwölf Pulten, die für die Forscher zur Verfügung standen, waren zwei Drittel besetzt. Belegt mit Laptops, Notizbüchern und vor allem mit großen, gebundenen Büchern voll mit Namenskolonnen und Daten.

Der Archivar hatte recht: Die meisten Gäste waren deutlich erkennbar im Rentenalter – und männlich. Neben Anita Bodenschenk, die in der zweiten Reihe saß, gab es nur eine weitere Frau, die hinten rechts an einem Fensterplatz arbeitete – und eine ebenfalls weibliche Aufsicht ganz vorn an einem Schreibtisch, was dem Lesesaal die Anmutung eines Klassenzimmers gab.

Bodenschenk wirkte überrascht, nickte dem Trio in der Tür kurz zu und erhob sich von ihrem Platz. Alle anderen wandten sich wieder ihren Unterlagen zu wie eifrige Studenten bei einer Examensarbeit. Die Kommissare zogen sich mit Anita Bodenschenk in den Flur zurück, Archivar Ettringer verabschiedete sich mit Handschlag in sein Büro.

»Wir hätten noch ein paar Fragen an Sie, Frau Bodenschenk«, sagte Morgenstern. »Ihr Anrufbeantworter hat uns hierhergeführt.«

»Was für Fragen? Geht es wieder um ein paar Strohhalme?«

»Genau«, sagte Hecht. »Wir würden gerne wissen, ob Sie in letzter Zeit auf einem bestimmten Biobauernhof beim Einkaufen waren. Ob Sie dort vielleicht eine Kiste voll Gemüse in den Wagen geladen haben? So etwas in der Richtung.«

»Vielleicht einen Korb voll Eier, mit Stroh ausgelegt?«, schlug Morgenstern vor. »Wir haben drei Höfe zur Wahl: einen in Kösching, einen in Preith und einen in Nassenfels.«

»Nichts von alledem«, sagte Anita Bodenschenk knapp. »Ich kaufe mein Gemüse nach Möglichkeit auf dem Viktualienmarkt in Ingolstadt, neben dem Stadttheater. Immer mit dem Fahrrad, aus Prinzip. Und in den letzten Monaten bin ich nicht ansatzweise auf einen Bauernhof gekommen, das kann ich Ihnen garantieren.« »Woher wissen Sie das so genau?«, fragte Morgenstern. »Ich habe eine besonders schlimme Form von Heuschnupfen. Wenn ich nur in die Nähe einer Scheune komme, läuft meine Nase Amok. Fürs Landleben bin ich verloren, da kann die Zeitschrift ›Landlust‹ schreiben, was sie will. Um Bauernhöfe mache ich einen weiten Bogen.«

»Dann stehen wir jetzt vor einem Rätsel«, folgerte Morgenstern, ohne Anita Bodenschenk näher über die Zusammenhänge zu informieren.

»Was machen Ihre Forschungen?«, fragte Hecht und deutete zur Tür des Lesesaals.

»Es wird leider Gottes immer deprimierender«, gab Bodenschenk unumwunden zu. »Ich weiß nicht, wie lange ich noch die Nerven habe, mich mit diesen Dingen auseinanderzusetzen. Mir scheint es manchmal, als würde man direkt in Dantes Inferno abtauchen. Jedes Mal, wenn ich mir einen neuen Gerichtsfall vornehme, steht vor meinem geistigen Auge die Schrift: ›Ihr, die ihr hier eintretet, lasst alle Hoffnung fahren.‹ Es ist niederschmetternd.«

»Und jetzt kommt noch diese Sache mit dem Abgeordneten von Westerstetten dazu«, sagte Morgenstern und versuchte, seiner Stimme einen mitfühlenden Klang zu geben. »Alles sehr, sehr traurig.«

»Kommen Sie«, sagte Bodenschenk mit einem Mal. »Ich werde Ihnen den Mann zeigen, der für all dieses Unglück verantwortlich ist. Den Fürstbischof. Sein Epitaph im Dom.«

Sie kehrte kurz in den Lesesaal zurück, um der Aufsicht Bescheid zu geben, dann ging sie, begleitet von den Ermittlern, mit zügigen Schritten die Treppe des Diözesanarchivs hinab auf die sonnige Luitpoldstraße. Am Leonrodplatz ging es nach rechts, wo sich vor ihnen schon die beiden Domtürme in den strahlend blauen Himmel reckten.

An einem kleinen Platz blühten in einem kreisrunden Rondell um eine Linde Hunderte von Blumen um die Wette, daneben plätscherte aus einem Brunnen Wasser. Morgenstern kam es vor, als wolle da ein besonders romantischer Zeitgenosse das Lied »Am Brunnen vor dem Tore« versinnbildlichen.

»Hier geht's rein«, sagte Bodenschenk und deutete auf ein schmales gotisches Tor, das von zwei kleinen steinernen Heiligenfiguren flankiert war. »Zum Seiteneingang.«

Die Tür zum Dom stand offen, und als sie hindurchgingen, bot sich ihnen ein Scherenschnitt aus Licht und Schatten. Sie standen in der Ostecke eines mittelalterlichen Kreuzgangs. An den Wänden waren die steinernen Gedenktafeln eingelassen. Der Boden war mit ockerfarbenen, im Laufe von Jahrhunderten abgetretenen Solnhofer Kalkplatten gefliest.

Bodenschenk führte ihre Begleiter nach links in den Flügel des Kreuzgangs. Der kleine quadratische Hof wurde als Friedhof für die Mitglieder des Domkapitels genutzt. Über den modernen Grabplatten erhob sich überlebensgroß ein aus Stein gehauener Jesus als guter Hirte, ein Schaf quer über die Schultern gelegt.

»Mann, hat der vielleicht eine große Nase«, sagte Morgenstern.

In der nächsten Ecke des Kreuzgangs wurde an die Gefallenen der Weltkriege erinnert. Bodenschenk, die bereits bei der Mahnwache darauf hingewiesen hatte, dass bei der Erinnerungskultur in Eichstätt mit verschiedenerlei Maß gemessen werde, schwieg dieses Mal und bog zielstrebig nach rechts in den nächsten Flügel des quadratischen Umgangs ab, wo sie den Gedenkstein für Johann Christoph von Westerstetten wusste. Das vorletzte Epitaph auf der linken Seite.

Wie angewurzelt blieb Bodenschenk stehen. »Da, sehen Sie nur«, flüsterte sie und deutete auf die rechteckige Grabplatte in der Wand. »Blut!«

Schon von Weitem war zu sehen, dass sich jemand an dem Denkmal zu schaffen gemacht hatte. Hecht und Morgenstern gingen näher, bis sie direkt davorstanden: Die flach aus dem rechteckigen Juramarmorstein herausgearbeitete Figur stellte den toten Fürstbischof Johann Christoph von Westerstetten auf dem Sterbebett dar, den bärtigen Kopf mit der Mitra auf ein Kissen gebettet, in der linken Hand den gebogenen Bischofsstab, die rechte auf die Brust gelegt. Aber die fast kreisrunden Augen des Fürsten waren blutrot. Und rot von Blut waren beide Hände. Oder war es rote

Farbe? In Dunkelrot auf den Bauch gemalt war ein Pentagramm, ein Drudenfuß, dreißig auf dreißig Zentimeter.

»Ganz schön gruslig«, sagte Morgenstern und zog seine Jeansjacke ein wenig enger.

Hecht entzifferte derweil die Schrift, die in einem breiten Band das gesamte Epitaph umrundete. Einzelne Buchstabenabschnitte waren im Laufe der letzten vierhundert Jahre abgebrochen, aber immer noch war gut lesbar, wem hier die letzte Ehre erwiesen wurde.

»IO CHRISTOPHORUS A ... RSTETTEN«, buchstabierte Hecht, und versuchte sich dann auch noch an den römischen Ziffern: »DCLIX EPS EYSTETT ...« Es ging irgendwie noch weiter, aber Hecht verlor die Geduld und las nur noch den überraschend gut erhaltenen Hinweis »requiescat in pace«.

»Er möge ruhen in Frieden«, sagte Hecht, der zwar nie Latein gelernt hatte, aber von Zeit zu Zeit gern mit seiner vermeintlich breiten Allgemeinbildung protzte.

»Amen«, sagte Morgenstern.

»Nix war's mit der ewigen Ruhe«, kommentierte Anita Bodenschenk, die die Fassung wiedererlangt hatte.

Hecht zog aus einer braunen Aktentasche, die er neuerdings zur treuen Begleiterin erkoren hatte, einen kleinen Fotoapparat und begann, die geschändete Grabplatte zu fotografieren. Anita Bodenschenk, technisch trotz ihres reiferen Alters etwas fortschrittlicher als die beiden Kommissare, zückte ein Smartphone und machte mit zusammengebissenen Zähnen mehrere Aufnahmen.

»Die Farbe ist ziemlich frisch, die glänzt noch«, sagte Morgenstern und fuhr mit dem rechten Zeigefinger über den dunkelroten Drudenfuß. Er schnupperte am Finger und hielt ihn dann Hecht vor die Nase. »Riecht komisch, oder? Lackfarbe ist das nicht.«

»Tatsächlich Blut«, sagte Hecht. Dann deklamierte er bedeutungsschwanger: »Blut ist ein ganz besonderer Saft.« Als der Kollege ihn ratlos anschaute, erklärte er: »Goethes Faust I, Mephisto.«

Zu Morgensterns Überraschung legte die studierte Germanistin Bodenschenk spontan nach: »›So ist denn alles, was ihr Sünde, Zerstörung, kurz, das Böse nennt, mein eigentliches Element.‹ Ebenfalls Mephisto.«

»Das ist schon ein ziemlicher Hammer hier«, sagte Morgenstern schließlich und versuchte, sich seinen geröteten Finger am Hosenbein abzuwischen. »Ist ja widerlich!«

»Und ein unübersehbares Signal. Das ist nicht der Hammer, das ist der Holzhammer«, meinte Hecht. »Da will jemand auf Teufel komm raus eine Nachricht übermitteln. An die ganze Stadt.«

»Vielleicht aber auch bloß an uns beide«, überlegte Morgenstern. »Wir sollten auf jeden Fall Spuren sichern lassen.« Er wandte sich an Anita Bodenschenk. »Und Sie gehen mal in sich und überlegen, wer aus Ihrem seltsamen Freundeskreis für diesen Anschlag in Frage kommt. Oder waren Sie es gar selbst?« Er sah ihr gerade in die Augen. »Der Dom ist nachts abgesperrt, Sie sind heute schon seit dem Morgen in Eichstätt, könnte doch passen.«

»Warum hätte ich Sie beide dann als Erstes hierherführen sollen?«, fragte Bodenschenk. »Ich war genauso überrascht wie Sie. Und außerdem wäre das da«, sie deutete auf das verschmierte Pentagramm, »nicht mein Stil. Beleidigen Sie mich also bitte nicht.«

»Wir sollten mit dem Mesner reden«, schlug Morgenstern vor. »Vielleicht ist dem etwas Verdächtiges aufgefallen.«

»Hier geht's lang«, sagte Anita Bodenschenk.

Der Kreuzgang mündete in eine große, rechteckige, hohe Halle, die mittelalterliche Grablege der Domherren. Eine Totenhalle, ein Mortuarium, in das durch hohe Glasscheiben das Licht strömte. Epitaphe, ähnlich wie das des Fürstbischofs Westerstetten, waren in Reih und Glied in den Hallenboden eingelassen.

Vor dem unübersehbar prächtigsten Glasfenster blieb Morgenstern stehen. Die Glasmalerei zeigte das Jüngste Gericht: Ein giftgrünes Monster verschlang die Ungerechten, während daneben die Guten, die Braven, durch eine goldene Pforte ins Paradies schritten. Dazwischen tobte eine Schlacht zwischen Engeln und Teufeln. Es überraschte Morgenstern bei näherem Hinsehen, dass die gehörnten Teufel auch einen leibhaftigen Papst, gut erkennbar an seiner Tiara, in den Höllenschlund zerrten, und einem König ging es genauso.

»Da könnte der alte Westerstetten gut und gerne auch mit dabei sein«, sagte er mit Blick auf das knallbunte gläserne Wimmelbild.

»Das ist schon vor seiner Zeit gemalt worden«, sagte Anita Bodenschenk. »Holbein der Ältere, wenn Ihnen das was sagt.«

Morgenstern schüttelte den Kopf. »Was Sie alles wissen.«

Der Dommesner, der mit einem schwarzen Talar bekleidet in seiner Sakristei werkelte, wusste schon Bescheid. Am frühen Vormittag hatten ihn mehrere Kirchenbesucher auf die verschmierte Grabtafel aufmerksam gemacht, und er hatte auch gleich den Domdekan als Hüter der Bistumskathedrale alarmiert. Dieser hatte wiederum die Kunstexperten vom Diözesanbauamt herbeigerufen und zugleich Anzeige bei der Polizeiinspektion Eichstätt erstattet, deren Besuch aber noch auf sich warten ließ.

Der Anschlag auf das Westerstetten-Grab musste irgendwann nach sechs Uhr morgens geschehen sein, nach dem Öffnen der verschiedenen Eingangstüren zum Dom, zum Kreuzgang und zum Mortuarium, der Gräberhalle.

Irgendwelche Verdächtigen?

Da musste der Mesner passen. In der Frühmesse morgens um sieben habe sich das übliche Häuflein überwiegend älterer, überwiegend weiblicher Kirchgänger eingefunden, die seien allesamt über jeden Zweifel erhaben. »Obwohl – man kann in die Leute ja nicht reinschauen«, wie der Mesner weise anfügte.

Es seien außerdem bereits am frühen Morgen die ersten Touristen im Dom und vereinzelt auch im Kreuzgang anzutreffen. »Aber man rechnet natürlich nicht damit, dass man da besonders aufpassen muss. Ich komm doch nicht auf die Idee, dass da einer mit Farbe rumschmiert.«

»Mit Blut«, sagte Morgenstern. »Vielleicht war es Blut.«

»Dann bringt man's ja leicht wieder weg.« Der Mesner, eindeutig ein praktisch veranlagter Mensch, wirkte erleichtert. »Wissen Sie, wir hatten in der Vergangenheit immer wieder mal Schmierereien. Da hat jemand rote Farbe in einen Brunnen gekippt, damit das Wasser blutrot ausschaut. Das sollte an die ertrunkenen Flüchtlinge im Mittelmeer erinnern. Die Männer vom Bauhof haben danach den ganzen Brunnen putzen dürfen. Und Tierschützer haben im Industriegebiet Farbbeutel auf den Schlachthof geworfen.«

»Das ist aber doch ganz was anderes«, warf Morgenstern ein. »Hier geht's um den Hexenjäger Westerstetten.«

»Ich mein ja nur.« Der Mesner schien beleidigt. »Ich hoffe bloß, dass das jetzt nicht zum Normalzustand wird. Da hätte ich was zu tun, wenn ich hier dauernd aufpassen muss wie ein Schießhund.«

Es reicht schon, dass man dauernd die Touristen im Zaum halten muss. Die laufen mitten unter der Messe rum und wollen Fotos machen und sich unterhalten. Ich sage denen immer: Unser Dom ist kein Museum. Das ist das Haus Gottes, und da hat man sich entsprechend aufzuführen.«

»Ist klar«, sagte Morgenstern. »Ich bin mir sicher, dass das hier ein Einzelfall war. Passen Sie weiter schön auf Ihre Kirche auf, und wenn Ihnen doch noch einfällt, dass irgendwas auffällig war, dann lassen Sie es uns wissen.«

Im Gehen wandte sich Morgenstern noch einmal um. »Eine Frage noch: Wie viele Leute wissen eigentlich, dass es diese Grabplatte gibt und wo sie genau steht? Da muss man als Laie doch ziemlich lange suchen, denke ich mir, nicht wahr?«

Der Mesner, der sich bereits wieder dem Polieren eines silbernen Kerzenständers zugewandt hatte, brummelte etwas schwer Verständliches.

»Wie bitte?«, fragte Morgenstern.

»Keine Sau«, sagte der Mesner ungnädig. »Das weiß normal kein Mensch. Interessiert auch keinen. Ich muss ganz ehrlich sagen, dass ich es bis heute früh selbst nicht gewusst habe. Da hätte ich was zu tun, mir jeden Grabstein anzuschauen und die lateinischen Inschriften zu entziffern.«

Morgenstern sah Anita Bodenschenk bedeutungsschwer an. »Vielleicht haben Sie mit Ihrer kleinen Ansprache bei der Mahnwache am Marktplatz jemanden erst auf eine dumme Idee gebracht. Wir sollten mal gründlich nachdenken, wer Ihnen da besonders gut zugehört hat.«

Eine kurze Nachfrage bei der Polizeiinspektion Eichstätt ergab, dass die Kollegen bei der Demonstration vor drei Tagen wie üblich keine Fotos angefertigt hatten. »Wir sind doch hier nicht bei Big Brother«, meinte Inspektionsleiter Manfred Huber lakonisch.

Als bessere Quelle erwies sich die Redaktion des »Eichstätter Kurier« direkt am Marktplatz. Natürlich hatte bei der Mahnwache am Abend ein Redakteur fotografiert und auch für die Ausgabe des nächsten Tages ein Foto mit einem kurzen Text auf der ersten Lokalseite platziert. Aber auf diesem Foto war im Wesentlichen die allseits bekannte Anita Bodenschenk zu sehen, mit dem Willibaldsbrunnen und einigen wenigen Sympathisanten im Hintergrund.

Mit Engelszungen gelang es Morgenstern, der Redaktion die restlichen, unveröffentlichten Bilder der Mahnwache für seine Ermittlungen abzuringen. Die Redaktion hatte erst mit dem Chefredakteur in Ingolstadt Rücksprache gehalten – in der Sorge, man mache sich mit der Weitergabe der Aufnahmen zum willfährigen Handlanger der Staatsgewalt, die sich ihre Fotos gefälligst selbst knipsen solle. Morgenstern gelobte Besserung, sang das Hohelied des Datenschutzes sowie der informationellen Selbstbestimmung und rauschte unter vielfachen Dankesbekundungen mit den auf eine CD gebrannten Bildern ab.

In einem Fotostudio in der Luitpoldstraße ließen sie sich an einem Automaten von jedem der Fotos einen Abzug ausdrucken, zwölf Stück insgesamt, dann setzten sich Morgenstern, Hecht und Bodenschenk gleich um die Ecke vor einer Bäckereifiliale an einen kleinen Gartentisch, um die Bilder zu studieren und gleichzeitig ein zweites Frühstück einzunehmen.

Morgenstern hatte sich für eine Quarktasche entschieden, Hecht für eine Butterbreze, während Anita Bodenschenk mit einer Tasse Kaffee – schwarz, ohne Zucker – vorliebnahm, dazu aber eine filterlose Gauloise rauchte – eine Marke, von der Morgenstern nicht geglaubt hätte, dass sie die europaweiten Gesundheitskampagnen der vergangenen Jahrzehnte überlebt haben könnte.

Hecht hatte seinen Montblanc-Füllfederhalter gezückt, dazu einen kleinen Notizblock, und nun gingen sie die Mahnwachen-Teilnehmer gemeinsam durch. Anita Bodenschenk kannte, weil sie Ingolstädterin war, höchstens ein Drittel der Teilnehmer, und so wurde kurzerhand noch der Streifenpolizist Ludwig Nieberle vor die Bäckerei beordert.

Mit vereinten Kräften ließen sich so praktisch sämtliche fünfzig Teilnehmer der Mahnwache identifizieren – wobei Nieberle auch von Fall zu Fall seine persönliche Einschätzung des jeweiligen kriminellen Potenzials hinzufügte.

Die örtlichen Heimatforscher vom Historischen Verein hielt er zum Beispiel pauschal eines Angriffs auf das Westerstetten-Grab für unverdächtig. Fiona Morgenstern schloss er mit breitem Grinsen ebenfalls aus, ohne allerdings Anita Bodenschenk den Zusammenhang näher zu erläutern. Anders sah das bei verschiedenen Jugendlichen aus, Mädchen wie Jungen, die sich der Mahnwache angeschlossen und zwei Regenbogenfahnen mitgebracht hatten.

»Das sind die Leute vom Jugendzentrum, da müsste man mal ein bisschen nachbohren«, schlug Nieberle vor und tippte auf junge Gesichter unter Rastafrisuren. »Dann haben wir noch unsere Stadträte von den Grünen und von der ÖDP, die örtliche Speerspitze von Amnesty International ist auch vertreten. Ach, und da steht der Stadtheimatpfleger und schaut sich das alles ein bisschen aus der Distanz an.«

»Und wer sind die drei Damen da drüben?« Hecht deutete auf mehrere Frauen um die sechzig, die sich wie der Heimatpfleger anscheinend nicht recht entscheiden konnten, ob sie Zuschauer oder Teilnehmer sein wollten.

»Das schaut mir nach evangelischem und katholischem Frauenbund aus. Bei uns gibt's alles.«

Morgenstern war es schließlich, der sich auf einem der Bilder auch die vermeintlich desinteressierten Zaungäste vornahm, die im Außenbereich des Café Cortina direkt neben dem Rathaus saßen, umringt von rot blühenden Oleanderbüschen, vor sich Eisbecher oder Weißbiergläser, vom Willibaldsbrunnen nur getrennt durch eine schmale Fahrspur für die Busse der Eichstätter Stadtlinie. Er brauchte einen Moment, bis er an einem der kleinen, runden Tische den ehemaligen Bundestagsabgeordneten Thomas Daffner entdeckte.

»Interessant«, murmelte er. »Der war also auch dabei.«

»Wer?«, fragte Hecht.

»Na schau doch, der Daffner, unser Ex-Abgeordneter. Der pendelt anscheinend den lieben langen Tag zwischen den Cafés in der Altstadt hin und her. Mal ist er im Paradeis, mal ist er im Cortina.«

»Und zwischendurch trifft man ihn in der Segafredo-Bar am Domplatz«, bestätigte Nieberle. »Das ist aber nichts Außergewöhnliches, das machen etliche unserer Pensionisten so, auch ein paar ehemalige Polizeibeamte. Also mir persönlich wäre das zu fad, und außerdem würde meine Frau da einen Riegel vorschieben, wenn ich dauernd am Rumstrawanzen wäre.«

Morgenstern sah sich die anderen Fotos an, auf denen Daffner mal mehr, mal weniger deutlich zu erkennen war. Es war eindeutig, dass er die Veranstaltung mit Interesse verfolgte, obwohl er Gesellschaft am Tisch hatte. Neben ihm saß eine blonde Frau von etwa vierzig Jahren, die ein Trägerkleid trug und an einem Aperitif nippte. Morgenstern war sich zu fünfundneunzig Prozent sicher, dass es sich um einen Aperol Spritz handelte, der auch im Altmühltal seit Jahren an lauen Sommerabenden für römischleichtes Lebensgefühl sorgte (am Morgen hingegen des Öfteren für barbarische Kopfschmerzen). Daffner hatte sich für ein Weißbier entschieden.

»Kennen Sie die Frau?«, fragte Morgenstern Nieberle.

»Die Trixi, seine Lebensgefährtin. Die ist stadtbekannt.«

»Und wie heißt sie mit vollem Namen?«

Nieberle dachte lange nach. »Die war schon mal verheiratet, mit dem Zahntechniker Niedermeier, aber das ist schon Ewigkeiten her. Jetzt heißt sie wieder wie früher: die Schöpfel-Trixi, Beatrix Schöpfel. Die war mal ein ganz heißer Feger, an der hat sich schon mancher Mann die Finger verbrannt.«

Anita Bodenschenk räusperte sich und sah Ludwig Nieberle streng an, um zu signalisieren, dass solch männliche Einschätzungen mit ihrer emanzipatorischen Grundhaltung unvereinbar waren.

Nieberle zog eine Augenbraue hoch. »Kennen Sie die Trixi? Ich schon. Und es hat sich mancher gewundert, wie der Daffner auf einmal mit ihr zusammen war. Aber anscheinend vertragen sie sich. Der Daffner lässt ihr ihre Freiheiten und freut sich ansonsten, dass er der Mann an ihrer Seite sein darf, bei so einem Altersunterschied. So ist jedenfalls mein Eindruck. Die beiden halten zusammen nach dem Prinzip ›Leben und leben lassen‹. Mit so etwas brauchte ich meiner Frau aber nicht zu kommen.«

Morgenstern dachte an Fiona und nickte verständnisvoll. Er schaute Beatrix Schöpfel näher an. Sie wirkte auf den Fotos gelangweilt von der Mahnwache, war mal damit beschäftigt, ihr Haar mit einem Gummi zu bändigen, mal flirtete sie mit einem jungen, hübschen Kellner, der grade vorbeikam. Und zwischendurch war sie auch mal verschwunden.

»Wir sollten uns den Daffner noch mal vornehmen«, sagte Hecht. »Ich würde gerne noch ein bisschen mehr über ihn erfahren.«

»Mir geht's genauso«, pflichtete Morgenstern bei. »Und Sie, Frau Bodenschenk, sind vorläufig entlassen. Aber halten Sie sich für uns zur Verfügung. Ich denke, dass wir Sie noch brauchen.«

NEUN

Thomas Daffners Wohnung lag in der Spitalstadt direkt gegen-
über der Eichstätter Altstadt auf der anderen Altmühlseite beim
Stadtbahnhof und war somit nagelneu. Einstmals war das gesamte
Areal rund um den kleinen Bahnhof Rangiergelände gewesen,
geprägt vom riesigen Lagerhaus der BayWa, in das die Bauern der
Umgebung in den Sommermonaten ihr Getreide fuhren, daneben
gab es Schrebergärten und Wildwuchs aller Art, alles in Bestlage,
alles im Dornröschenschlaf.
Morgenstern kannte diese Konstellation aus vielen anderen
Städten. Überall in Deutschland waren die verwahrlosten, her-
untergekommenen Flächen rund um die Rangierbahnhöfe in
den vergangenen Jahren als letzte zentrumsnahe Filetgrundstücke
entdeckt und überplant worden, und fatalerweise ähnelte sich die
Bebauung auch überall: Bauhaus-Stil von der architektonischen
Stange, würfelförmige Kästen mit vorgeblendeten Balkonen, un-
unterscheidbar von München bis Hamburg.
Im Falle Eichstätt war das neue »Viertel« im Nu ausverkauft gewesen, die Läden im Erdgeschoss hatten sich wider Erwarten rasch
vermieten lassen, weil die Einzelhändler einfach von ihren teilweise
sanierungsbedürftigen Läden in der Altstadt in die Spitalstadt übergesiedelt waren. Die darüberliegenden Wohnungen waren trotz
Großstadtpreisen weggegangen wie die warmen Semmeln.
Auch Thomas Daffner hatte offenbar im Laufe der vergangenen Jahre genug Geld angespart, um sich in der Spitalstadt seinen
Altersruhesitz mit Blick auf die träge dahinfließende Altmühl, auf
den Rathausturm und das Kloster St. Walburg leisten zu können.
Die Kommissare klingelten an der Tür im Erdgeschoss, und es
dauerte nur einen kurzen Moment, bis sich Daffner meldete. »Ja?«
»Die Kripo Ingolstadt noch mal«, sagte Morgenstern. »Können
wir hochkommen?«
Der Türsummer brummte. Daffners Wohnung befand sich im
zweiten Stock, bevorzugte Lage, Blick auf die Altstadt, Balkon.
»Hat mich eine Stange Geld gekostet«, sagte Daffner ungefragt,
als die beiden Ermittler in die Wohnung traten. Er trug eine hell-

grüne Hose mit edlem braunen Gürtel, darüber ein lachsfarbenes Poloshirt, die Füße steckten in eleganten dunkelblauen Wildlederslippern. In der Hand hielt er ganz ohne Scheu ein Bleikristallglas mit einer bernsteinfarbenen Flüssigkeit. Morgenstern tippte auf Whiskey.

»Nehmen Sie doch Platz.« Daffner wies auf zwei weiße Ledercouches hin, die in einem großzügig angelegten Wohn-Ess-Lebens-Vielzweckraum standen. Die gesamte Einrichtung war ebenso geschmackvoll wie unpersönlich. Die Bilder an den Wänden, sorgfältig gerahmte Kunstdrucke, ließen keinerlei künstlerische Präferenzen erkennen.

Auf Morgenstern wirkte die Wohnung wie eines der neuerdings in Mode gekommenen »Boarding-Houses«, voll möblierte Apartments, in die die Nutzer für ein paar Wochen oder Monate, vielleicht gar für ein ganzes Jahr einzogen, wenn sie aus irgendwelchen Gründen länger in einer fremden Stadt zu tun hatten. Praktisch, zweckmäßig, durchaus schön – aber kein echtes Zuhause. Eine Schein-Heimat. Ein einziges Bild fiel Morgenstern wirklich ins Auge: eine großformatige Fotografie des »Verhüllten Reichstags«, die über einem der Sofas hing. Signiert, wie rasch zu erkennen war.

»Sie trauern Berlin heimlich noch nach, stimmt's?«, fragte Morgenstern mit Blick auf Christos Verhüllungswerk.

»Ich kann hinfahren, wann immer ich will«, sagte Daffner. »Ich komme öfter hin als Sie, das dürfen Sie mir glauben.«

»Wieso denn das?«

»Ich habe geschäftlich mit Immobilien zu tun. Ich bin als Gebäudeentwickler tätig. Überwiegend hier in der Gegend. Aber eine Sache habe ich auch schon am Prenzlauer Berg durchgezogen. Nichts ganz Großes, aber es nährt den Mann, wie Sie sehen.« Mit eitler Geste wies er auf seine Wohnung und den phantastischen, unverbaubaren Blick hinüber zur Altstadt. »Was wollen Sie noch von mir wissen?«, fragte er abrupt.

»Wir würden gerne mehr über Ihr Verhältnis zum Herrn von Westerstetten erfahren«, sagte Morgenstern, während Hecht sein Notizbuch aufklappte. »Neulich bei der Demonstration für das Hexenmahnmal waren Sie ein eifriger Zuhörer, soweit wir wissen. Da ging es am Rande auch um Ihren Nachfolger.«

»Ach das?« Daffner winkte ab und nahm dann einen kleinen

Schluck aus seinem Glas. »Übrigens könnten Sie jederzeit auch einen kleinen Drink haben. Ich würde Sie bestimmt nicht verraten.«

»Nein, danke«, sagte Morgenstern. »Aber ein Kaffee wäre nicht schlecht.«

Auf der Küchenzeile stand eine protzige italienische Kaffeemaschine im Wert eines Mittelklassewagens. Daffner stand auf und begann umständlich, an der Maschine zu hantieren. »Ich habe nicht viel Erfahrung damit, das macht meistens die Trixi«, sagte er. »Meine Freundin. Ich selbst trinke meinen Espresso am liebsten gleich drüben im Café. Wie die echten Italiener halt. Kaffee trinkt man außer Haus.«

Irgendwie brachte Daffner mit Müh und Not ein Tässchen Espresso zustande.

»Diese Mahnwache oder Demonstration oder was das gewesen sein soll, das war ein richtiger Schmarrn. Diese ganze Sache mit den Hexen, die man hier im Mittelalter verbrannt hat, interessiert doch keinen modernen Menschen mehr, höchstens ein paar hysterische Weiber. So sehe ich das.«

»Das kann man auch anders sehen, Herr Daffner. Es waren auch jede Menge Männer bei dieser Mahnwache. Die Frage ist: Können Sie sich vorstellen, dass jemand von diesen Leuten Herrn Westerstetten etwas Böses wollte?«

»Spinner gibt es überall«, sagte Daffner leichthin. »Aber um auf Ihre Frage von vorhin zurückzukommen: mein Verhältnis zu Herrn von Westerstetten, zu unserem Blaublut, wie ich oft sage – ich hatte kein Verhältnis zu ihm, auch wenn ich gestern am Stammtisch etwas anderes gesagt habe, um den schönen Schein zu wahren. Aber die Wahrheit ist: Wir kannten uns kaum.«

»Das gibt's doch nicht«, entfuhr es Morgenstern. »Sie müssen doch politisch miteinander zu tun gehabt haben, zumindest, solange Sie noch Abgeordneter waren.«

Daffner, der auf der zweiten Ledercouch Platz genommen hatte, schlug die Beine übereinander und schloss die Augen. »Mir ging es wie vielen, ich habe ihn zuerst kaum wahrgenommen. So ein junger, ehrgeiziger Bursche, der aus dem Nichts auftaucht. Wir Alten sind doch alle beim Plakatekleben groß geworden, man wächst da so rein in eine Partei. Schüler-Union, Junge Union.

Kegelturniere, Schafkopfrennen der Partei, da kommt eines zum anderen. Und allmählich kristallisiert sich heraus, wer von diesen Leuten das Zeug für höhere Weihen hat.«

»Und das waren zum Beispiel Sie?«, fragte Hecht.

»Zum Beispiel ich«, gab Daffner süffisant zurück, lehnte sich nach hinten und nahm wieder einen Schluck. »Mit harter Arbeit habe ich es in den Bundestag geschafft. Ich kenne ganz viele noch, die in Berlin heute das Sagen haben.«

»Kennen umgekehrt die anderen Sie auch?«, fragte Morgenstern, der sich zu erinnern glaubte, dass Daffner der klassische Hinterbänkler gewesen war. Farblos, profillos.

»Natürlich, mein Name war ein Begriff. Ich habe auch in der Bundestags-Fußballmannschaft mitgekickt. Rechtsverteidiger. Großer Spaß. Wissen Sie, wie die anderen mich genannt haben: ›das Bollwerk aus dem Altmühltal‹. Aber nach zwei Perioden war dann Ende. Hat nicht sollen sein.«

Morgenstern spürte ganz deutlich die Wehmut, den Schmerz und den Verdruss, auch wenn Daffner sich bemüht hatte, gelassen zu klingen.

»Es hat nicht sollen sein«, wiederholte Morgenstern. »Weil da zu Hause plötzlich ein neuer, junger Mann auftaucht, ein neuer Stern am Himmel, und der mischt den Laden auf.«

»Aufmischen ist das falsche Wort. Das ging alles ganz unauffällig, im Hintergrund. Da haben etliche Herrschaften die Strippen gezogen hinter meinem Rücken. Die haben von einem politischen Naturtalent geschwafelt, und angeblich haben sich auch die Münchner eingeschaltet, der Ministerpräsident höchstpersönlich. Es hat ein paar diskrete Treffen gegeben, von denen man mir nichts gesagt hat. Da haben sich die maßgeblichen Leute der Kreisverbände abgestimmt. Ingolstadt, Neuburg. Und Eichstätt auch.«

Morgenstern drehte seine Espressotasse in den Händen. »Das klingt für mich wie die Vorbereitung zu einem Putsch.«

»Nennen Sie es, wie Sie wollen. Die waren jedenfalls alle wie besoffen von diesem Westerstetten. Dabei hat ihn kaum einer richtig gekannt. Wussten Sie, dass er in Rumänien aufgewachsen ist, irgendwo da drüben in Siebenbürgen?«

»Bei Graf Dracula«, sagte Morgenstern, nicht zuletzt, um den Ex-Abgeordneten weiter aus der Reserve zu locken.

»Genau. Fast vergessene Seitenlinie eines uralten Adelsgeschlechts. Ist doch albern, oder nicht? Da lebt man seit hundert Jahren in einer Demokratie, aber sobald ein Herr von und zu auftaucht und ein bisschen Wind macht, gehen alle in die Knie, als gäbe es in Bayern noch den König.«

»Dabei hat der Westerstetten noch nicht mal in einem Schloss gewohnt, noch nicht mal auf einem Landsitz«, goss Morgenstern mit Bedacht weiteres Öl ins Feuer.

»Sie sagen es. Der war nichts Besseres als wir anderen. Aber eines war er auf jeden Fall: ein Vermarktungsgenie.«

»Und damit hat er Sie aus dem Amt gedrängt?«

»Zu mir persönlich war er immer ausgesprochen höflich und nett. Wir haben damals in derselben Gemeinde gewohnt, im Markt Wellheim. Er war ja zuerst in München, aber dann ist er zu uns gezogen, ins Urdonautal. Er hat sich immer für alles interessiert, was ich in Berlin so treibe. Sogar für die landwirtschaftlichen Themen, von denen er überhaupt keine Ahnung hatte. Sie müssen wissen, dass ich Landwirtschaft studiert habe, in Weihenstephan natürlich, ich war eine ganze Weile beim Bauernverband drüben in Neuburg, als Geschäftsführer, und später beim Maschinenring. Da macht mir keiner was vor.«

»Dann hätten Sie ja das Zeug zum Landwirtschaftsminister gehabt«, entfuhr es Hecht, der wegen des Spargelhofs seiner Schwester in Waidhofen immer das Ohr dicht an der Agrarbranche hatte und sich im Frühsommer nicht zu schade war, selbst im Spargeldirektvertrieb mitzumischen, indem er das gesamte Polizeipräsidium in eine Markthalle verwandelte.

Daffner zeigte ein bittersüßes Lächeln. »Herr Hecht, Sie schmeicheln mir. Minister, das wäre nichts für mich gewesen. Das ist ein Haifischbecken.«

»Und Sie wollten kein Hai sein?«, fragte Morgenstern.

Wieder das Lächeln: »Sie wollen mich aufs Glatteis führen, nicht wahr? Sie wollen sehen, ob ich der Mann wäre, um Nikolaus von Westerstetten anzugreifen, körperlich. Ob ich der Typ wäre, der ihn mit dem Auto entführt und dann in Brand steckt. Sie haben vielleicht Nerven!« Thomas Daffner stöhnte leise, dann nahm er einen Schluck aus seinem Glas, ehe er nach langer Pause weitersprach.

»Nein, ich habe ihm nichts getan. Ich habe mich ziemlich bald gefügt, als klar war, wohin der Hase läuft. Es gab damals, vor der Nominierung für die dritte Legislaturperiode, ein Hintergrundgespräch, bei dem man mich mit den Plänen konfrontiert hat. Sie haben mich nach Bergen ins ›Klosterbräu‹ gebeten, kennen Sie das? Ein bayerisches Nobellokal, alles vom Feinsten. Wir sind ganz diskret in der Jakobstube gesessen, im Feinschmeckerabteil sozusagen. Und zum Nachtisch, einer ausgezeichneten Bayrisch Creme, haben sie mir die Pistole auf die Brust gesetzt. Freiwilliger Rückzug oder Kampfabstimmung. Es war denen klar, dass ich verlieren würde.«

»Und Ihre lebenslangen Pensionsansprüche waren durch die zwei Legislaturperioden schon in trockenen Tüchern.« Hecht versuchte vergeblich, bei dieser Bemerkung nicht missgünstig zu wirken.

»Ein Aspekt, den man nicht gering schätzen sollte«, sagte Daffner. »Aber Geld ist bei solchen Dingen nie das Entscheidende.«

»Sondern?«

»Der Verzicht darauf, in der Öffentlichkeit zu stehen. Mitten im Leben. Wenn du bestenfalls noch der Grüßaugust bist. In unseren Dörfern kommt es nicht gut an, wenn ein Mensch im besten Mannesalter nur noch damit beschäftigt ist, den Rasen rund ums Haus zu mähen. Das habe ich alles erst lernen müssen.«

»Und deswegen machen Sie jetzt in Immobilienentwicklung«, sagte Morgenstern. »Und sind nach Eichstätt gezogen.«

»Genau.«

Morgenstern löffelte umständlich den Zuckersatz vom Boden seiner Tasse, steckte ihn sich in den Mund und ließ ihn auf der Zunge zergehen. Für Thomas Daffner war das die Gelegenheit, sein Whiskeyglas nachzufüllen. Ein ganzes Sortiment von Flaschen und Karaffen stand dafür auf einem Servierwägelchen bereit.

Daffner hatte den Ermittlern noch den Rücken zugewandt, als Morgenstern die zentrale Frage stellte: »Haben Sie Nikolaus von Westerstetten gehasst?«

Ganz langsam drehte sich der Ex-Abgeordnete um. Das nun wieder wohlgefüllte Glas in der rechten Hand, die linke lässig in die Hosentasche gesteckt. Das Hemd allerdings war ihm schon vor einiger Zeit aus dem Hosenbund gerutscht, und Morgenstern fiel erst jetzt auf, dass Daffner an diesem Morgen noch nicht die Zeit oder den Willen für eine gründliche Rasur aufgebracht hatte.

»Ob ich ihn gehasst habe? Wie hätten Sie sich denn an meiner Stelle gefühlt? Da ist einer, der Ihnen alles nimmt, was Ihnen wichtig ist. Es heißt immer, dass Politik Verantwortung auf Zeit ist und dass der ständige Personalwechsel zur Demokratie gehört. Aber wenn es so weit ist, wenn es einen persönlich trifft, dann tut das verdammt weh.«

Daffner nahm sein Glas in die Linke und klopfte sich mit der Rechten an die Brust. »Ich meine das mit dem Wehtun ganz konkret. Ich habe damals Herzrhythmusstörungen bekommen, ich muss deswegen den Rest meines Lebens Tabletten nehmen. Mein Hausarzt glaubt sogar, dass ich einen leichten Herzinfarkt hatte. Ich habe mir die Sache im wahrsten Sinne des Wortes zu Herzen genommen.«

»Also haben Sie Nikolaus von Westerstetten gehasst?«, beharrte Morgenstern auf einer Antwort.

»Ja, wenn Sie es unbedingt wissen wollen. Ja! Ja! Ja! Ich habe ihn gehasst, diesen intriganten Schlaumeier, der alle wichtigen Leute auf seine Seite gezogen hat, der mein altes Leben ruiniert hat.«

»Und jetzt sind Sie froh, dass er tot ist?«, fragte Morgenstern bedächtig.

Daffner stellte sich ans Fenster und blickte über die Stadt, hinüber zum Kirchturm von St. Walburg, hinüber zu den beiden Türmen des Doms. Er schien mit einem Mal in sich versunken.

»Wissen Sie, ich bin Christ, Katholik, wenn ich auch kein großer Kirchgänger bin«, begann er ganz leise. »Ich habe an dieser Kirche allerhand auszusetzen, und als jetzt diese Mahnwache war wegen der Hexenverbrennungen, habe ich das gut nachvollziehen können. Aber eines hat mir die Kirche von Kindesbeinen an vermittelt: Du sollst dich nicht freuen über das Unglück eines anderen Menschen. Was du nicht willst, dass man dir tu, das füg auch keinem andren zu.«

»Aha«, sagte Morgenstern. »Eine sehr vernünftige Einstellung.«

»Die goldene Regel«, pflichtete Hecht bei.

Daffner nahm einen Schluck, einen großen Schluck. »In diesem Fall allerdings, im konkreten Fall des Nikolaus von Westerstetten, mache ich von dieser sogenannten goldenen Regel eine Ausnahme.«

Im Raum wurde es so still, dass nur noch das kratzende Geräusch zu hören war, das Peter Hechts Montblanc-Füllfederhalter auf dem linierten Papier des Notizbuchs machte. Vor dem Fenster flog ein Taubenschwarm vorbei, eine kompakte Menge von vielleicht vierzig Tieren, die im dichten Verbund eine Wolke bildeten, im Kollektiv sicher vor dem Angriff der Turmfalken, die in den Nischen der uralten Stadtmauer und in den schmalen Schallfenstern der Domtürme nisteten und immer nach unvorsichtigen Opfern Ausschau hielten.

Morgenstern stand auf und stellte sich neben Thomas Daffner. Gemeinsam schauten sie auf das Stadtpanorama. »Herr Daffner, Sie waren bei der Delegiertenversammlung in Hofstetten. Wie sind Sie danach nach Hause gekommen?«

Daffner lachte entrüstet auf. »Nein, ich habe mit dem Tod unseres Herrn von Westerstetten nichts zu schaffen. Ich habe nur gesagt, dass es mir nicht leidtut, und das ist meine eigene Sache. Ich bin mir nicht einmal sicher, ob ihm klar war, was er mir angetan hat. Dieser Westerstetten war kein Mensch, der sich ständig nach rechts oder links umgedreht hat. Der ging seinen Weg ganz direkt, ohne Rücksicht auf Verluste. Für den war ich wahrscheinlich nicht einmal ein Kollateralschaden. Bloß ein Vertreter der alten Garde, die aufs Abstellgleis gestellt wird.«

»Sie stilisieren sich hier ständig zum Opfer«, sagte Morgenstern kopfschüttelnd. »Dabei wissen wir alle, wer das wirkliche, echte Opfer ist: ein toter Mann. Sie haben bloß einen Karriereknick erlitten. Aber, Herr Daffner, Sie leben noch, und Sie leben nicht mal schlecht. Sie haben eine tolle Wohnung, Sie haben eine gut aussehende Freundin, wahrscheinlich haben Sie auch ein tolles Auto —«

»Einen Q8«, präzisierte Daffner, und Morgenstern fragte sich zum wiederholten Mal, ob hier wirklich jeder, der etwas auf sich hielt, eine übermotorisierte Limousine aus Ingolstadt fahren musste.

Auch einer seiner Nachbarn fuhr einen Audi-Boliden und machte sich einen Spaß daraus, den Motor beim morgendlichen Aufbruch zur Arbeit erst einmal aufbrüllen zu lassen wie einen Tyrannosaurus Rex beim Kampf mit King Kong.

»Haben Sie eigentlich Kinder?«, wollte Hecht wissen. »Ich habe hier in der Wohnung keine Fotos gesehen.«

»Zwei erwachsene Kinder, einen Sohn, eine Tochter, die beide nicht in der Gegend wohnen. Mein Sohn ist Arzt in Gunzenhausen, meine Tochter ist Apothekerin in Neuburg. Und bevor Sie fragen: Meine Frau wohnt zusammen mit meiner Tochter in Wellheim. Wir haben uns getrennt, im besten Einvernehmen, wie man so sagt. Das war für alle Beteiligten das Beste.« Er machte eine Handbewegung quer durch die noble Wohnung. »Und Sie sehen ja, das Leben geht weiter.«

»Aber nicht für Nikolaus von Westerstetten«, sagte Morgenstern trocken. »Also, wie war das an diesem Abend, bei der Versammlung?«

Daffner atmete tief durch, Morgenstern erinnerte dieses ständige Schnaufen allmählich an Schnappatmung. »Ich bin nach Hofstetten rausgefahren. In alter Verbundenheit lädt mich die CSU immer noch ein, obwohl ich nicht im Kreisvorstand bin, nicht einmal im Ortsvorstand. Ich zähle quasi zu den Honoratioren. Und wenn man wie ich in der Immobilienbranche ist, schadet es bestimmt nicht, wenn man seine politischen Netzwerke pflegt, auch wenn das Netz schon nach kurzer Zeit immer brüchiger wird.«

»Und dann?«

»Ich habe mir den ganzen Quatsch angehört, den Westerstetten aus Berlin mitgebracht hat. Diesen gockelhaften ›Bericht aus der Bundeshauptstadt‹. Ich habe sogar brav geklatscht, da lasse ich mir nichts nachsagen. Und dann, nach der Wahl der Delegierten, bin ich ins Auto gestiegen und heimgefahren. Das war ein langer Abend. Ich war froh, als ich zu Hause war.«

»War Ihre Lebensgefährtin daheim?«, wollte Hecht wissen.

»Trixi? Nein, die war an diesem Abend auf Achse. Sie hat nach wie vor auch noch ihre eigene Wohnung«, erklärte Daffner. »Wir führen eine Beziehung mit vielen Freiheiten.«

»*Easy come – easy go*«, sagte Morgenstern weltläufig. »Hat vielleicht sonst jemand Sie heimkommen sehen?«

Daffner dachte nach. Im Geiste fuhr er mit seinem Audi durchs nächtliche Eichstätt, über den Residenzplatz und die Spitalbrücke zur Tiefgarage der Spitalstadt-Wohnanlage. »Kein Kontakt«, sagte er nach sorgfältiger Überlegung mit einem Achselzucken. »Leider.

Das ist das Blöde an diesen Tiefgaragen. Man kommt und geht, ohne jemandem über den Weg zu laufen. Früher, in Wellheim draußen, da hätte mich das halbe Dorf gesehen. Aha: Der Daffner kommt von der Versammlung heim.«

»Apropos Tiefgarage. Wir würden uns gerne mal Ihren Wagen ansehen, einfach so aus Neugierde. Ist das möglich?«

Daffner schüttelte den Kopf. »Mit dem ist die Trixi heute früh nach München gefahren. Zum Shopping, die Maximilianstraße rauf und runter, und zwischendurch auf einen Cocktail zu Charles Schumann in die Bar.«

»Wann kommt sie wieder nach Eichstätt?«

»Sie bleibt das ganze Wochenende bei Freunden in München. Aber fragen Sie mich nicht, wo das ist. Sie kommt nicht vor Sonntag wieder. Aber ich gebe Ihnen schon mal für alle Fälle ihre Handynummer, wenn Sie es so dringend machen.«

Er wischte mit einer linkischen Handbewegung an seinem Smartphone herum und gab damit zu erkennen, dass er wie viele in seinem Alter noch nicht wirklich in der modernen Kommunikationsgesellschaft angekommen war, dann diktierte er Hecht eine ellenlange Zahlenreihe.

Hecht und Morgenstern sahen sich an. »Und Sie haben so lange kein Auto«, stellte Morgenstern fest. »Kann sein, dass wir uns Ihren Wagen auch ein paar Tage ausleihen, Sie sind da anscheinend ziemlich großzügig.«

»Das wären Sie bei einer Frau wie Trixi auch«, gab Thomas Daffner zurück. »Leicht zu kriegen, schwer zu halten.« Er nahm noch einen Schluck. »Stellen Sie sich vor: Westerstetten hat sich sogar mal an die Trixi rangemacht, einfach so, zum Spaß. Der Westerstetten, diese Sau! In der Hölle soll er schmoren!« Dann verfiel er in ein heiseres Lachen, das allmählich in ein tiefes Husten überging, das Husten des Kettenrauchers.

Morgenstern war nahe daran, ihm mit der flachen Hand auf die Schulter zu klopfen, ließ es aber bleiben und schaute besorgt zu, was weiter geschah: Thomas Daffners Gesicht begann sich rot zu verfärben – was insbesondere in Kombination mit seinem lachsfarbenen Poloshirt bedrohlich aussah. Und das war es auch, lebensbedrohlich.

Daffner wankte und ließ das Glas fallen. Klirrend zersprang

es auf den Fliesen in tausend Scherben. Er fasste sich an die Brust, erst mit einer Hand, dann mit beiden, auf die linke Seite. Jetzt, endlich, erkannten die beiden Kommissare, was die Stunde geschlagen hatte. »Ein Infarkt, er hat einen Herzinfarkt!«, rief Morgenstern.

Hecht war längst vom Sofa aufgesprungen, aber keiner von beiden wusste, was in so einem Fall zu tun war. Natürlich waren die Auffrischungskurse in Erster Hilfe Ewigkeiten her, dunkel erinnerte sich Mike Morgenstern als Einziges an die stabile Seitenlage mit überstrecktem Nacken, ein Wissen, das in diesem Fall allerdings kein bisschen half, denn der inzwischen zu Boden gegangene Daffner krümmte sich auf dem Boden, wie ein Fisch auf dem Trockenen schnappte er nach Luft – und nach einigen weiteren Sekunden hielt tödliche Stille Einzug.

Peter Hecht hatte inzwischen sein Handy aus der Tasche gerissen, um den Rettungsdienst zu alarmieren. In seiner Panik brauchte er allerdings wertvolle Zeit, bis ihm die Notrufnummer einfiel: Erst wählte er tatsächlich die 110, bis ihm klar war, dass er da bei der Polizei landete – und die war bekanntlich schon vor Ort. Erst im zweiten Anlauf kam er auf die 112 und erreichte die regionale Rettungsleitstelle in Ingolstadt.

Morgenstern kniete derweil neben dem reglosen Körper: »Herr Daffner, Herr Daffner!«, rief er mehrmals, als könne er den Mann auf diese Weise erreichen. Und endlich fiel ihm ein, dass es jetzt, genau jetzt Zeit für eine Herzmassage sein müsste. Ganz klassisch, per Hand. Freilich hingen seit einiger Zeit überall in öffentlichen Gebäuden die sogenannten Defibrillatoren, mit deren Hilfe angeblich auch noch der unbeholfenste Zeitgenosse einen Herzpatienten ins Leben zurückholen konnte. Aber nicht hier in der Spitalstadt.

Mühsam begann Morgenstern mit beiden Händen, Thomas Daffners Brustkorb mit gleichmäßigen Pumpbewegungen zu bearbeiten, und nach zwei, drei kräftezehrenden Minuten löste Peter Hecht ihn dabei ab. Das Rote Kreuz war unterwegs, der Weg von der Rettungswache in die Spitalstadt war kurz. Nach kaum fünf Minuten klingelte es Sturm, Morgenstern riss die Tür auf, die Sanitäter, gefolgt von einem Notarzt, stürmten mit ihren Taschen herein.

»Ein Herzinfarkt«, rief Morgenstern ihnen zu. »Er hat schon mal einen gehabt.«

Die beiden Sanitäter begannen nach einem sekundenkurzen Blickwechsel mit dem Notarzt mit der Defibrillation, was Morgenstern bisher nur aus dem Fernsehen kannte. Etwa fünf Minuten lang versuchten sie, Thomas Daffner mit zwei bügeleisenartigen Geräten mit leichten Stromstößen ins Land der Lebenden zurückzuholen. Dann gab der Notarzt ein kaum merkliches Zeichen mit der rechten Hand.

Die Retter erhoben sich schweigend. »Nichts mehr zu machen«, sagte der Notarzt, halb an die Rotkreuzmänner, halb an Hecht und Morgenstern gewandt. »Und jetzt würde ich gerne von Ihnen wissen, wer Sie sind und was hier ganz genau passiert ist. Es kann sein, dass wir die Polizei brauchen.«

»Die ist schon hier«, sagte Morgenstern, holte seinen Ausweis aus der Tasche und stellte sich und seinen Kollegen vor.

Umständlich schilderte Morgenstern, was in der letzten halben Stunde geschehen war, und schließlich wurde ihm selbst klar, dass er und Hecht nun tief im Schlamassel steckten. Ein halbwegs prominenter, in der gesamten Region bekannter Mann war im Zuge einer polizeilichen Vernehmung gestorben. Das konnte großen Ärger bedeuten, auf jeden Fall würde es viele, viele Fragen nach sich ziehen.

Morgenstern rief Adam Schneidt im Polizeipräsidium an – der sich die Situation kurz schildern ließ und dann ankündigte, persönlich mit weiteren Kollegen aus Ingolstadt nach Eichstätt zu kommen. »Bewegen Sie sich nicht von der Stelle – und geben Sie mir mal den Notarzt.«

Natürlich blieben die Ermittler in der Zeit, bis die Verstärkung – oder sollte es die Ablösung sein? – aus Ingolstadt kam, nicht brav auf dem Sofa sitzen. Unter den argwöhnischen Blicken des Mediziners – die Sanitäter waren bereits abgerückt – sahen sie sich in Thomas Daffners Wohnung genauer um.

Neben dem großen Wohnraum gab es ein Badezimmer mit Wanne, ein Schlafzimmer und ein kleines Büro. Das Doppelbett im Schlafzimmer war nur auf einer Seite zerwühlt. Es roch bitter nach kaltem Männerschweiß. Über dem Kopfteil des modischen Boxspringbetts hing ein großformatiges Gemälde, das ein golden in der Sonne liegendes Weizenfeld zeigte und als Hommage an Daffners Landwirtschaftsstudium gelten durfte. Das Büro war überraschend spartanisch eingerichtet. Ein weißes Regal reichte aus, um zwei Dutzend Aktenordner zu beherbergen.

Der große Schreibtisch war übersät mit Papieren aller Art und Stapeln von Zeitschriften, vom »Stern« bis zu Fachmagazinen über den Immobilienmarkt. Aus alter Verbundenheit oder echtem Interesse hatte Thomas Daffner das »Bayerische Landwirtschaftliche Wochenblatt« abonniert, und auch etliche Exemplare vom »Bayernkurier« fanden sich in dem Stapel. Das erinnerte Morgenstern an das seltsame Treffen mit der Frau vom Bundesnachrichtendienst und die Informationen über Westerstettens möglicherweise lebensgefährliche Lobbyarbeit.

An den Wänden des Büros hingen die einzigen Erinnerungen daran, dass Thomas Daffner Familie hatte: gerahmte Kinderbilder, Fotos, auf denen die Kinder bereits zu Jugendlichen geworden waren, eine Aufnahme zeigte Vater, Sohn und Tochter vor der Ruine der Wellheimer Burg, erkennbar an ihrem hoch aufragenden, quadratischen Bergfried aus hellen Steinquadern.

Es gab noch eine kleine Abstellkammer, in der sich Thomas Daffners Lebensmittelvorräte stapelten. Zum Großteil bestanden sie, wie schnell zu erkennen war, aus Wein und Spirituosen, jeweils von erlesener Qualität, aber zweifelsfrei in problematischer Quantität. »Ein Wunder, dass der noch seinen Führerschein hatte«, sagte Morgenstern, als er eine ganze Kiste mit Single-Malt-Whiskey entdeckte.

»Das sollte dir eine Warnung sein«, fügte Hecht spitz an. »Wenn ich mich recht erinnere, bist du selbst nicht gerade Abstinenzler.«

»Das ist doch was ganz anderes. Ich trinke aus Gemütlichkeit, nicht aus Einsamkeit.« Nachdenklich blickte er auf die Flaschen. »Ob Daffner wohl in Berlin zu trinken angefangen hat? Und ob daran seine Ehe zerbrochen ist? Er wäre nicht der Erste. Ich habe da mal was drüber in der Zeitung gelesen.«

Es läutete an der Tür, und Kriminaldirektor Adam Schneidt kam herein, gefolgt von zwei als besonders diensteifrig bekannten Beamten, die weder Hecht noch Morgenstern leiden konnten.

»Also, was ist hier los?«, patzte der Kriminaldirektor los. Dann sah er Daffner tot auf dem Boden liegen und wurde blass. Es war im Präsidium bekannt, dass Adam Schneidt um Leichen, wenn es nur irgendwie ging, einen großen Bogen machte. Und nun stand er direkt vor dem blau angelaufenen Ex-Politiker, den er selbstverständlich in dessen aktiver Zeit bei den verschiedensten offiziellen Terminen persönlich getroffen hatte. Schneidt war, wie er selbst immer wieder betonte, »kein heuriger Hase« und legte Wert darauf, dass er in seinem Beritt mit der Prominenz im besten Einvernehmen stand.

»Um Himmels willen, nun legen Sie doch irgendeine Decke über den Mann«, stöhnte er, dann verdrückte er sich für eine gefühlte Ewigkeit ins Badezimmer. Der Notarzt kramte währenddessen aus einem Koffer eine goldfarbene Folie und breitete sie gnädig über Daffner aus.

»So, jetzt geht's wieder besser«, sagte Schneidt, als er aus dem Bad zurückkam, blass um die Nase.

»Ich habe unmittelbar nach Ihrem Anruf Kontakt zum Innenministerium aufgenommen, die Sache ist von höchster politischer Brisanz, das muss ich Ihnen wohl nicht extra sagen.«

»Wir können nichts dafür«, sagte Hecht unnötig kleinlaut.

»Wirklich nicht. Wir haben uns mit diesem Mann ganz friedlich unterhalten. Wir haben keinen Druck ausgeübt, sondern ihn ganz normal befragt. Ich kann Ihnen meine Aufzeichnungen vorlesen.«

»Dann machen Sie mal«, forderte Schneidt ihn auf.

Eifrig begann Hecht, seine stenografischen Mitschriften vorzutragen. Schneidt und seine Entourage hörten aufmerksam zu. Am Ende zeigte sich Schneidt hochzufrieden.

»Er hat Westerstetten also von ganzem Herzen gehasst. Das ist doch schon mal ein Satz für die Geschichtsbücher. Schade, dass Sie beide ihn nicht länger in die Mangel nehmen konnten. Ich bin mir ziemlich sicher, dass er am Ende alles gestanden hätte. Sie standen kurz davor. Das haben Sie psychologisch sehr einfühlsam gemacht, so erwarte ich das von meinen Leuten.«

Bei allem Entsetzen über den Tod des Befragten nickte Morgenstern erleichtert. Und auch Hecht fiel erkennbar ein dicker Stein vom Herzen. Schneidt sprach kurz mit dem Notarzt und ließ sich über die ebenso verzweifelte wie erfolglose Rettungsaktion informieren.

»Aus meiner Sicht ein klassischer Herzinfarkt«, sagte der Notarzt. »Wir waren sehr schnell vor Ort, aber wie ich gerade gehört habe, hatte unser Patient bereits eine Vorschädigung. Und dazu kommt der Alkohol ...«

»Er muss natürlich trotzdem zur Obduktion in die Rechtsmedizin nach München«, stellte Schneidt klar. »Ich habe bereits mit dem Oberstaatsanwalt gesprochen. Aber ich gehe davon aus, dass das reine Formsache ist.«

»Ja, natürlich, verstehe«, sagte der Arzt und packte seine Sachen zusammen. Er öffnete die Wohnungstür – und dabei zeigte sich, dass draußen auf dem Flur und im Treppenhaus schon ein beträchtlicher Teil der Spitalstadt-Bewohner versammelt war.

Wie ein Lauffeuer hatte sich in der gesamten Wohnanlage die Nachricht vom tragischen Dahinscheiden des ehemaligen Abgeordneten herumgesprochen, und weil sich in die sündteuren Wohnungen zu beträchtlichem Teil vermögende Pensionisten eingekauft hatten, wimmelte es hier von Menschen, die an einem Wochentagmittag erstens daheim und zweitens dankbar für jegliche Art von Abwechslung waren. Irgendwer hatte es anscheinend auch für sinnvoll erachtet, die Zeitung anzurufen, deren Redaktion nur einen Steinwurf entfernt auf der anderen Altmühlseite lag, denn wie aus dem Nichts baute sich bereits ein Journalist mit Fotoapparat vor Thomas Daffners Wohnungstür auf.

Der Arzt versuchte, sich durch die versammelte Nachbarschaft zu drängen, wurde aber sogleich von einer besonders dreisten Mitbewohnerin mit der ungenierten Frage konfrontiert: »Hat er sich jetzt totgesoffen?«

Der Mediziner, von der Situation überfordert, hielt nicht etwa im Rahmen seiner ärztlichen Schweigepflicht den Mund, sondern murmelte etwas von »Herzinfarkt während einer polizeilichen Vernehmung«, und damit war die Informationsbombe geplatzt.

Vor der Wohnung setzte ein babylonisches Stimmengewirr ein, und der Redakteur ließ unter diesen Vorzeichen jede falsche Rücksicht fahren und drängte in Daffners Wohnung. Kriminaldirektor Schneidt, dem die Situation sichtlich über den Kopf wuchs, nickte schließlich, als der Reporter demonstrativ die Kamera hob, um nach kurzem Zögern die Goldplane zu fotografieren, unter der eine Fußspitze des Toten herausragte.

Morgenstern und Hecht zogen sich in Daffners Büro zurück, während der Reporter mit penetranten Fragen aus Adam Schneidt alles herauskitzelte, was dieser wenige Minuten zuvor von seinen Kommissaren erfahren hatte. Ja, man habe Thomas Daffner, den früheren MdB, im Zusammenhang mit dem Tod seines Nachfolgers befragt. Nein, das Wort »Verhör« treffe die Umstände des Gesprächs auf keinen Fall, und er wolle diesen Begriff auf keinen Fall in der Zeitung lesen.

»Gab es denn einen konkreten Verdacht gegen Herrn Daffner?«, fragte der Redakteur und hielt Schneidt dabei das Smartphone mit eingeschaltetem Mikro vor die Nase.

Schneidt atmete tief durch. »Wir befragen die Leute nicht aus Jux und Tollerei! Doch er war erst einmal ein Zeuge. Die Betonung liegt auf ›erst einmal‹, und alles Weitere wird sich zeigen. Und jetzt wäre ich Ihnen dankbar, wenn Sie uns unsere Arbeit machen ließen. Wir werden die Presse informieren, sobald wir Näheres wissen.«

Der Redakteur machte trotz des Rauswurfs noch einige Fotos, quasi aus der Hüfte geschossen, und räumte dann tatsächlich das Feld. Er hatte eindeutig mehr erfahren, als er zu hoffen gewagt hatte.

Morgenstern und Hecht hatten die »Klausur« in Daffners Büro genutzt, um sich noch ein bisschen weiter umzusehen. Und Hecht war es schließlich, der mit einer unbedachten Bewegung einen Stapel Papiere vom Fensterbrett fegte, sodass Rechnungen, Briefe und Zeitungsausschnitte in wildem Durcheinander auf dem Parkettboden verstreut lagen. Umständlich begann Hecht, das Kuddelmuddel aufzuräumen.

»Was haben wir denn da?«, fragte er plötzlich und hielt ein schmales Geheft in die Höhe: kopierte DIN-A3-Blätter zum »Fall Veronika Ferber – ein Hexenprozess aus Eichstätt aus dem Jahr 1627«. Verfasst von einem Mann namens Matthias Färber.

»Schau an, schau an«, sagte Hecht. »Unser Thomas Daffner hat sich also tatsächlich mit der Eichstätter Hexenverfolgung befasst. Und vorhin hat er noch behauptet, das interessiere nur eine kleine, hysterische Minderheit.«

»Lass sehen«, sagte Morgenstern und griff sich den Aufsatz. Er blätterte kurz darin herum und sah, dass der Autor offenbar einer der Heimat- oder Familienforscher war, die den Lesesaal des Diözesanarchivs bevölkerten.

Sorgfältig waren am Ende des zwölfseitigen Aufsatzes seine Quellen genannt, von denen sich zwei im Diözesanarchiv befanden: das »Urvedt Büech de anno 1603«, das alle Todesurteile wegen Hexerei und Mord von 1603 bis 1627 enthielt, und die »General Instruction: Wie sich alle unndt Jede Pfleger Richter undt Beambten mit den Unhold- undt Hexenwerckhs verleimbden Personen in Erkennung Einziegung und Besprachung, deren auch Sonsten in einem und andern zu verhalten haben.« Mühsam buchstabierte sich Morgenstern durch die altertümlichen Formulierungen. Aber es war schnell klar, dass der Autor gründliche Recherchen über Veronika Ferber angestellt hatte. Völlig unklar war hingegen, was Thomas Daffner mit diesem Werk zu schaffen hatte. Die Seiten sahen nicht sonderlich zerlesen aus, und der gesamte Stapel auf dem Fensterbrett hatte auch nicht von einer bevorzugten Behandlung gezeugt.

Immerhin konnte man nun davon ausgehen, dass Thomas Daffner sehr genau gewusst hatte, wo einst in Eichstätt die Todeskandidaten hingerichtet worden waren, denn auf dem Titelblatt war ein Foto der steinernen Stele am einstigen Hochgericht abgebildet, genau die Stelle also, an der Nikolaus von Westerstetten sein grausames Ende gefunden hatte.

»Der Nebel lichtet sich«, sagte Morgenstern, und er fühlte sich dabei unglaublich erleichtert.

Das galt gleichermaßen für Peter Hecht – und für Adam Schneidt, dem sie den Aufsatz wenige Augenblicke später unter die Nase hielten. Morgenstern blätterte seinem Vorgesetzten das Werk wie ein Daumenkino vor und wies vor allem darauf hin, dass der Name des Fürstbischofs Westerstetten schon in der Einleitung mindestens dreimal fiel und sich auch ansonsten wie ein roter Faden durch den Aufsatz zog. »Das spricht doch Bände.«

»Großartig«, sagte Schneidt, verbesserte sich aber rasch: »Und natürlich unglaublich tragisch. Ich werde gleich dem Oberstaatsanwalt Bescheid geben, und ich erwarte von Ihnen beiden, dass Sie diesen Fall jetzt zeitnah abarbeiten werden.«

»Abarbeiten?«, fragte Morgenstern.

»Na ja, Sie wühlen hier noch ein bisschen rum, erhärten diese ganze Sache mit der Hexerei, schauen, wie unser Abgeordneter Daffner in der Mordnacht von A nach B gekommen ist. Muss ich Ihnen jetzt wirklich Ihr Handwerk von der Pike auf erklären? Nehmen Sie sich das Auto von Thomas Daffner vor, finden Sie die nötigen Spuren, und wenn alles passt, hat die arme Seele Ruh, und wir schließen die Akten. Oder haben Sie beide noch irgendwelche Zweifel?«

Hecht und Morgenstern hatten für den ersten Moment keine, außer dass sie eine gewisse Erschöpfung spürten. Der Fall gelöst, der Mörder tot. Das war nicht das, was sich ein Ermittler wünschte. Es ging doch nichts über ein gutes, umfassendes Geständnis des Täters aus freien Stücken, überwältigt von der Last der Indizien, die ein Kommissar dem Verdächtigen nach und nach präsentierte.

Thomas Daffner hatte es so weit nicht kommen lassen, und üblicherweise wurde nun, wenn der mutmaßliche Täter tot war, nicht mehr sehr viel tiefer geschürft. In solchen Fällen erlosch schließlich jedes Strafverfolgungsinteresse des Staates. Und auch die Angehörigen eines Ermordeten hatten meistens kein gesteigertes Interesse daran, die grausamen Details einer Tat bis ins letzte Detail zu erfahren.

»Und was machen wir mit den Schlapphüten aus Berlin oder Pullach oder Lummerland?«, fragte Morgenstern zuletzt.

»Darum kümmere ich mich persönlich«, versprach Adam Schneidt. »Das mache ich auf dem kleinen Dienstweg.« Er räusperte sich. »Und Ihnen würde ich unter den gegebenen Umständen empfehlen, dieses kleine, diskrete Treffen mit dem BND ganz einfach zu vergessen. Das war alles nur ein bedauerliches Missverständnis. Außer Spesen nichts gewesen.«

»Die waren doch gar nicht so hoch«, sagte Morgenstern. »Bloß der Eintrittspreis in Maria de Victoria.«

»Und der hat sich auf jeden Fall gelohnt«, fügte Hecht hinzu. »Kunstgeschichtlich und so.«

Schneidt holte trotzdem seinen Geldbeutel heraus, kramte einen Fünf-Euro-Schein heraus und drückte ihn Morgenstern in die Hand. »Hier, Ihre Auslagen«, sagte er. »Das machen wir heute ganz unbürokratisch.«

Morgenstern sah seinen Vorgesetzten mit großen Augen an. »Das ist ja mal ganz was Neues.«

»Wieso? Bei solchen Bagatellsachen muss man doch nicht immer gleich alles mit schriftlichem Antrag und Papierkram machen. Nein, jetzt können Sie Ihr kleines Treffen getrost vergessen. Und außerdem wäre es mir lieb, wenn Sie sich um die Angehörigen unseres Herrn Daffner kümmern würden. Bringen Sie das Ding zu einem guten Ende.«

Und damit verschwand Adam Schneidt, erleichtert, der Leiche unter der Goldfolie für immer den Rücken kehren zu dürfen.

ZEHN

Für Morgenstern und Hecht hingegen wurde es früher Nachmittag, bis der tote Thomas Daffner endlich abtransportiert worden war. Bis dahin hatten sie die Wohnung noch einmal gründlich inspiziert und nun definitiv das gesamte Büro auseinandergenommen. Der Aufsatz über Veronika Ferber war zu ihrem nicht geringen Bedauern das Einzige gewesen, was auf Nikolaus von Westerstettens bizarres Ende hinwies.

»Ziemlich unbefriedigend, das Ganze«, murrte Morgenstern. »Jetzt hat dieser Thomas Daffner aus später Rache seine eigene Hexenjagd betrieben, und dann stirbt er uns unter den Händen weg, bevor es zu einem richtigen Geständnis kommt. Hätten wir bloß mehr Zeit gehabt! Der hätte seinem Herzen schon noch Luft gemacht.« Im selben Augenblick fiel ihm auf, wie schräg dieses Bild vom Herzen war, und er grinste schief.

»Er hat ihn gehasst, und er hatte allen Grund dazu«, sagte Hecht. »Westerstetten hat Daffner die Butter vom Brot genommen. Und jetzt hatte sich die Gelegenheit ergeben, es ihm heimzuzahlen. Auge um Auge, Zahn um Zahn. Daffner hat das Unfallauto entdeckt, hat Westerstetten erdrosselt und dann die Kampagne um das Hexenmahnmal als falsche Fährte benutzt. Gelegenheit macht Morde.«

»Na gut«, sagte Morgenstern. »Aber so ohne Weiteres lege ich diesen Fall nicht zu den Akten, das verspreche ich dir. Ich will, dass das hieb- und stichfest ist.«

»Will ich doch auch«, sagte Hecht matt. »Aber erst einmal müssen wir die schlechte Nachricht unters Volk bringen – nach Möglichkeit noch vor den Medien. Wir müssen Daffners Angehörige informieren.«

»Trixi?«

»Die auch. Aber ich habe eher an seine Kinder gedacht und an seine geschiedene Frau.«

»Zählt die denn überhaupt noch zu den Angehörigen?« Morgenstern legte den Kopf schief und erinnerte sich, dass Peter Hecht selbst geschieden war und seiner Exfrau immer noch hinterhertrauerte.

Hecht wälzte wohl gerade den gleichen Gedanken, denn seine

Stirn legte sich in Falten. »Die Exfrau sollte das auch wissen. Außerdem wohnt sie ja mit der Tochter zusammen, wenn ich Daffner richtig verstanden habe.«

Daffners Exfrau hatte, wie ein Blick ins Telefonbuch ergab, den Familiennamen auch nach der Scheidung behalten, keine Selbstverständlichkeit, wie Hecht klarstellte. Seine Angelika habe ihren alten Mädchennamen – Aschenbrenner – reaktiviert und die Hecht-Ära in ihrem Gedächtnis zur Episode zusammengestutzt. Hecht sei in dieser Betrachtungsweise zum bloßen Lebensabschnittsgefährten, zum bedauerlichen »Missverständnis« geschrumpft, während Frau Aschenbrenner zu neuen Ufern durchstartete. Beate Daffner aber hatte diese letzte Verbindung, die letzte Brücke nicht abgebrochen und den Namen Daffner behalten.

Morgenstern wählte die Nummer, und nach einigem Läuten schaltete sich der Anrufbeantworter an. Morgenstern versuchte, so viel salbungsvollen Unterton wie nur irgendwie möglich in seine Stimme zu legen, stellte sich als Oberkommissar der Ingolstädter Kriminalpolizei vor und bat dringend um Rückruf auf seiner Handynummer. »Es geht um Ihren Exmann, den ehemaligen Bundestagsabgeordneten Thomas Daffner.«

»Und wir gehen jetzt zum Essen«, entschied Morgenstern angesichts der Zwangspause.

»Du kannst wohl immer essen?«, fragte Hecht kopfschüttelnd. »Mir ist gerade gründlich der Appetit vergangen.«

»Der kommt schon wieder. Wir gehen einfach kurz zu mir nach Hause und schauen, was der Kühlschrank hergibt.«

»Vorher habe ich noch was zu erledigen.« Hecht zog sein Notizbuch heraus und blätterte eine Weile, bis er die Telefonnummern der drei Biobauern mit dem Hang zum Urgetreide gefunden hatte.

»Ich will das jetzt wissen, wie dieses seltsame Stroh ins Auto von Anita Bodenschenk gekommen ist«, sagte er zum stirnrunzelnden Mike Morgenstern. »Das geht doch nicht mit rechten Dingen zu.«

Tatsächlich stellte sich heraus, dass keiner der drei Bauern, von denen jeder auch einen Öko-Hofladen betrieb, die pensionierte Lehrerin zu seinen Stammkunden zählte oder sie auch nur vage kannte. »Und was machen Sie eigentlich mit Ihrem Einkorn-Stroh?«, fragte Hecht.

Zwei der Bauern hatten Vieh und verwendeten jegliches Stroh, das auf dem Hof anfiel, als Streu im Stall. Einer, der Landwirt aus Kösching, verkaufte es zu Ballen gepresst an drei Pferdehöfe südlich von Ingolstadt, ebenfalls als Streu für die Pferdeboxen.

Weitere private Abnehmer?

Da fiel keinem der drei Bauern jemand ein. »Glauben Sie, wir führen Buch über jeden einzelnen Strohhalm? Aber das wird denen in Brüssel schon auch noch einfallen.«

Hecht seufzte. »Ich glaube, jetzt wird's wirklich Zeit fürs Mittagessen.«

Gesagt, getan. Fiona war an diesem Nachmittag nicht zu Hause, sie arbeitete seit einiger Zeit als Aushilfskraft bei einem örtlichen Kanuverleiher an der Altmühl, und jetzt im September ging die Saison in die Schlussphase. Die Kinder aber sollten zu Hause sein, versehen mit wohlgemeinten Ermahnungen, nicht zu lange vor dem Fernseher zu sitzen, sondern sich dem »guten Buch« zu widmen, was auch immer darunter im Einzelfall zu verstehen war. Doch als der Vater mit seinem Kommissarkollegen auftauchte, war von Beschaulichkeit keine Rede: Die Jungs saßen kleinlaut auf dem Sofa, und Bastian sah ein bisschen verheult aus.

»Was ist denn hier los?«, fragte Morgenstern besorgt.

»Unsere Katze ist weg, die Lotta«, schniefte Bastian, sprang vom Sofa auf und warf sich seinem Vater in den Arm.

»Die Katze? Wie kann denn so was passieren?« Morgenstern war ehrlich besorgt.

Bastian warf dem älteren Bruder einen Blick zu, und der übernahm die Verhandlungen. »Das Wetter war so schön, und da haben wir die Katze mit auf die Straße runtergenommen zum Spielen.«

»Auf die Straße? Seid ihr denn von allen guten Geistern verlassen!«, schimpfte Morgenstern ohne Rücksicht auf pädagogisches Feingefühl. »Wie kommt ihr denn auf so eine Schnapsidee? Und dann ist sie euch natürlich davongelaufen.«

»Das konnten wir doch nicht ahnen. Sie ist zuerst ganz brav bei uns geblieben, wir haben sie immer mit einer kleinen Schnur gelockt. Dann ist ein Mann mit einem Hund vorbeigekommen, da hat sie sich unter einem geparkten Auto versteckt, und dann ist sie abgehauen.«

»Wohin? In welche Richtung?«

»In die Stadt rein. Wir sind ihr nachgelaufen bis zur Webergasse. Da haben wir sie aus den Augen verloren. An der alten Stadtmauer, da ist ganz viel Gebüsch und ein Zaun.«

Gott sei Dank, die Jungs hatten eine Fährte, und Morgenstern wusste jetzt, wo er ansetzen konnte. »Kommst du mit?«, fragte er Hecht.

»Aber klar, Ehrensache. Ich kenne mich doch genauso gut mit Katzen aus wie du. Und von dir hat sich die Lotta schon neulich bei der Katzenfrau in Ettling kaum einfangen lassen.«

Morgenstern griff sich einen alten, ramponierten Einkaufskorb aus Weidengeflecht, der sich dank seiner Klappdeckel als improvisierter Katzenkorb nutzen ließ, und die vier machten sich auf den Weg. Die Morgenstern-Katze war überraschend weit gelaufen, und die Familie konnte von Glück reden, dass sie nicht irgendwo unter die Räder gekommen war. Kaum auszumalen, wenn das tierische Glück so jäh ein Ende gefunden hätte.

Die Webergasse war eine lange, schmale Straße, die von der Luitpoldstraße bis zum Klosterhof von St. Walburg führte, wo sie als Sackgasse endete. Mittelalterliche und barocke Häuser, aber auch etliche unscheinbare Neubauten säumten die Straße – ein ganzes Häuserensemble hatte vor vielen Jahren einem Studentenwohnheim weichen müssen. Mitten in diese Zeile aber war ein riesiges Betongebäude positioniert worden, das mit architektonischer Brutalität die Umgebung erschlug.

Wie viele Häuser dieser gigantomanische Klotz wohl auf dem Gewissen hatte? Morgenstern tippte auf sechs oder sieben, zumal rechts und links von dem Gebäude noch allerhand Freifläche geblieben war, auf der Bäume und Sträucher wucherten. Das planerische Ungetüm bestand aus zwei rechteckigen Komplexen, die an der Vorderseite durch einen Querbau mit großen Fensterfronten verbunden waren. Eine gewaltige Durchfahrt gab den Blick bis zur Stadtmauer frei. Eine Schranke versperrte unbefugten Autofahrern den Weg.

»Hier ist sie uns abgehauen«, sagte Marius und zeigte auf das Buschwerk, das durch einen Zaun von der Straße getrennt war.

»Sie ist durch eine Lücke geschlüpft.«

»Miezi, Miezi, Miez, Miez«, rief Hecht aufs Geratewohl in Richtung Krautwerk.

»Lotta, Lotta!«, riefen die Kinder, und nach kurzem Zaudern stimmte auch Morgenstern in den Chor ein. Es gab hier nichts, wofür er sich schämen musste, entschied er, und außerdem kannte ihn als Neuzugezogenen ohnehin kaum jemand.

Eine Stimme meldete sich von hinten. »Suchts ihr wohl eure Katze?«

»Hört sich fast so an«, knurrte Morgenstern und wandte sich um.

Ein alter Mann mit Schnauzbart, dicken Brillengläsern und Trachtenjanker stand in Begleitung eines Rauhaardackels mitten in der Straße und begutachtete den Fahndungstrupp.

»Unsere Lotta ist da ins Gebüsch, unsere Katze«, erklärte Bastian tapfer dem Fremden. »Haben Sie sie gesehen?«

Der Mann schüttelte den Kopf. »Die kommt schon wieder. Schlecht ist es erst, wenn sie ins Studentenwohnheim geht.«

»Warum denn das?«, fragte Morgenstern überrascht.

»Die geben sie nicht mehr her. Zu viel Liebe, zu viele einsame Herzen.«

»Und was ist das da?« Morgenstern deutete auf den Gebäudeblock, dessen Durchfahrt so hoch war wie auf der anderen Straßenseite die Traufe der historischen Wohnhäuser.

»Das da ist die größte Bausünde von ganz Oberbayern«, sagte der Mann im Janker. »Eine Schande ist das.« Und dann erklärte er, dass die Post einst eine Telefonzentrale und allen möglichen weiteren technischen Kram hier untergebracht habe, Kabelanschlüsse fürs Fernsehen, die ersten großen Parabolantennen, um Eichstätt mit seiner Tallage zuverlässig ans bundesdeutsche Fernsehprogramm anschließen zu können.

»Das braucht es heute alles nicht mehr, aber das alte Telekom-Gebäude ist uns trotzdem geblieben. Dieser Schandfleck. Ist jetzt vermietet. Wenn's nach mir gegangen wäre – ich hätte es weggesprengt.«

Und wieder einmal erhielt Mike Morgenstern einen Einblick in die Altmühltaler Volksseele, die sich mit moderner Architektur gelegentlich schwertat, in diesem Fall allerdings auch leichtes Spiel hatte.

»Lotta, Lotta!«, riefen die Morgenstern-Kinder erneut, »Miezi, Miezi«, flötete Hecht. Aber ausgerechnet der mutmaßlich schwerhörige Rentner sagte schließlich: »Jetzt seid mal leise, ich hör eure Katze doch. Das kommt von dahinten.«

Und tatsächlich: Ein leises Maunzen ertönte aus einiger Entfernung, und zwar von oben.

»Das ist hinten an der Stadtmauer«, sagte der Anwohner und umrundete bereits die Schranke zu den Privatparkplätzen. Hecht und Familie Morgenstern folgten ihm – und jetzt erst war zu erkennen, was sich genau hinter dem ehemaligen Telekom-Klotz verbarg: eine hohe Betonmauer, die die alte Stadtmauer sicherte. Und genau in deren Mitte ragte ein quadratischer Turm in den Himmel. Eine schmale Betontreppe, abgeschirmt durch einen Zaun, führte zur Stadtmauer und zum Turm, und ganz oben am Eingang des alten Bollwerks saß das graue Kätzchen und maunzte erbärmlich.

»Lotta, wir kommen!«, rief Morgenstern entschlossen und kletterte auch schon über den Zaun, den einzigen Zugang zur Stadtmauer. Acht bis zehn Meter hoch mochte die Mauer an dieser Stelle wohl sein, und Morgenstern brauchte eine Weile, bis ihm auf der schmalen Treppe einfiel, dass er nicht wirklich schwindelfrei war. Aber diese Rettungsaktion war er den Kindern, seiner ganzen Familie schuldig.

Gefolgt von Marius, stieg er die steilen Stufen Richtung Mauerspitze hinauf. Knapp unterhalb der Mauerkrone verlief ein Gang, der im Turm endete. Morgenstern hielt in der Rechten den Weidenkorb und versuchte, nicht zu oft in die Tiefe hinabzublicken. Endlich war er oben, doch als er sich dem Turm näherte, wich das Kätzchen durch den schmalen Durchlass in den Turm zurück.

Morgenstern folgte dem Tier in die Dunkelheit des quadratischen Turms, stieß auf ein betoniertes Zwischengeschoss, und hier war für Lotta Endstation. Nur noch eine senkrechte stählerne Leiter führte auf die oberste Plattform. Morgenstern drängte den Ausreißer in eine Ecke des Bauwerks, packte die Katze unter Verzicht auf jegliches tierfreundliche Feingefühl im Nacken, griff fest zu und ließ nicht mehr los, auch wenn sich die zappelnde Lotta nach Kräften wehrte und ihrem Häscher etliche Kratzwunden schlug.

Marius brachte den Korb, und mit vereinten Kräften verfrachteten Vater und Sohn das erbärmlich maunzende Tierchen hinein.

»Klappe zu – Affe tot«, sagte Morgenstern zufrieden und machte sich mit zitternden Knien auf den Weg nach unten, auf sicheren Boden.

Gerade als er über die Umzäunung kletterte, fuhr eine Polizeistreife an der Webergasse vor, und wieder mal war es Ludwig Nieberle, der aus dem Wagen stieg. »Wen haben wir denn da!«, sagte Nieberle fröhlich. »Der Mike! Gehst du jetzt neuerdings unter die Einbrecher? Gib mir mal deine Beute.« Er nahm Morgenstern den Korb ab und half ihm über den Zaun. Marius schaffte es hingegen ganz ohne Hilfe.

»Was machst du denn hier?«, fragte Morgenstern.

»Wir haben einen Anruf gekriegt, vom Hausmeister. Kannst du nicht lesen? Da sind doch überall die Schilder: ›Zutritt verboten, alarmgesichert und videoüberwacht‹. Die haben hier alles unter Kontrolle.«

»Ich musste meine Katze retten, die war ganz oben auf der Stadtmauer«, erklärte Morgenstern. »Aber nächstes Mal soll von mir aus dieser Hausmeister zum Turm raufklettern oder die Feuerwehr.« Er war ernsthaft sauer.

»Nun reg dich nicht auf, ist ja alles okay«, beschied ihm Nieberle. »Du hast deine Katze wieder, und ich habe meine Pflicht erfüllt. Du machst dir keine Vorstellung, mit was für Delikten wir es hier im Tagesgeschäft zu tun haben.«

»Bei mir geht's um Mord«, sagte Morgenstern. »Wenn du willst, darfst du gerne mal mit mir tauschen.«

Er warf einen letzten Blick auf den architektonischen Missgriff. »Was war da eigentlich früher? Bevor dieser Klotz hier gebaut worden ist?«

Der Anwohner, der vor allem beim Stichwort »Mord« näher an Morgenstern herangerückt war, wusste Bescheid. »Das war hier die Fronfeste. Das alte Eichstätter Stadtgefängnis. Da haben sie alle Übeltäter eingesperrt. Und die Hexen auch. War ein schönes Gebäude, wie ein Dreiseithof. Ich kann mich noch gut dran erinnern.«

»Die Hexen?«, fragte Morgenstern. »Hier waren die Zellen für die Hexen?«

»Ich denke schon. Und die Stadtknechte sind dauernd zwischen dem Rathaus und der Fronfeste hin- und hergelaufen, drum ist hier den Berg runter die Büttelgasse.«

»Aha«, sagte Morgenstern und erzählte prompt von den vielen Foltergeräten in der Pappenheimer Burg. An die Wand, so fiel es ihm jetzt wieder ein, waren lange Stangen gelehnt, an deren Spitze eiserne Gabeln mit Federung angebracht waren. Und voller Stolz auf sein neues Wissen beschrieb er dem Rentner und dem Landpolizisten Nieberle in schillernden Farben, wie die einstigen Büttel diese Konstruktion um den Hals der Delinquenten schoben, bis die stachelbewehrte Feder sich schloss, womit der Gerichtsknecht eine Art Tierfänger hatte.

»Das Gerät hieß ›Hexenfänger‹, es sollte vor direkter Feindberührung schützen. Auf diese Weise konnte man den gefürchteten ›bösen Blick‹ der Hexen sicher auf Abstand halten. Der böse Blick, was für ein Aberglaube. Nicht zu fassen, hahaha!«

Soweit Morgensterns Kurzvortrag. Im Eifer seiner Erläuterungen war ihm vollkommen entgangen, dass der siebenjährige Bastian immer blasser geworden war. Er wurde erst aufmerksam, als der Bub zu weinen begann.

»Ich Dummkopf!«, schalt er sich und nahm Bastian kurz in den Arm. »Das hatte ich ganz vergessen, dass du solche Sachen nicht hören magst.«

»Das ist alles ganz schlimm«, presste Bastian hervor und drückte sich fest an die Brust seines Vaters.

»Er ist ein bisschen sensibel, das hätte ich wissen sollen«, erläuterte Morgenstern über Bastians Kopf hinweg. »Aber zum Trost hast du ja deine Katze wieder.« In diesem Moment klingelte sein Handy.

Morgenstern hatte sich noch nicht einmal richtig gemeldet, da legte die Frau schon los: »Beate Daffner aus Wellheim hier. Ich weiß schon, was passiert ist, ich habe es gerade im Radio gehört, in den Regionalnachrichten auf Radio IN. Mein Exmann ist gestorben. Und es hängt irgendwie mit dem Abgeordneten von Westerstetten zusammen, haben die gesagt. Der Thomas, also mein Exmann, soll da seine Hände im Spiel gehabt haben. Also da hört sich doch alles auf!«

»Wieso, glauben Sie nicht daran?«, fragte Morgenstern.

»Doch, ich traue ihm das schon zu. Ich bin bloß überrascht, auf was man sich heutzutage alles gefasst machen muss.«

»Ach so«, sagte Morgenstern erleichtert. Und ebenso erleichtert war er darüber, dass Beate Daffner bereits informiert war. Für die undankbare Rolle des Todesboten fühlte er sich einfach nicht geschaffen.

»Frau Daffner, es geht uns auch um Ihre beiden Kinder. Sie haben doch zwei gemeinsame Kinder, nicht wahr?«

»Ja, einen Sohn und eine Tochter, beide schon über dreißig.«

»Könnten Sie die beiden informieren?«

»Meine Tochter wohnt bei mir, und meinen Sohn wollte ich gerade anrufen.«

»Und wir, also ich und mein Kollege, Oberkommissar Hecht, hätten gerne mit Ihnen, idealerweise mit allen dreien, gesprochen. Denken Sie, das bringen Sie hin?«

Beate Daffner versprach ihr Möglichstes und sicherte letztlich zu, mit ihren Kindern am Montagvormittag um elf Uhr in Wellheim auf die Ermittler zu warten. »Was wollen Sie denn noch wissen?«, fragte sie.

»Dies und jenes, die Familienverhältnisse, die persönlichen Hintergründe von Herrn Daffner. Wir haben noch keine rechte Vorstellung von seinen Motiven. Wussten Sie zum Beispiel, dass er sich mit der Hexenverfolgung im Altmühltal beschäftigt hat? Wir haben einen Aufsatz darüber in seinen Unterlagen entdeckt.«

Beate Daffner sagte nach einer Weile: »Die Hexenverfolgung. Ja, er hat sich ein wenig damit befasst. Schon aus Interesse, aus welchem Stall sein Amtsnachfolger, dieser Nikolaus von Westerstetten, stammt. Er hat ihn nie leiden können.«

»Das hat er uns gesagt«, pflichtete Morgenstern bei. »Aber das können wir alles bei unserem Treffen besprechen. Wir brauchen das fürs Protokoll, wenn Sie verstehen.«

»Ich verstehe Sie voll und ganz«, sagte Beate Daffner und legte auf.

Morgenstern hätte zu gern gewusst, ob die so nüchtern, sachlich wirkende Frau jetzt, ohne fremde Zuhörer, um ihren toten Exmann trauerte.

ELF

Die Sommerferien gingen dem Ende zu, und die Eltern Morgenstern plagte das schlechte Gewissen: Fiona war es nicht gelungen, kurzfristig eine Art von Urlaubsreise auf die Beine zu stellen, zumal die Familie finanziell gerade etwas klamm war. Abgesehen von einem spontanen Camping-Ausflug an den Altmühlsee bei Gunzenhausen hatten sich die Ferien für die Kinder zäh wie Honig gezogen. Der Morgenstern-Nachwuchs zählte zu den Stammkunden im Freibad und in der Eisdiele Dolomiti am Markplatz, während alle paar Tage Urlaubskarten von Schulkameraden eintrudelten: Gardasee, Bretagne, Malediven!

»Wir wohnen jetzt schließlich da, wo andere Urlaub machen« war Morgensterns Mantra, wenn die Kinder vorsichtig nachhakten, ob die Familie nicht mal wieder richtig verreisen könnte. Sein Gegenvorschlag war dann in der Regel eine Fahrradtour nach Kipfenberg oder wahlweise Solnhofen, woraufhin das Murren rasch abebbte.

Nun freilich, kurz vor Schulbeginn, hatte Fiona mit sicherem Blick im wöchentlichen Veranstaltungskalender der Zeitung doch noch eine »Attraktion für die ganze Familie« entdeckt: das Festival »Open Flair« im Ingolstädter Klenzepark. Es handelte sich dabei, wie sie schon am Freitagmorgen am Frühstückstisch vorgetragen hatte, um einen knallbunten Mittelaltermarkt inmitten der historischen Befestigungsanlagen auf dem südlichen Donauufer, mit Bands, Gauklern und »vielerley Kurzweyl«, wie dem Programm zu entnehmen war.

»Nichts wie hin«, sagte Morgenstern zu Fiona. »Aber du fährst zurück. Sonst darf ich keinen Met aus Kuhhörnern trinken.«

Am frühen Abend röhrte der rote Land Rover mit der Familie Morgenstern nach Ingolstadt. Morgenstern parkte das Auto bei der Saturn-Arena, wo ein Fußweg zum Klenzepark führte. Schon von Weitem war das dumpfe Dröhnen von Trommeln zu hören, das Quietschen von Dudelsäcken und das hohe Fiepen von Flöten.

»Um Himmels willen«, sagte Fiona. »Was haben die denn da für Musik?«

»Heavy Metal, aber auf Mittelalter gemacht«, meinte Morgenstern mit Kennermiene. »Da gibt es ein paar von der Sorte, und alle haben sie irgendwelche lateinischen Namen, damit es recht geheimnisvoll klingt.«

»Das will ich mir ansehen«, entschied Marius und zog Bastian mit sich. »Wir treffen uns bei der Bühne.« Und weg waren sie, die Kinder. Die Eltern schlenderten unschlüssig hinterher und hatten nun, Hand in Hand, alle Zeit der Welt, um sich die Stände entlang der Spazierwege im Klenzepark näher anzusehen.

Fiona hatte wie schon bei der Mahnwache ihr Hippie-Kleid angezogen, und Morgenstern mit Jeansjacke und Cowboystiefeln fügte sich ebenfalls ganz passabel ins Ambiente. Jeder zweite Stand bot Räucherstäbchen oder bunte Batiktücher feil, irgendwo hämmerte ein vermeintlich keltischer Schmied auf einem Amboss an einem Langschwert herum. Ein Zinngießer in grüner Schürze saß an seinem gasbeheizten Ofen und produzierte kleine Ammoniten als Schmuckstücke zum Umhängen.

»Mittelalter für Arme«, sagte Morgenstern schließlich, als sich irgendwo ein Gaukler mit bloßem Oberkörper als Jongleur um das flanierende Publikum mühte und ein Kompagnon nach jeder halbwegs gelungenen Nummer in affektiert mittelhochdeutscher Sprache rief: »Gebt Händegeklapper.«

Dazwischen duftete es nach indischem Curry und bayerischen Bratwürsten.

Fiona allerdings hatte sich schon mit allerhand Tüchern, orientalischen Seifen aus Aleppo und Räucherkerzen eingedeckt. Mit leuchtenden Augen entdeckte sie schließlich sogar einen Stand mit leichten Sommerkleidern, und ehe sich ihr Mann versah, war sie in einer Art Beduinenzelt verschwunden, das als Anproberaum galt. Morgenstern wurde von der Hippie-Verkäuferin derweil auf einen unbequemen Hocker genötigt, und als klar wurde, dass sich die Geschäftsverhandlungen in die Länge ziehen könnten, erhielt er zur Besänftigung ein original türkisches Glas mit pappsüßem und dennoch bitterem Schwarztee.

Fiona ließ sich ein Kleid ums andere ins Zelt reichen, kam dann herausgeschwebt, drehte sich um die eigene Achse, begutachtete sich in einem langen Spiegel, der neben dem Zelt an einen Baum gelehnt war – und nie war sie restlos zufrieden mit dem, was sie da sah. Mal mäkelte sie am Stoff, der ihr nun doch ein bisschen dünn schien, mal am Muster, mal an der Farbe. Wieder und wieder bescheinigte ihr der Gatte, das sei nun wirklich das perfekte Kleid, »wunderbar – das nimmst du jetzt aber wirklich«, und jedes Mal zog Fiona, die doch im sonstigen Leben der Inbegriff von Entschlossenheit war, eine Schnute, besprach sich mit der Verkäuferin und kehrte mit einem weiteren Kleid ins Zelt zurück.

Morgenstern saß auf seinem Hocker wie bestellt und nicht abgeholt, der Tee im Glas wurde kalt, und immer noch war kein Ende in Sicht. »Du könntest dir doch zwei Kleider kaufen, wenn du dich nicht entscheiden magst«, schlug er in seiner Not vor, erntete aber nur ein Kopfschütteln. Schließlich erhob er sich schwerfällig: »Ich schau mich mal ein bisschen um.«

Fiona sah ihn erstaunt an. »Lässt du mich jetzt hier allein? Das finde ich ziemlich schwach. Wir sind noch keine zehn Minuten da.«

»Du bist nicht allein, du hast eine Beraterin, die dir besser helfen kann als ich. Und zur Not findest du mich irgendwo in der Nähe. Außerdem schaue ich mal, was die Kinder so treiben. Bin in zehn Minuten wieder da.« Und schon war Einkaufsmuffel Morgenstern mit schlechtem Gewissen in der Menge verschwunden. »Frauen – ich werde sie nie verstehen«, seufzte er, als er weit genug vom Hippie-Stand entfernt war.

Doch keine drei Stände weiter blieb er stehen, an einem Planwagen, wie ihn einst die amerikanischen Siedler bei ihren Trecks in den Wilden Westen verwendet haben mochten – oder die Marketenderinnen, die im Dreißigjährigen Krieg mit den Heeren durchs Land gezogen waren. »Katja's Allerley«, stand in schwer lesbaren runenartigen Lettern auf der halbrunden Leinenbespannung des Planwagens, und gerade als Morgenstern den Namen entziffert hatte, steckte eine wohlbekannte Frau den Kopf aus dem Wagen: die Katzenfrau aus Ettling, Katja Hartinger.

»Wen haben wir denn da?«, sagte sie. »Sie sind doch der Herr Morgenstern, dem ich neulich die kleine graue Katze vermittelt habe. Geht's ihr gut?«

Morgenstern war von Hartingers überraschendem Auftauchen

mindestens so überrascht wie von ihrer erotischen Erscheinung: Sie hatte sich bei ihrer Planwagen-Performance eindeutig gegen das Modell der bieder-burschikosen und tendenziell puritanischen amerikanischen Siedlersfrau entschieden, sondern den Typus Marketenderin gewählt: Ihr feuerrotes Haar, das schon an der mystischen Kelsbachquelle reichlich Eindruck gemacht hatte, wallte nun über einer knapp geschnürten beigefarbenen Leinenbluse, die deutlich mehr zeigte, als sie verbarg. Dazu trug sie einen breiten Ledergürtel und einen knöchellangen Rock, unter dem die nackten Füße herausspitzten. Die Lippen waren lasziv rot geschminkt, die langen Fingernägel ebenso tiefrot lackiert.

»Der ... der Katze ... ja, der geht's gut.« Morgenstern konnte den Blick kaum abwenden. »Wir haben sie Lotta getauft.«

»Sie haben sie getauft?« Hartinger kletterte leichtfüßig aus ihrem Wagen.

»Nein, nicht mit Weihwasser oder so. Die Kinder, meine Kinder haben den Namen ausgesucht, und jetzt sind wir gerade alle hier im Klenzepark, bis auf die Katze natürlich.« Morgenstern versuchte sich an einem charmanten Lächeln. »Und was machen Sie hier?«

»Geschäfte natürlich«, sagte Hartinger. »Das Open Flair ist wie geschaffen für mich. Entspanntes Publikum, nicht so viel Gedränge wie zum Beispiel auf dem Neuburger Schlossfest. Ich verkaufe hier ein bisschen Schmuck, sehen Sie ja.« Rund um den Wagen waren rustikale hölzerne Podeste aufgestellt, an denen Armreife und Halsketten zu Hunderten hingen. »Und drinnen im Wagen gibt es die exklusiveren Dinge«, sagte sie lächelnd.

Morgenstern brauchte einen Moment, bis ihm klar wurde, dass Katzenfrau Hartinger ihm tatsächlich mit ihren grünen Augen zugezwinkert hatte. »Exklusivere Dinge?«, fragte er etwas dämlich, als wäre er das Echo der Eiger Nordwand, und er spürte, wie die Phantasie mit ihm durchging, wo seine Frau doch keine hundert Meter weiter in aller Arglosigkeit ihre private Hippie-Modenschau veranstaltete.

Hartinger lächelte. »Nicht das, was Sie vielleicht gerade denken.« Sie unterstrich Morgensterns Vorstellung mit einem lässigen Hüftschwung. »Aber da drin könnte ich Ihnen zum Beispiel aus der Hand lesen. So etwas macht man nicht einfach auf der Straße. Sie haben übrigens schöne Hände, wissen Sie das?«

Morgenstern betrachtete seine Polizeibeamten-Pfoten. »An meine Hände lasse ich nur Wasser und Kernseife«, sagte er in Erinnerung an eine Fernsehwerbung aus fernen Zeiten, in denen Frauen gern mal ihre Hände in Spülmittel badeten, weil das glitschige Zeug angeblich auch den zartesten Fingern der bundesdeutschen Hausfrau nichts schadete.

»Und einen schönen Ring haben Sie da«, legte Hartinger nach.

»Mein Ehering«, knödelte Morgenstern und ertappte sich dabei, wie sich sein Blick schon wieder am tiefen Dekolleté der carmenhaften Wahrsagerin festgesetzt hatte.

Hartinger ergriff Morgensterns Linke. »Nun komm schon rauf auf den Wagen. Zwanzig Euro, für Katzenfreunde wie dich mache ich einen Sonderpreis.«

Dabei sah sie ihn so durchdringend an, dass Morgensterns ohnehin nicht sehr ausgeprägter Widerstand augenblicklich erlosch. Folgsam kletterte er hinter der Katzenfrau, die seine Hand sicherheitshalber immer noch nicht losgelassen hatte, auf den Wagen, allerdings nicht, ohne noch kurz in alle Richtungen nach Fiona Ausschau zu halten. Doch von ihr fehlte jede Spur. Mit ein paar geübten Handgriffen schloss Hartinger die Plane hinter ihnen.

»Haben Sie keine Angst, dass Ihnen jemand was von da draußen klaut?«, fragte Morgenstern nervös.

»Du kannst mich ruhig duzen. Ich bin die Katja. Und nein, mir klaut keiner was. Das würde ihm nicht gut bekommen.«

»Jaja, unrecht Gut gedeiht nicht«, zitierte Morgenstern die Weisheit des Volksmunds, war sich aber nicht sicher, ob die Katzenfrau das ebenfalls so simpel gemeint hatte.

Er sah sich in der Enge des Wagens um. Ein abgewetzter Perserteppich war auf dem Boden ausgebreitet, darauf lagen dicke Polster. Ein orientalischer Lampenschirm, aus vielerlei bunten Gläsern zusammengesetzt, baumelte von der Mittelstrebe des Wagens und erleuchtete die Szenerie mit funzeligem Kerzenlicht. Mehrere Mahagoni-Schränke standen an einer Seite aufgereiht – Morgenstern mochte sich nicht ausmalen, was in den Schubladen alles für den spontanen Straßenverkauf vorbereitet war. Es stand zu befürchten, dass es sich dabei nur zum kleineren Teil um Exemplare der »Rose von Jericho« handelte, ansonsten aber um Zeug, für das die Ingolstädter Kripo gut ausgebildete Drogenfahnder in Lohn und Brot hielt.

Auf einem fünfeckigen, niedrigen Tischchen zwischen den Polstern glommen zwei Duftstäbchen. Hartinger fummelte irgendwo an der Innenwand ihres Wagens herum, und ganz leise setzte Musik ein. Die »Doors«, natürlich, dachte Morgenstern. Vivaldis »Vier Jahreszeiten« hätten ihn deutlich mehr überrascht. Von ferne hörte er das aggressive »Bumm-bumm« der Death-Metal-Band, der wohl gerade seine unmündigen Buben lauschten.

»Wie heißt du gleich wieder? Mike, oder?«, fragte Hartinger und beugte sich, ob absichtlich oder nicht, so weit vor, dass Morgenstern mehr zu sehen bekam, als ihm guttat.

»Mike«, krächzte er.

»Und was machst du so, Mike, beruflich, meine ich?«

»Ich bin hier bei der Kripo«, gestand er ganz gegen seine Gewohnheit, wo er doch üblicherweise gegenüber Zufallsbekanntschaften nur »Bin Beamter« nuschelte, um Irritationen zu vermeiden. Hartinger warf einen kurzen und, wie es Morgenstern schien, besorgten Blick auf ihre Mahagoni-Möbelchen und deren unbekannten Inhalt. »Keine Drogen, keine Sitte«, schob er als vertrauensbildende Maßnahme nach.

»Was dann?« Die grünen Augen waren unergründlich.

»Mord«, sagte Morgenstern, und er spürte, wie sein Mund dabei trocken wurde. Aus einem gut versteckten Lautsprecher sang Jim Morrison leise: »*This is the end ...*«

Hartinger räusperte sich einmal kurz, rutschte auf ihrem Polster in den Schneidersitz, den sie für bequem zu halten schien, und streckte dann die rechte Hand aus. »Zwanzig Euro.«

Morgenstern kramte umständlich nach seiner Geldbörse, suchte und fand einen passenden Schein und konnte dabei nicht vermeiden, dass Hartinger auch den Polizeiausweis aufblitzen sah.

»Bei der Kripo also«, sagte sie, während sie ihre Prämie in einer fein geschnitzten hölzernen Schatulle verschwinden ließ. »Und jetzt zeig mir mal deine Patschehände.«

Folgsam streckte Morgenstern seine rechte Hand flach aus, direkt unter die Funzel aus Tausendundeiner Nacht. Sein Ring aus Gold und Platin funkelte geheimnisvoll, während Hartinger sich konzentriert über die Handfläche beugte, mit ihren langen, zarten,

Fingern über die ausgeprägten Linien fuhr und dazu unverständliche Dinge murmelte.

Es kam ihm wie eine Ewigkeit vor, das Kitzeln der Finger, die sanfte Berührung der Hände, das Flackern der Lampe, und doch waren es allenfalls drei Minuten, die Katja Hartinger benötigte, bis sie sich einen Überblick über Morgensterns Zukunftsaussichten verschafft hatte – oder zumindest so tun konnte, als wüsste sie Bescheid. Sie lehnte sich zurück, die Anspannung wich von ihrem Gesicht.

»Und?«, fragte Morgenstern mit steigender Nervosität. »Wie schaut's aus bei mir?«

Die Katzenfrau sah ihn ernst an, wie eine Hohepriesterin – oder eher wie eine Unglück verheißende Kassandra? Dann begann sie mit leiser Stimme mit ihren Erläuterungen. »Ich sehe, dass dein Leben vor gar nicht langer Zeit eine entscheidende Wende genommen hat. Stimmt das?«

»Ja, schon. Ich bin von Nürnberg nach Ingolstadt zwangsversetzt worden und wohne jetzt in Eichstätt, falls du das meinst.« Die Frau nickte zufrieden. »Und geht es bald zurück?«, hakte Morgenstern nach.

»Nein, es sieht nicht danach aus. Du bleibst vorerst auf deiner geraden Spur. Aber ich warne dich: Du kommst bald in große Gefahr.«

»Schon wieder«, entfuhr es Morgenstern, und ihm fielen gleich mehrere Situationen ein, in denen sein Leben am seidenen Faden gehangen war.

»Du bist ein zähes Kerlchen«, lobte ihn die Katzenfrau. »Irgendwann in deiner Kindheit stand es schon einmal Spitz auf Knopf.«

»Der Blinddarmdurchbruch«, erläuterte Morgenstern und fasste zunehmend Vertrauen zu Hartingers hellseherischem Know-how. »Weißt du etwas Genaueres über diese Gefahr?«

Draußen wurde der Lärm der Metal-Band lauter, der Sänger schrie mit krächzender Stimme immer wieder die gleichen lateinischen Worte: »*Ignis et ferrum – ignis et ferrum.*«

»Feuer«, sagte Katja Hartinger nach einigem Zögern. »Es hat mit Feuer zu tun. Mehr kann ich dir nicht sagen.«

»Und sonst?«

»Wenn du schön auf dich aufpasst, kannst du dich auf ein langes, friedliches Leben freuen. Es liegt ganz bei dir.«

»Und das kannst du alles aus ein paar Linien in meiner Hand lesen?«, fragte Morgenstern.

»Aus deiner Hand und aus deiner Aura. Ich kann dich spüren, Mike«, raunte Katja Hartinger und rückte mit einem Mal näher an ihn heran, so dicht, dass Morgenstern zurückwich. »Aber alles Weitere kostet extra.«

Morgenstern stand abrupt auf. »Nein, nein. Ich denke, das reicht mir schon. Ich muss jetzt dringend gehen. Da draußen wartet meine Familie auf mich.«

Mit Enttäuschung im Gesicht, ob echt oder gespielt, öffnete Katja Hartinger die Plane, und Morgenstern kletterte ungelenk vom Wagen. Ihm fiel plötzlich die Asterix-&-Obelix-Folge »Der Seher« ein, die sich Marius vor einiger Zeit selbst von seinem Taschengeld gekauft hatte. In der Geschichte war fast das ganze gallische Dorf auf einen wahrsagenden Scharlatan hereingefallen, der den Menschen das Blaue vom Himmel versprochen hatte. Höchste Zeit, dass er hier wegkam, die zwanzig Euro konnte er als Lehrgeld verbuchen.

Als er wieder festen Boden unter den Füßen hatte, sah er sich noch einmal nach der Katzenfrau um.

»Ich weiß noch etwas«, sagte sie, »und das sage ich dir gratis.«

»Ach, und das wäre?« Morgensterns Stimme hatte nun einen skeptischen Unterton.

»Ich weiß, dass du im Mordfall Westerstetten ermittelst.«

»Da ist nicht viel dabei. Das ist sogar schon in der Zeitung gestanden.«

»Wenn du mal Hilfe brauchst, kannst du dich jederzeit an mich wenden. Ich lege bei Bedarf auch Karten.«

»Ich denke, das geht auch so«, sagte Morgenstern kurz angebunden. »Die Sache hat sich bereits erledigt.«

»Ach wirklich?« Katja Hartingers grüne Augen fixierten Morgenstern. »Ich ahne, dass es da noch ein Nachspiel geben wird. In einer alten schottischen Kirche.«

Morgenstern drehte sich wortlos um und ging weg. Noch lange spürte er Hartingers Blick in seinem Rücken.

Die Band spielte auf einer kleinen Bühne unter freiem Himmel, und mitten im Publikum fand Morgenstern seine Frau und die beiden Kinder.

»Wo warst du denn so lange?«, fragte Fiona und zog die Stirn kraus. »Ich habe mir schon Sorgen um dich gemacht. Die Musik ist auf Dauer kaum auszuhalten. Die machen hier einen auf Rammstein.«

»Echt cool«, schrie Marius seinem Vater zu. Bastian, der Jüngere, hingegen hielt sich immer wieder die Ohren zu, so auch jetzt, als der Sänger mit langen schwarzen Haaren, halb von Ruß geschwärztem Gesicht und einer speckigen Lammfellweste über dem bloßen Oberkörper den Refrain ins Publikum brüllte.«... müssen brennen«, verstand Morgenstern in einer Mischung aus Bassgitarren-Stahlgewitter und Dudelsack-Inferno. Und viele Zuhörer stimmten grölend mit ein: »Hexen ... müssen ... brennen, Hexen ... müssen ... brennen!«

»Jetzt aber raus hier«, entschied Morgenstern und schob Bastian energisch aus der Menge. Das Kind hatte, wie er dabei bemerkte, schon wieder Tränen in den Augen. Ziemlich nah am Wasser gebaut, dachte er.

Und dann ging es noch einmal zurück zum Hippie-Stand, denn Fiona hatte sich tatsächlich auf zwei Kleider festlegen können und bat ihren Gatten und die beiden Kinder nun um ein abschließendes Urteil. Die drei konnten sich auf einen Favoriten verständigen.

»Ich glaube, mir gefällt trotzdem das andere besser«, sagte Fiona nach einigem Überlegen und kaufte tatsächlich das zweite Kleid für eine überraschend hohe Summe.

»Frauen – ich werde euch nie verstehen«, stöhnte Morgenstern. »Vollkommen beratungsresistent. Aber wehe, du gibst keinen Kommentar ab, weil's eh nichts hilft – dann ist gleich der Teufel los.«

Fiona lachte zufrieden. »Frauen ticken da anders. Aber das macht nichts, solange ihr Männer aufmerksam seid. Apropos: Ich weise sicherheitshalber schon mal drauf hin, dass ich nächste Woche Geburtstag habe. Vielleicht lässt du dir was Hübsches für mich einfallen?«

Morgenstern nickte. Er hatte da ausnahmsweise schon eine prima Idee.

***

»Wir haben etwas Interessantes entdeckt.« Der Anruf aus der Werkstatt des Polizeipräsidiums ging gleich am Montagmorgen bei Morgenstern und Hecht ein, und der Experte dort bestand darauf, dass die beiden Ermittler sich die Sache selbst ansahen. So standen sie wenig später in einer Halle, in der das trostlose Wrack von Westerstettens silbernem Audi Q7 V12 TDI wie aufgebahrt auf einer Rampe stand. Der Werkstattleiter selbst hatte den Wagen in den vergangenen Tagen unter die Lupe genommen.

»Und?«, fragte Morgenstern ungeduldig. »Nun spannen Sie uns nicht auf die Folter.«

Der Mechatronikermeister im Blaumann ließ sich nicht drängeln. Langsam ließ er das Autowrack auf einer Hebebühne nach oben fahren, dann schaltete er einen Stabscheinwerfer ein und leuchtete damit unter den völlig demolierten Motorraum.

»Ich sehe da nichts außer Schrott«, sagte Morgenstern. »Außerdem kenne ich mich mit Autos nicht aus.«

»Wir hatten schon einen Gutachter von der Dekra da, und wir sind uns einig.«

»Dass das Auto nicht mehr zu reparieren ist?« Morgenstern wurde zynisch. »Nun sagen Sie schon!«

Der Autotechniker lächelte zufrieden, dann sagte er: »Sprengsatz.«

Hecht und Morgenstern waren baff. »Eine Bombe? Hier bei uns. Das gibt's doch gar nicht.«

»Ich habe nicht Bombe gesagt, sondern Sprengsatz, Sprengkörper. Theoretisch ist auch ein ordentlicher Chinaböller, so ein verbotenes Teil vom Vietnamesen-Markt in Tschechien, schon ein Sprengkörper. Es war keine Bombe, sonst würde das Auto hier ganz anders aussehen. Es muss ein winziger Sprengsatz gewesen sein. Jemand hat ihn am linken Vorderrad angebracht, an der Innenseite. Ganz einfach mit einem Stück schwarzem Klebeband.«

Hecht und Morgenstern sahen sich an.

»Haben Sie so etwas schon mal gesehen?«, fragte Hecht.

»Ich habe davon gehört. Unter verfeindeten Rockergruppen kommt so etwas manchmal vor. Also bei der gut organisierten Kriminalität.«

»Rocker?« Morgenstern traute seinen Ohren nicht.

»Und Geheimdienste arbeiten vermutlich auch so«, schob der

Techniker nach. »Bei James Bond kracht und knallt es die ganze Zeit.«

Die Kommissare hatten spontan den gleichen Gedanken: Moshe Mayr, den Agenten, den sie so schmählich aus den Augen verloren hatten. Aber nach den Entwicklungen der letzten Tage war der Tipp vom BND eine tote Spur gewesen. Schneidt hatte das erledigen wollen.

»Wir haben die Chemiker vom Labor schon drauf angesetzt, die prüfen gerade, ob sich Sprengstoffreste identifizieren lassen. Im Zweifelsfall war es der übliche Plastiksprengstoff, für Profis leicht zu kriegen.«

»Und wann fliegt das Zeug in die Luft?«, fragte Morgenstern und starrte dabei auf die Reste des linken Autoreifens und den ramponierten Radkasten.

»Zeitzünder oder Fernzündung«, schlug der Mechaniker vor. Er klopfte mit der Stablampe sanft gegen den Reifen. »Wie gesagt: Es war eine ganz kleine Sache. Nichts, was man aus dem Fernsehen kennt.«

»Was genau passiert, wenn da hinterm Reifen so eine Art größerer Chinakracher explodiert?« Morgenstern dachte an sein erstes Silvesterfest in Eichstätt, gleich nach seiner Übersiedlung aus Nürnberg. Leichtfertigerweise hatte sich die Familie um Mitternacht auf dem Marktplatz eingefunden, der sich aber ziemlich rasch als No-go-Area zum Jahreswechsel entpuppt hatte. Was da in die Luft gejagt worden war, hätte ihm ums Haar einen Tinnitus beschert – mindestens.

»Hmm«, machte der Mechaniker. »Ich denke mal, das ist wie ein richtig fieser Reifenplatzer. Ziemlich unangenehm bei voller Fahrt.«

»Vor allem, wenn die Strecke kurvenreich und steil mitten durch den Wald führt«, fügte Morgenstern hinzu. »Wenn es da, wo das Auto verunglückt ist, zur Explosion gekommen ist, war das für Westerstetten die ungünstigste Stelle weit und breit.«

»Dann tippe ich auf eine Fernzündung«, legte sich Hecht fest. »Moshe Mayr muss direkt in der Nähe gewesen sein. Im Wald.«

»Moshe wer?«, fragt der Mechatroniker.

Hecht hielt sich die Hand vor den Mund. »Ich habe nichts gesagt, und Sie haben nichts gehört, haben Sie mich verstanden!«

Der Werkstattleiter ließ die Lampe sinken und wischte sich mit seinem Blaumann-Ärmel die Stirn ab. »Ich mache diesen Job hier seit fünfundzwanzig Jahren – und ich habe weiß Gott schon brisante Sachen zu sehen und zu hören bekommen. Ich weiß schon, was ein Dienstgeheimnis ist.«

»Pschschscht!«, machte Morgenstern und legte den Finger an den Mund. »Dann ist ja alles gut.«

Insgeheim fragte er sich, wie oft er Fiona gegenüber schon ganz arglos Geheimnisse ausgeplaudert hatte – und wie oft sie ihn mit ihrer weiblichen Intuition abends bei einem Glas Rotwein auf die richtige Spur gesetzt hatte.

ZWÖLF

Noch am Vormittag kam die Nachricht vom Labor, dass an Westerstettens Wagen tatsächlich Semtex-Sprengstoff gefunden worden war. Morgenstern schickte die Spurensicherung erneut zum Unfallort in den Pfünzer Forst. Irgendwo auf der Straße, direkt an der Stelle, wo der Wagen von der Spur abgekommen war, könnten sich noch Reste des Zünders finden – die Nadel im Heuhaufen. Genauer gesagt die Nadel unter Fichtennadeln.

»Und wieso hat Mayr, wenn er es denn war, keinen größeren Sprengsatz verwendet?«, fragte Hecht, als sie bei bitterem Kaffee in ihrem Büro saßen und grübelten.

»Vielleicht hat er gerade nicht mehr Semtex gehabt.«

»Glaube ich nicht. Ich vermute: Wer immer da seine Hände im Spiel hatte, wollte die Sache genau so haben. Ein Reifenplatzer, wie er nun mal passieren kann.«

»Nicht bei einem Audi Q7 V12 TDI«, warf Morgenstern ironisch ein. »So etwas darf man hier in Ingolstadt nicht laut sagen. Da platzt nicht einfach mal ein Reifen. Die bauen Autos für die Ewigkeit.«

»Jedenfalls sollte unser Westerstetten einen Unfall haben. Von der Straße abkommen, zwischen die Bäume rauschen, sich einen blutigen Kopf holen.«

»Ein, zwei Zähne verlieren«, fügte Morgenstern hinzu.

»Sich die Nase brechen«, ergänzte Hecht.

Morgenstern rieb sich nachdenklich die eigene Nase und nahm dann einen Schluck Kaffee. »Ist ja widerlich, dieses Zeug«, schimpfte er. »Wir müssen dringend die alte Melitta-Maschine entkalken.« Er ging zur Maschine, nahm die Glaskanne mit dem Rest eingekochten Koffeinsuds und kippte die Brühe in den Topf des schwindsüchtigen Ficus benjamina.

»In so einem Wagen, wie Westerstetten ihn fährt, würde sonst kaum etwas Schlimmeres passieren«, sagte Morgenstern und erinnerte sich an ein halbes Dutzend aktivierter Airbags. Die Zahl der tödlichen Verkehrsunfälle war seit Jahrzehnten rückläufig – auch aus völlig zerquetschten Autowracks holten die Feuerwehrler mit ihren Rettungsspreizern die Insassen oft nahezu heil heraus. Wo

man früher von einem Wunder gesprochen und in der Gruftka-
pelle der heiligen Walburga in Eichstätt eine Votivtafel aufgehängt
hätte, galt der Dank heute meist ganz banal den Vorleistungen der
Crashtest-Dummys in den Autofabriken.

»Solange die Karre nicht in Flammen aufgeht, sind die Chancen
wirklich gut«, meinte auch Hecht. »Und das ist allgemein bekannt.«

»Sogar in Israel?«, fragte Morgenstern.

»Auch in Israel. Keiner weiß besser, dass wir Deutschen Perfek-
tionisten sind – in allem, was wir anpacken.«

»Und seit wann macht der Mossad halbe Sachen?«, grübelte
Morgenstern, während er eine neue Kanne Kaffee aufsetzte.

Röchelnd nahm die völlig verkalkte Melitta-Pumpe ihre un-
dankbare Arbeit auf. Morgenstern fiel das Olympia-Attentat von
München ein – und die anschließende Racheaktion der Israelis.
Der Geheimdienst hatte in den Jahren danach die überlebenden
Attentäter einen nach dem anderen aufgespürt und getötet.

»Auge um Auge, Zahn um Zahn«, murmelte er. Er wandte sich
Hecht zu. »Sie wollten ihn nicht töten«, sagte er langsam. »Westerstetten hat Waffengeschäfte angestoßen. Das war nicht alles koscher.« Er lächelte über diesen – ausgerechnet – jüdischen Begriff.

»Nein, das war wirklich nicht koscher«, bestätigte Hecht.
»Deutsch-Arabische Gesellschaft – wenn ich das schon höre!«

Morgenstern grübelte weiter. »Sie wollten ihm eine Lektion
erteilen; nehmen wir mal an, das war alles. Aber die Sache ist
eskaliert. Da ist was aus dem Ruder gelaufen.«

Hecht sekundierte: »Westerstetten überlebt den Unfall, taumelt
aus seinem Wagen. Moshe Mayr steht in direkter Nähe hinterm
Baum. Westerstetten entdeckt ihn. Es kommt zu einem Kampf,
und Westerstetten hat dabei keine Chance gegen einen ausgebil-
deten Agenten.«

»Du schaust zu viel James Bond«, sagte Morgenstern trocken.

»Dann lass dir doch selber was einfallen.« Hecht schmollte. Aber
auch ihm war wohl beim Begriff James Bond der felidenaffine
Oberschurke Blofeld in den Sinn gekommen.

»Ich schau mal, wo Hagen von Tronje steckt. Bestimmt wieder im Büro von Schneidt. Ich bin momentan einfach zu viel im
Außendienst.«

Wenig später kam er zurück, das Katerchen auf dem Arm. »Wie

ich's vermutet habe. Er hat ein Nickerchen auf Schneidts Sofa gemacht. Der Chef war zum Glück nicht da.« Er streichelte dem Tier über den Rücken. »Aber jetzt bist du wieder bei Papa«, säuselte er. »Du hast bestimmt Hunger.«

Hecht öffnete eine Aktentasche und entnahm ihr eine Dose. »Schau mal, heute gibt's was ganz Feines.« Er drehte die Dose, damit er das Etikett lesen konnte: »Lachs in feiner Soße«.

Behutsam öffnete er den Schnellverschluss und füllte einen kleinen Teil des Doseninhalts mit einem Kaffeelöffel in ein Porzellanschälchen mit Tom-&-Jerry-Dekor, das er eigens angeschafft hatte. Dann angelte er aus seiner Aktentasche eine durchsichtige Plastiktüte mit Grünzeug, zupfte darin herum und drapierte schließlich einen sorgfältig ausgewählten Stängel Petersilie quer über der gewürfelten, gelierten bräunlichen Katzenmahlzeit.

»Geht's dir noch gut?«, erkundigte sich Morgenstern.

»Meinst du, ich verwöhne ihn zu sehr?«, fragte Hecht besorgt zurück. »Aber das mit der Petersilie habe ich in der Fernsehwerbung gesehen.«

»Katzen würden Whiskey saufen«, frotzelte Morgenstern, und das erinnerte ihn wieder an den unglücklichen Ex-Abgeordneten Thomas Daffner und dessen ausgeprägten Alkoholkonsum.

Doch Hechts Bemühungen um die feine Katzenmahlzeit waren, Petersilie hin oder her, nicht von Erfolg gekrönt. Hagen von Tronje ließ sich gerade noch dazu herab, den Futternapf zu beschnuppern. Sein Argwohn war dabei unübersehbar. Dann maunzte er vorwurfsvoll und trollte sich mit hocherhobenem Schwanz.

»Majestät haben heute keinen Appetit auf Lachs«, sagte Morgenstern schmunzelnd. »Vielleicht hättest du ja Dill drauflegen sollen. Der passt besser zu Fisch.«

»Witzbold! Das liegt nur daran, dass ihn das halbe Präsidium hinter meinem Rücken füttert, allen voran Schneidt. Der hat für Hagen neulich sogar frisches Rinderhack mitgebracht, direkt von der Metzgereifiliale vorn in der Harderstraße.«

»Echt jetzt?«

»Ja, das muss ein ganzes Fleischpflanzerl gewesen sein. Der spinnt doch, der Schneidt.«

»Also meine Lotta frisst fast alles, was wir ihr vorsetzen«, sagte

Morgenstern mit dem Stolz eines erfolgreichen Erziehungsberechtigten.

»Dafür klettert deine Lotta auf die Stadtmauer und in seltsame Hexentürme«, konterte Hecht und packte die Petersilientüte wieder in sein Köfferchen. Er warf die angebrochene Futterdose in den Mülleimer. »Morgen versuche ich es mit Rind.«

»Was hast du denn schon alles getestet?«

»Ente, Wild, Thunfisch.«

»Und?«

»Fehlanzeige.«

Hagen von Tronje hatte es sich währenddessen auf Hechts am Boden ausgelegtem Cordsakko bequem gemacht und war eingeschlafen. Hecht hob ihn auf und schob ihn vorsichtig in den bereitgestellten Transportkorb, den er erst tags zuvor angeschafft hatte. Den Korb in der Hand sagte er: »Ich glaube, wir müssen los. Falls du es vergessen hast, wir haben einen Termin in Wellheim. Bei der Witwe von Thomas Daffner.«

»Du nimmst die Katze mit?«

»Vertrauensbildende Maßnahme«, antwortete Hecht. »Und außerdem müssen Hagen und ich an unserer Vater-Kater-Beziehung arbeiten.«

»Du hast echt einen Vogel!«

»Nein, einen Kater.«

So ging es gemeinsam von Ingolstadt nach Wellheim im Urdonautal. Der Weg führte über die Bundesstraße 13 aus der Stadt hinaus und über Buxheim und Nassenfels auf die Jurahochfläche bei Biesenhard, von dort wieder abwärts über das Dörfchen Hard ins Schuttertal. Auf den Höhen war das Getreide abgeerntet, vereinzelt pflügten Bauern die Stoppelfelder oder brachten Gülle aus, deren Ammoniakduft sich bleiern übers Land legte.

Braugerste und Brotweizen wurden auf den Jurahöhen angebaut, hatte Morgenstern vom Experten des Landwirtschaftsamtes erfahren, ganz vereinzelt gab es aber auch experimentierfreudige Bauern, die sich an Sojabohnen versuchten oder sogar auf die Produktion von Kürbisöl setzten. Wer mit der Landwirtschaft sein Auskommen finden wollte, musste sich etwas einfallen lassen, hatte Morgenstern bei der Visite des Fachmanns vor wenigen Tagen erfahren.

Die beiden Kommissare kamen pünktlich um elf Uhr in Wellheim an. Vor ihnen ragte hoch die Burgruine mit dem gewaltigen Bergfried auf. Morgenstern kannte das Bauwerk bereits von einem Familienfoto in Thomas Daffners Wohnung, links davon stand ebenfalls leicht erhöht über dem Dorf die Pfarrkirche mit dem Friedhof. Gleich dahinter begann der Wald, der sich den gesamten Hang des Urdonautals hinaufzog, und mittendrin erkannte man eine kleine weiße Kapelle. Rechts in der Ferne waren die Felswände von Konstein zu sehen – irgendwo dort drüben hatte Nikolaus von Westerstetten gelebt.

Die Daffners hatten ihr Haus im Ortskern von Wellheim, gleich unterhalb der Kirche: ein Bürgerhaus in einem kleinen Marktflecken. Vielleicht waren Thomas Daffners Vorfahren Handwerker gewesen.

Hecht stellte den Dienstwagen vor dem Haus ab und griff dann nach dem Katzenkorb auf dem Rücksitz. »Ich kann den armen Kerl wirklich nicht allein hier im Auto lassen. Es wird bestimmt total heiß im Wagen.«

Morgenstern zuckte die Schultern. »Von mir aus. Mach, was du willst. Aber seriös geht anders.«

Unmittelbar nach dem Läuten öffnete Daffners Exfrau die Tür: Sie hatte vom Wohnzimmer im ersten Stock längst die Ankunft der Kommissare mitverfolgt – wie in einem solchen Ort ohnehin jedes unbekannte Auto mit Interesse zur Kenntnis genommen wurde.

»Sie haben hoffentlich keinen Hund«, sagte Hecht zur Begrüßung. »Ich musste nämlich meine kleine Katze mitbringen.«

Beate Daffner nickte: »Wenn Sie meinen.«

Sie wirkte angespannt, fand Morgenstern. Kein Wunder, wenn man kürzlich erfahren hatte, dass der Mensch, mit dem man Jahrzehnte zusammengelebt hatte, unter dramatischen Umständen gestorben war und dass ebendieser Mann zuvor einen anderen Menschen getötet hatte. Und das war nun einmal der Stand der Ermittlungen. Mochte Moshe Mayr nun im Pfünzer Unterholz gestanden sein oder nicht.

Sie folgten der etwa sechzigjährigen Frau in den ersten Stock. Durch einen breiten Flur ging es ins Wohnzimmer, wo bereits Sohn und Tochter warteten.

Der Sohn, groß gewachsen, etwa fünfunddreißig Jahre alt,

streckte Morgenstern die Hand entgegen. »Michael Daffner. Ich bin Arzt an der Klinik in Gunzenhausen.«

Die Tochter tat es ihm nach. »Theresa Daffner, ich wohne hier im Haus mit meiner Mutter. Ich habe mir heute freigenommen, ich arbeite drüben in Neuburg in einer Apotheke.«

Morgenstern und Hecht nahmen gemeinsam auf einem Sofa Platz, Hecht schob Katze samt Korb unter den Wohnzimmertisch. »Hagen von Tronje«, sagte er zur Vorstellung. »Nicht ich, sondern mein Kater. Ich bin Oberkommissar Peter Hecht. Und mein Kollege ist Kriminaloberkommissar Mike Morgenstern. Wir haben sehr schlechte Nachrichten, das wissen Sie ja bereits.«

Die drei nickten, und Theresa Daffner wischte sich die Augen mit einem Papiertaschentuch ab. Sie hatte eine ganze Tücherpackung vor sich auf den Tisch gestellt.

Morgenstern gab sich einen Ruck. »Ihr Vater, Ihr langjähriger Mann hat bei einer formlosen Vernehmung durch uns beide in seiner Wohnung einen Herzinfarkt erlitten. Wie Sie wissen, ermitteln wir im Mordfall Nikolaus von Westerstetten, und Thomas Daffner war für uns zumindest als Zeuge interessant. Er war am Mordabend zusammen mit Westerstetten bei einer Versammlung gewesen. Westerstetten hatte ihm vor drei Jahren das Bundestagsmandat abgenommen, das hat er ihm sehr verübelt.«

»Das ist doch alles Schnee von gestern«, ereiferte sich Michael Daffner. »Unser Vater war längst darüber hinweg. Er hat das souverän weggesteckt.«

»Aber er hat ihn gehasst. Das hat er uns selbst gesagt«, erklärte Hecht. »Nach außen hin sind viele tapfer. Aber wie es drinnen aussieht, im Herzen, das weiß niemand. Und er hat sich durch unsere Befragung so aufgeregt, dass sein Herz versagt hat.«

»Sein Herz war nicht in Ordnung, das weiß ich als Mediziner am besten«, räumte der Sohn ein. »Ich habe ein Auge darauf gehabt, dass er zuverlässig seine Medikamente nimmt. Und die Theresa natürlich auch, als Apothekerin.«

Morgenstern blickte sich im Wohnzimmer um. Überall hingen Bilder von den Kindern und weitere Familienfotos, allerdings kaum eines, auf dem Thomas Daffner zu sehen war. Ein schmales schwarzes Regal war mit Büchern gefüllt. Morgenstern stand in alter Gewohnheit auf, um sich die Literatur des Hauses anzusehen:

Die, so fand er, sagte meist viel aus über die Menschen, mit denen man gerade zu tun hatte.

In diesem Fall fanden sich in Beate Daffners Fundus jede Menge Krimis, darunter die gesammelten Werke von Donna Leon, ein paar Gartenbücher und ein schmales Werk, das Morgenstern schmunzeln ließ: »Auf der Spur des Morgensterns«, las er laut vor. »Das bin ich jeden Tag.«

Michael Daffner stand auf und stellte sich neben Morgenstern. »Ist alles relativ trivial«, sagte er, nahm ihm das Buch ab und schob es ins Regal zurück. »Mama liest auch Rosamunde Pilcher.«

Morgenstern sah sich weiter um. Eine aus Lindenholz geschnitzte, bemalte Marienstatue, fünfzig Zentimeter hoch, stand auf einem Podest in einer Ecke, umrahmt von zwei Blumenstöcken und einer dicken Kerze auf einem schmiedeeisernen Ständer.

»Eine sehr schöne Madonna haben Sie da«, wandte er sich jetzt an Beate Daffner.

Ehe die Frau antworten konnte, sagte die Tochter: »Ja. Ein schönes Stück. Unsere Mutter hat sie sich anfertigen lassen, als sich unser Vater von ihr getrennt hat. Es ist eine Kopie, die uns ein Hobbyschnitzer hier aus Tauberfeld angefertigt hat. Das Original steht im Diözesanmuseum in Eichstätt. Mutter hat eine Postkarte davon, an der hat sich der Schnitzer orientiert.«

»Und wo kommt die Madonna her?« Hecht schien ernstlich interessiert, stellte Morgenstern fest.

»Aus einer alten Wallfahrtskirche, die heute eine Ruine ist«, sagte Thomas Daffner. »Mutter hat damals eine schwere Zeit durchgemacht, als unser Vater ...« Er zögerte.

Die Mutter schaltete sich ein. »Sag's ruhig. Als der Papa abgehauen ist. Zu dieser blonden Tussi nach Eichstätt. Ich weigere mich, ihren Namen in den Mund zu nehmen.«

»Trixi?«, fragte Morgenstern. »Trixi Schöpfel?«

Beate Daffner nickte. »Aber damit habe ich abgeschlossen. Das Leben geht weiter. Theresa lebt bei mir, Michael kommt mich oft besuchen. Ich habe viel zu tun. Man darf nicht nachlassen.«

Morgenstern fiel auf, dass Beate Daffner betont konzentriert sprach, etwas langsamer als erwartet. »Haben Sie ein Beruhigungsmittel genommen?«, fragte er sie.

»Ich habe ihr was gegeben«, sagte ihr Sohn, bevor sie selbst antworten konnte. »Nichts Starkes. Aber das ist alles nicht einfach für unsere Mutter.«

»Zurück zu Thomas Daffner. Kann sich jemand von Ihnen vorstellen, dass er Herrn von Westerstetten getötet hat?«

Die Kinder dachten lange nach, unsicher, was sie auf diese privateste aller privaten Fragen antworten sollten. Hecht hatte sein Notizbuch auf dem Schoß aufgeschlagen.

Der Arzt wiegte langsam den Kopf hin und her, immer wieder. »Ich weiß es nicht«, sagte er.

»Ich sage nichts gegen meinen Vater«, stellte die Tochter klar.

Die Mutter aber hob langsam die Augen. »Er war's nicht.«

Sohn und Tochter sahen ihre Mutter an.

»Natürlich hat mein Mann diesen Emporkömmling Westerstetten gehasst. Abgrundtief. Er hat immer wieder mal davon geträumt, ihm vor seinem Haus in Konstein aufzulauern, einen Sack über den Kopf zu stülpen und ihn ordentlich zu verprügeln. Gemacht hat er das aber nie, dafür fehlte ihm wohl lange der Mut. Stattdessen hat er immer mehr getrunken. Nein, er ist es nicht gewesen.«

»War Ihr Mann denn gewalttätig?«

»Hin und wieder«, sagte die Mutter. »Auch die Kinder haben, als sie noch klein waren, mal Prügel bezogen. Ein paar Watschen haben noch niemandem geschadet, das war sein Standardspruch.«

Michael und Theresa pressten die Lippen zusammen, es war eindeutig, dass sie sich zu diesem Thema nicht äußern wollten. Dafür redete die Mutter mit schwerer Stimme weiter.

»Er war halt oft nicht daheim, das war schon vor seiner Berliner Zeit so, und wenn er hier war, war er ziemlich gestresst. Termine jeden Abend, und was in der Familie vorging, hat er nur am Rande mitbekommen. Wenn die Kinder dann eine schlechte Note aus der Schule mitbrachten und er schon etwas getrunken hatte, dann ist ihm manchmal die Hand ausgerutscht.«

Michael nickte. »Das waren einfach andere Zeiten. Das ist zwanzig, fünfundzwanzig Jahre her. Er ist zuletzt viel ruhiger geworden.«

»Und diese Hexengeschichte?«, fragte Morgenstern. »Was wusste er darüber?«

»Er war's nicht«, wiederholte Beate Daffner monoton.

»Mutter, jetzt lass einfach mich mal reden«, fuhr ihr Michael

Daffner ins Wort. »Meine Mutter weiß nicht sehr viel von meinem Vater, sie hatten ja seit der Trennung kaum noch Kontakt, aber ich habe ihn immer wieder in Eichstätt besucht. Die Sache hat ihn sehr beschäftigt. Ich hatte das nur am Rande mitbekommen, diese Kampagne für ein Mahnmal in der Innenstadt. Er hat mir davon erzählt, und es war ihm eine Genugtuung, dass Westerstetten in ein schlechtes Licht geraten ist. Das Thema hat ihm keine Ruhe gelassen. ›Der alte Westerstetten war ein Massenmörder.‹ Das hat er wörtlich zu mir gesagt.«

»Zu mir auch«, meldete sich Theresa Daffner zu Wort. »Mit mir hat er einmal einen Spaziergang zum ehemaligen Richtplatz von Eichstätt gemacht.«

»Ach, das ist ja interessant«, sagte Morgenstern. Hecht kritzelte eifrig in sein Notizbuch.

»Ja, er hat mir die Henkerskapelle gezeigt, mit der Kreuzigungsgruppe. Jesus, Maria und Johannes, überlebensgroß. Da haben die Opfer von Westerstetten ihr letztes Gebet verrichtet, hat mir unser Vater erzählt. Und wir waren auch an dem kleinen Mahnmal ganz in der Nähe, direkt am alten Eichstätter Richtplatz.«

»Der Hexenhammer«, sagte Michael Daffner und nickte seiner Mutter zu. »Kennst du den?«

»Nein, aber ich glaube, dass ich in der Zeitung davon gelesen habe. Wo soll das sein?«

»Oberhalb von Eichstätt. Mit mir war er auch einmal dort. Das ist ziemlich abgelegen. Aber man kann die Willibaldsburg auf der anderen Seite des Tals sehen. Der Fürstbischof hatte also freien Blick auf den Richtplatz, wenn er wollte.«

»Da hätte er schon einen Feldstecher gebraucht«, sagte Morgenstern. »Herr Daffner, wann war denn dieser gemeinsame Spaziergang?«

Michael Daffner zog sein Smartphone hervor, das ihm offenbar auch als Kalender diente. Nach einigem Tippen und Wischen hatte er gefunden, wonach er suchte. »Das war erst vor acht Wochen. Da war ich zum letzten Mal bei ihm zu Besuch.«

»Davon weiß ich gar nichts«, sagte die Mutter. »Du warst hier in der Gegend und hast nicht bei mir in Wellheim vorbeigeschaut?« Sie wirkte beleidigt.

Der Sohn legte den rechten Arm um ihre Schultern. »Das war

eine Ausnahme, Mama. Jedenfalls wollte Papa mir diesen gruseligen Ort zeigen, wo die vielen Hexen verbrannt worden sind. Es war ein schöner, sonniger Tag, und trotzdem ist es mir da oben mulmig geworden.« Er dachte lange nach, dann gab er sich einen Ruck. »Er hat zu mir wörtlich gesagt: ›Irgendwann bringe ich ihn um.‹«

Morgenstern und Hecht warfen sich vielsagende Blicke zu, und die Daffner-Kinder sahen sich dadurch ermutigt, weitere Details über ihren verstorbenen Vater preiszugeben, während die Mutter verstummte und immer wieder nur den Kopf schüttelte.

Er habe seine Arbeit in Berlin immer gern gemacht. Und über seine Familie habe er voll Stolz erklärt: »Wir sind wer in Wellheim.« Natürlich habe ihn auch die Karriere seiner Kinder sehr befriedigt: beide Abitur am Eichstätter Gymnasium, beide das große Latinum, beide mit »ordentlichen Berufen«, wie er es nannte. Und das alles nicht zuletzt, wie er glaubte, wegen der strengen Hand des Patriarchen. Ja, der Vater habe jähzornig sein können, sagte der Sohn.

»Konnte er brutal werden, über diese Watschen hinaus, von denen vorhin die Rede war?«, wollte Morgenstern wissen – und dachte daran, in welchem Zustand Westerstetten am Hexenhammer gefunden worden war.

»Kommen Sie mit«, sagte der Sohn. »Ich zeige Ihnen mal was. Wir haben schon immer Hasen, Stallhasen.«

»Aha«, sagte Morgenstern ratlos.

Gemeinsam gingen die Daffners und ihre Gäste ins Erdgeschoss und von dort durch einen Hintereingang in einen großen Garten mit etlichen Obstbäumen. Herabgefallene, faulige Äpfel lagen im ungemähten Rasen, daneben goren vollreife violette Zwetschgen, von Wespen umschwirrt, vor sich hin. Neben einer Mauer stand ein großer, halb offener Schuppen für Brennholz, und ein Teil dieses Verschlags wurde für die Kaninchenzucht des Hauses Daffner genutzt. Morgenstern zählte neun Ställe mit Drahtgittern, jeweils drei aufeinandergestapelt. Doch nur zwei der Holzställe waren bewohnt, von hübschen hellbraunen Langlöffeln, die sich nun, da Menschen kamen, hungrig und neugierig an die Gitter drängten.

»Und was soll das jetzt?«, fragte Morgenstern.

Michael Daffner deutete auf eine Seitenwand des Schuppens,

die über und über mit Blut verschmiert war. In die Bretter waren etwa auf Kopfhöhe mehrere Nägel eingeschlagen. Rostig glänzten sie im Sonnenlicht, das in den Schuppen einfiel, an den Brettern pappten Haare.

»Unser Vater war immer fürs Schlachten der Hasen zuständig«, erklärte Theresa Daffner. »Mein Bruder und ich haben sie gefüttert, mit frischem Gras, im Winter mit Heu und Rüben. Und unsere Mutter musste die Ställe ausmisten, stimmt's?«

Beate Daffner nickte.

»Aber das Schlachten hat allein der Vater gemacht. Und mein Gott: Wie er das gemacht hat!«

»Auf dem Dorf ist man einiges gewohnt«, assistierte der Bruder. »Da werden Nutztiere nicht mit Samthandschuhen angefasst – und vor zwanzig Jahren schon gar nicht. Aber unser Vater hat richtig Spaß dran gehabt, wenn er die Kaninchen umgebracht hat. Da drüben liegt noch der Knüppel, mit dem er ihnen das Genick gebrochen hat. Das war schon sehr befremdlich. Leider.«

»Eine Gewaltorgie«, sagte die Schwester. »Ich habe nur ein einziges Mal zugesehen, und dann musste ich mich übergeben. Nie wieder habe ich danach Kaninchenfleisch gegessen und du doch auch nicht, Michael.«

»Was unser Papa in diesem Schuppen veranstaltet hat … Hier hat er seine dunkle Seite ausgelebt, denke ich mir. Es hat ihm Spaß gemacht, die toten Tiere mit den Hinterläufen an den Nägeln aufzuhängen und ihnen dann buchstäblich das Fell über die Ohren zu ziehen.«

»Ist das nicht ganz normal so?«, fragte Hecht vorsichtig, denn er erinnerte sich daran, dass in der Standardrezeptsammlung seiner Exfrau Angelika, einer ziemlich zerfledderten Ausgabe vom »Bayerischen Kochbuch«, in größter Selbstverständlichkeit das »Ausziehen« eines Kaninchens per Schwarz-Weiß-Skizze erklärt worden war.

»Es kommt auf die Art und Weise an«, sagte Michael Daffner. »Ich hatte immer den Eindruck, er hat da einer sadistischen Neigung freien Lauf gelassen. Könnte das sein, Mutter?«

Beate Daffner blieb stumm.

»Aber Sie haben immer noch Hasen«, wunderte sich Hecht und begann, ganz der Tierfreund, einen der Ställe zu öffnen und die

Hoppeltiere mit einem Maiskolben zu füttern, den er in einem gelben Plastikeimer entdeckt hatte. Gierig nagten die Kaninchen die goldgelben Körner ab, während Hecht den Tieren gleichmäßig übers Fell streichelte.

»Aus Gewohnheit«, sagte die Mutter. »Aber geschlachtet werden sie jetzt nicht mehr an Ort und Stelle. Die bringe ich, wenn es so weit ist, zum Metzger. Dann muss der das machen.«

Hecht und Morgenstern nickten bedrückt.

»Das war's vorerst von unserer Seite«, sagte Morgenstern. »Vielen Dank, dass Sie uns so aufrichtig Auskunft gegeben haben. Es heißt ja immer, dass man über die Toten nichts, es sei denn Gutes, berichten sollte, aber dann wird es für uns als Kriminalbeamte schwierig. Das Bild rundet sich nun. Ich gehe davon aus, dass wir die Sache rasch zu einem Ende bringen können.«

»Das ist auch in unserem Sinne. So bitter das alles auch ist«, sagte Michael Daffner.

»Erst dann können wir wirklich mit der Trauerarbeit beginnen«, fügte seine Schwester Theresa weise hinzu. »Sie können sich kaum vorstellen, wie das ist, wenn so bittere Nachrichten auf einen hereinstürzen. Aber wir werden lernen müssen, damit zu leben. Wenn unser Vater diese große Schuld auf sich geladen hat, dann ist es wahrscheinlich am besten, dass es so schnell zu Ende gegangen ist.«

Die Mutter schwieg, während sie sorgfältig den Hasenstall verriegelte. Sie hing ihren eigenen Gedanken nach. Schließlich sagte sie: »Ich hole Ihnen noch Ihre Katze, Herr Hecht. Und wenn Sie noch irgendwelche Fragen haben, dann melden Sie sich einfach.«

Als Beate Daffner mit dem Korb vor der Haustür stand, fragte sie: »Wo haben Sie denn das hübsche Katzerl her? Vielleicht sollte ich mir auch eines zulegen. Das ist bestimmt gut gegen Einsamkeit.«

Morgenstern erklärte es kurz und versprach aus Gründen, die ihm selbst nicht ganz klar waren, sich für sie mit der Katzenfrau von Ettling in Verbindung zu setzen. Dabei spürte er ein seltsames Kribbeln im Magen, von dem er besser niemandem, schon gar nicht Fiona, berichten würde.

***

Spontan hatte Morgenstern die Idee, bei Nikolaus von Westerstettens Witwe in Konstein vorbeizuschauen und ihr über den aktuellen Stand der Dinge zu berichten. Vielleicht könne sie manches davon einordnen und bestätigen, meinte er. Und überhaupt waren sie gerade nur einen Katzensprung entfernt von ihrem Haus. Warum also nicht?

Hecht steuerte den Wagen also nach Konstein-Süd, doch als sie ankamen, war Cornelia von Westerstetten nicht da. Allerdings hatte sie – aus welchen Gründen auch immer – einen kleinen, quadratischen Post-it-Zettel an die Haustür gepappt. »Bin in der Spindeltal-Ruinenkirche«, stand auf dem zitronengelben Papier. Hecht und Morgenstern sahen sich an: Ruinenkirche? Die Nachricht auf dem Zettel war so lapidar, als hätte Frau von Westerstetten nur mal eben »Bin hinten im Garten« geschrieben und käme jeden Moment wieder, und damit war für die Kommissare klar, dass diese Ruinenkirche zumindest keine Weltreise entfernt sein konnte.

Mit derartigen Nachrichten lade man sich das herumschweifende Diebesgesindel geradezu ins Haus ein, meinte Hecht kopfschüttelnd. Die Lokalzeitung war voll mit Meldungen über sogenannte »Dämmerungseinbrüche«, bei denen tolldreiste Kriminelle in den Speckgürtel-Schlafsiedlungen rund um Ingolstadt in Wohnungen einstiegen und oft genug reiche Beute machten: Schmuck im Wert von vielen tausend Euro und Barschaften, deren überraschende Höhe vermutlich unerfreuliche Recherchen des Finanzamts am Eichstätter Residenzplatz nach sich zog. Es war eine reiche Gegend, und die Menschen wussten vor lauter Arbeit oft genug nicht, wie und wofür sie ihr sauer verdientes Geld überhaupt ausgeben sollten.

»Ich habe die Straßenkarte im Auto«, sagte Hecht. Doch da kam gerade ein Rentner mit dem Fahrrad, einem der in der Region schwer angesagten E-Bikes, angerollt, auf dem Gepäckträger einen Korb mit waldduftenden, frisch gesammelten Pilzen. Hecht hielt den Mann mit gebieterischer Geste auf. »Wir suchen eine Ruinenkirche, können Sie uns da helfen?«

»Ja freilich«, sagte der Mann in verschlissenem grauem Wollpullover, dunkelbrauner Cordhose und klobigen Wanderstiefeln, der bereitwillig angehalten hatte. Er deutete direkt nach Westen.

»Sehen Sie da drüben das Tal, den Einschnitt im Wald? Das ist das Spindeltal. Die Straße führt hinauf nach Tagmersheim. Das ist dann schon im Schwäbischen. Aber Sie fahren bloß einen knappen Kilometer weit, dann sehen Sie die Kirche auf der linken Seite. Gar nicht zu verfehlen.«

»Und wieso Ruinenkirche?«, wollte Morgenstern wissen.

»Das ist eine lange Geschichte.« Der hagere Mann seufzte. »Das war mal die Wallfahrtskirche Zu Unserer Lieben Frau im Spindeltal. Die liegt genau an der Grenze zwischen den Bistümern Eichstätt und Augsburg, und weil sich die zwei Bischöfe nicht geeinigt haben, wer das Geld aus der Wallfahrt bekommen soll, haben sie die Kirche lieber demolieren lassen. Erst jetzt, vor ein paar Jahren, hat man sie wiederhergerichtet, mit einem Dach und Fenstern, aber es soll immer noch jeder sehen, dass es eine Ruine ist.«

»Unglaublich«, sagte Hecht.

»Ich bin selber immer wieder dort«, merkte der Mann über seinen Fahrradlenker hinweg an. »Da sind den ganzen Sommer über am Sonntag Marienandachten. Aber die Kirche ist auch sonst offen, bei Tag und auch bei Nacht.«

»Wir wollten gerade zur Frau von Westerstetten«, rückte Morgenstern als Dank für die Auskunftsfreudigkeit des Pilzsammlers heraus. »Aber sie scheint sich gerade in der Kirche aufzuhalten. Deswegen fragen wir.«

»Sie wird halt um ihren armen Mann beten, das verstehe ich gut«, sagte der Rentner und blickte die beiden Männer betroffen an. »Für so etwas ist die Ruinenkirche der richtige Ort, glauben Sie mir. Einsam, schön im Tal gelegen, immer brennen Kerzen vor der Muttergottesstatue. Es gibt Leute, die gehen mitten in der Nacht hin zum Beten, weil sie keine Ruhe finden. Das kann man nachlesen, in der Kirche liegt ein Anliegenbuch aus, und manche Leute schreiben auch die Uhrzeit rein.«

Morgenstern beugte sich über den Korb. »Und Sie waren heute schon in den Pilzen. Erfolgreich, wie man sieht.«

»Wenn man die Plätze kennt, geht's schon. Aber heuer ist ein trockenes Jahr, da muss man auch Glück haben.« Er kramte in seinem Weidenkorb und hielt Morgenstern einen prächtigen, makellosen Steinpilz unter die Nase. »Das war heute mein Hauptgewinn in der Schwammerl-Lotterie«, sagte er stolz. »Den mache ich mir jetzt gleich mit Rührei und ein bisschen Zwiebel und Petersilie. Dazu eine dicke Scheibe Bauernbrot, mehr braucht der Mensch nicht zum Glücklichsein.«

»Sie sind aber bescheiden.« Morgenstern war nachdenklich.

»Ach wissen Sie, ich habe die längste Zeit meines Lebens in der Glashütte gearbeitet, und ich weiß nicht, wie viel Blei ich in all den Jahren erwischt habe. Ich bin am Leben und ...«, der Rentner wies bedeutungsschwer auf das Grundstück neben ihnen, »... das kann nicht jeder von sich behaupten.«

Dann radelte er davon, der Glückspilz aus der Glashütte.

Vor der Ruinenkirche war auf einem großen, geschotterten Parkplatz ein einziges Auto abgestellt, ein Renault Twingo. Klassischer Zweit- und Ehefrauenwagen, dachte Morgenstern. Neben dem hölzernen Portal flatterten an einem Aluminiummast zwei Fahnen im Wind. Irgendwo in der Ferne war das Rumoren eines Maishäckslers zu hören – ein Bauer holte die Ernte ein, Energienachschub für die immer hungrigen Biogasanlagen, die in der Region entstanden waren und der traditionellen Viehhaltung mächtig Konkurrenz gemacht hatten.

»Schon seltsam, diese Kirche«, sagte Hecht, der sich bereits das Gebäude ansah.

Die Ruinenwände waren dort, wo im oberen Bereich die originalen Bruchsteine herabgefallen waren, mit blankem Beton erneuert, ein schmuckloses Dach mit geringer Neigung war mit seiner nüchternen Stahlkonstruktion der Industriearchitektur abgeschaut worden.

»Jedenfalls kann das Ding jetzt nicht mehr zusammenfallen«, meinte Morgenstern und öffnete die schlichte hölzerne Tür zum Gotteshaus.

Cornelia von Westerstetten saß in Gedanken versunken ganz vorn rechts auf einer der einfachen hölzernen Bänke, vor ihr flackerten Kerzen im Altarraum, auch er eindeutig einstmals im Ruinenzustand schon dem Verfall geweiht. Blau blühende Hortensien standen in Töpfen, auf einem Sockel darüber und aus der Distanz nicht gut zu erkennen eine Madonnenfigur.

Morgenstern räusperte sich, und die betende Frau wandte sich um. »Ach, Sie sind das«, sagte sie, erhob sich und kam nach hinten. »Ich habe mir eine kleine Auszeit genommen.« Sie wischte sich mit der rechten Hand kurz über die Augen. »Es ist alles noch so frisch. So unfassbar.«

»Wir hatten in der Nähe zu tun, und da haben wir an Ihrer Haustür den Zettel gesehen«, erklärte Morgenstern.

»In der Nähe?«, fragte Frau von Westerstetten zurück.

»Ja, in Wellheim. Bei Familie Daffner. Bei der Frau und den beiden erwachsenen Kindern. Kennen Sie sie?«

»Höchstens vom Sehen. Ich bin hier nicht sehr verwurzelt. Ich habe mich aus dem ganzen Gemeindeleben so gut wie möglich herausgehalten. Diese ganze First-Lady-Nummer war definitiv nichts für mich. Höchstens mal beim Neujahrsempfang der Gemeinde war es unvermeidlich, dass ich meinen Mann begleitet habe. Erste Reihe, in der Schulturnhalle. Mit unzähligen Ehrungen. So ist das in den Gemeinden.« Cornelia von Westerstetten lächelte bitter. »Ich hätte mehr bei meinem Mann sein sollen. Ich hätte mich mehr interessieren sollen. Ich hätte ihn am Sonntag nach Hofstetten begleiten sollen.« Sie stützte sich auf eine der Kirchenbänke. »Wenn ich in Hofstetten dabei gewesen wäre, dann wäre er noch am Leben.«

»Machen Sie sich doch keine Vorwürfe«, sagte Morgenstern tröstend und stellte sich ganz nahe neben die Frau. »Wir haben inzwischen herausgefunden, wer Ihren Mann auf dem Gewissen hat.«

Cornelia von Westerstetten kniff die Augen zusammen und legte dann den Kopf in den Nacken, blickte starr hinauf zu den funktionalen Platten, aus denen das Kirchendach gebaut war. »Wer war es?«, fragte sie leise.

Morgenstern blickte seinerseits zu Hecht, der ihm aufmunternd zunickte. Diese Katze konnten sie ruhig aus dem Sack lassen.

»Wir haben den dringenden Verdacht, dass es Thomas Daffner war, der Amtsvorgänger Ihres Mannes als Bundestagsabgeordneter. Aber er ist tot.«

»Tot? Hat er sich etwa … umgebracht?«

»Lesen Sie denn keine Zeitung?«

»Nein. Ich verfolge zurzeit überhaupt keine Nachrichten. Ich habe einfach nicht die Nerven dafür.«

»Herr Daffner ist an einem Herzinfarkt gestorben, in seiner Wohnung in Eichstätt.«

Die groß gewachsene Frau nickte. »Als wäre es die Strafe Gottes«, sagte sie. »Aber das macht meinen Nikolaus auch nicht mehr lebendig.« Sie seufzte tief. Dann ging sie nach vorn zum Altarraum und begann, an den Blumen herumzuzupfen.

Irgendwo in der Ecke fand sie eine kleine grüne Gießkanne aus Plastik, in der tatsächlich Wasser war. Sie goss die Hortensien, und dabei summte sie ganz leise eine Melodie vor sich hin. Morgenstern kannte das Lied nicht, doch Hecht fing in einem Anflug von Empathie an, aus der Entfernung ganz leise mitzusingen.

»Maria, breit den Mantel aus, mach Schirm und Schild für uns daraus; lass uns darunter sicher stehn, bis alle Stürm vorübergehn! Patronin voller Güte, uns allezeit behüte!«

Morgenstern war, gelinde gesagt, peinlich berührt. Das war nun alles andere als ein professioneller Auftritt. Doch Cornelia von Westerstetten blickte Hecht dankbar an und kehrte zu den Männern zurück. Ihre Augen füllten sich mit Tränen. Sie schluchzte leise.

»Ist es nicht seltsam: Eigentlich bin ich gar nicht fromm, aber jetzt, in diesen Tagen, zieht es mich magisch hierher. Ausgerechnet in diese Kirche, zu dieser Ruine. Die ist mir mehr wert als alle noch so prächtigen Barockkirchen. Wissen Sie, für mich ist sie ein Zeichen dafür, dass es irgendwie weitergeht. Trotz allem.«

»Da geht es anderen ähnlich«, sagte Hecht in Erinnerung an Beate Daffner. War bei ihr nicht auch schon von der Ruinenkirche die Rede gewesen?

Morgenstern hingegen musste unwillkürlich an die Eichstätter Henkerskapelle denken, die er erst neulich nach Feierabend noch einmal besucht hatte, um sich die Situation am ehemaligen Richtplatz erneut vor Augen zu führen. Irgendeine Hoffnung suchende Seele hatte zu Füßen des Gekreuzigten säuberlich gerahmt das schlichte Gedicht verewigt: »Immer wenn du denkst, es geht nicht mehr, kommt von irgendwo ein Lichtlein her ...« Morgenstern hatte sich, soweit das an diesem Ort zulässig war, amüsiert.

Nein, für die armen Delinquenten am Eichstätter Richtplatz hatte sich ganz gewiss kein Licht am Horizont gezeigt, auch kein

Lichtlein. Das war die ultimative Endstation gewesen. Wie für Nikolaus von Westerstetten mitsamt all seinen Plänen, Hoffnungen – und Geschäften.

Die Frau hielt in der linken Hand vertrocknete Hortensienblätter und wusste nicht, wohin damit. Morgenstern streckte ihr die flache Hand entgegen, um die verschrumpelten Blätter wie ein Geschenk entgegenzunehmen.

»Es gibt da noch eine Sache, die mich und meinen Kollegen beschäftigt«, sagte er genau in dem Moment, als ihre Finger sich berührten. »Ihr Mann, Nikolaus, er hat sich mächtige Feinde gemacht da draußen in der Welt. International, meine ich. Nicht bloß hier im Altmühltal und im Urdonautal. Wussten Sie, dass er problematische Rüstungsgeschäfte eingefädelt hat?«

Cornelia von Westerstetten zog die Hand langsam zurück. »Ich weiß nicht, ob ich Ihnen etwas darüber sagen darf. Viel weiß ich selbst nicht darüber. Ich habe mich nie eingemischt. Mein Mann wollte das nicht.«

»Frag mich nie nach meinen Geschäften ...«, sagte Morgenstern mit der bedeutungsschweren Stimme des »Paten« Michael Corleone respektive Al Pacino.

»So ungefähr hat er das gesagt«, antwortete die Frau, ohne sich der Anspielung bewusst zu sein. »Er war früher oft in geschäftlichen Dingen im Ausland unterwegs. Ich habe ihm seine Hemden gebügelt, die passenden Krawatten ausgewählt, seinen Anzug eingepackt.«

»Ist Ihnen in den Tagen vor seinem Tod irgendjemand aufgefallen?«

»Wie, aufgefallen?«

»Jemand, der sich zum Beispiel in Ihrer Straße herumgetrieben hat, ein Unbekannter, der hier nicht hergehört?«

Die Frau stutzte. »Haben Sie nicht vorhin gesagt, dass dieser Daffner ...?«

Morgenstern seufzte. »Ja, schon, wie soll ich es Ihnen sagen? Es gibt noch eine zweite Sache, die mehr im Hintergrund läuft. Wir dürfen Ihnen darüber eigentlich gar nichts sagen.«

Doch dann öffnete Hecht bereits seine mitgebrachte Aktenmappe und zog ein säuberlich in einer Klarsichthülle verstautes Foto heraus. »Es geht uns um diesen Mann. Man kann ihn nicht gut erkennen. Aber vielleicht ist er Ihnen schon mal untergekommen. Wir würden gerne wissen, ob er hier in der Gegend unterwegs war.«

Cornelia von Westerstetten nahm das Schwarz-Weiß-Foto aus der Ankunftshalle des Münchner Flughafens, sah sich Moshe Mayr eine Weile gründlich an und nickte dann.

»Ich bin mir ziemlich sicher, dass ich ihn einmal gesehen habe. Eines Morgens, noch gar nicht lange her, als ich die gelben Säcke mit dem Plastikmüll auf die Straße rausgebracht habe, da stand ein Mann zwei Häuser weiter und hat sich ganz schnell weggedreht. Das war er. Ich habe mich noch gewundert, was der wohl hier macht. In unserer Straße kennt man die Leute.«

»Er hat Ihr Haus, er hat Ihren Mann ausspioniert«, sagte Morgenstern langsam. »Wegen seiner Geschäfte, von denen Sie nichts wissen durften. Waffensysteme für fremde Regierungen. Alles legal, soweit wir das überblicken können. Aber moralisch und diplomatisch problematisch.«

»Mindestens«, sagte Hecht und forderte das Foto wieder ein.

»Ich habe meinem Mann immer abgeraten«, sagte die Frau leise. »Aber er wollte nicht auf mich hören.«

»Das geht Frauen oft so«, sagte Morgenstern und versuchte, verständnisvoll zu klingen.

Die Kommissare brachen auf, die Frau blieb mitten im Kirchenraum stehen und blickte ihnen nach.

Hecht wandte sich noch einmal zu ihr um und winkte verlegen. »Ich habe eine kleine Katze dabei«, sagte er verlegen. »Sie ist im Auto. Wenn Sie wollen, zeige ich sie Ihnen.«

Morgenstern sah seinen Kollegen überrascht an. Die Frau setzte sich in Bewegung und folgte den Ermittlern. Sie kniff die Augen zusammen, als sie ins grelle Sonnenlicht hinaustrat.

Hecht ging zum Auto, holte den Katzenkorb heraus und brachte ihn zum Eingang. »Darf ich vorstellen. Das ist Hagen. Hagen von Tronje.«

Die Frau lächelte. »Dann ist das ja auch ein Adeliger.« Sie öffnete die Klappe des Korbs und hob das Katerchen vorsichtig heraus. Hagen ließ sich widerstandslos streicheln.

Hecht lächelte. »Sie sollten sich auch eine Katze zulegen«, sagte er schließlich. »Ist gut gegen Einsamkeit.«

»War das für Sie der Grund, Herr Hecht?«, fragte Cornelia von Westerstetten.

»Leider ja«, gestand Hecht.

»Ich überlege es mir. Sie dürfen mich da gerne beraten.«

Morgenstern sah, dass Hechts Wangen rot wurden, als er seine Visitenkarte überreichte und auch noch umständlich mit dem Füllfederhalter seine Schrobenhausener Festnetztelefonnummer dazuschrieb – und er fragte sich überrascht, ob das nun schon die Vorstufe eines Flirts war. Nicht zu fassen, wofür so ein kleines Tier gut sein konnte. Wirklich sehr zu empfehlen.

Auf der Rückfahrt nach Ingolstadt versuchten sich Hecht und Morgenstern einen Reim auf all das zu machen, was sie in den beiden letzten Stunden erlebt und erfahren hatten. Familie Daffner hatte, wie Hecht resümierte, mit erstaunlicher Souveränität auf die Erkenntnisse über den Vater, den Ex-Ehemann reagiert.

Auch Morgenstern stellte fest, dass er sich in der Hinsicht zumindest von den Kindern deutlich mehr Widerspruch, verzweifelte Fassungslosigkeit, auch Ungläubigkeit erwartet hätte. »So einen Schlag kannst du doch nicht klaglos hinnehmen. Da musst du schon instinktiv deinen Vater in Schutz nehmen.«

»Gerade der Sohn hat am Ende kein gutes Haar mehr an ihm gelassen, der hat ihn richtig reingeritten«, meinte Hecht. »In dieser Form hatte ich das noch nicht erlebt. Man lernt einfach nicht aus.«

Morgenstern kratzte sich am Kinn. »Wenn ich mal eines Tages Mist gebaut habe, und die Kripo kommt zu meinen Söhnen und fragt die aus, dann erwarte ich mir schon ein bisschen mehr Rückendeckung. Kann doch nicht sein, dass die ihre Taschenkalender rausziehen und brühwarm erzählen, was da alles in letzter Zeit bei mir schiefgelaufen ist. Denk mal an die Sache mit den armen Kaninchen. Da vergeht einem doch der Appetit. Jack the Ripper im Hasenstall.«

»Sie hätten uns nicht zum Hasenstall führen müssen. Niemand muss gegen seinen Vater aussagen. Jeder weiß, dass es genau dafür das Zeugnisverweigerungsrecht gibt«, sinnierte Hecht. »Aber sie wollten reinen Tisch machen.«

»Ich esse jedenfalls nie wieder Kaninchen«, bilanzierte Morgenstern.

»Hast du's überhaupt schon jemals gegessen?«

Morgenstern schüttelte den Kopf. Er hatte das eher grundsätzlich gemeint.

Hecht schwieg lange vor sich hin. Schließlich meinte er: »Mich würde interessieren, wie meine Exfrau, die Angelika, über mich reden würde, wenn es mich erwischt hätte, mit Herzinfarkt und Dreck am Stecken. Ich kann nur hoffen, dass sie im Nachhinein noch ein gutes Wort für mich einlegen würde. Ich glaube fast, sie würde es tun.« Dann lächelte er. »Und ich glaube fast, dass ich allmählich über sie hinweg bin. Es tut fast nicht mehr weh.«

Morgenstern dachte an Cornelia von Westerstetten und setzte ein breites Grinsen auf. Hinten auf der Rückbank meldete sich wie bestellt mit einem lauten Miauen Hagen von Tronje. Er schien die gleiche Idee zu haben wie Mike Morgenstern.

DREIZEHN

Auf der Fahrt Richtung Polizeipräsidium klingelte Morgensterns Handy – Trixi Schöpfel meldete sich endlich, nachdem sie das ganze Wochenende nichts von sich hatte hören lassen, obwohl Hecht ihr auf die Mailbox gesprochen hatte. Aber sie war wohl in der Münchner Partyszene unabkömmlich gewesen und hatte sich anschließend bei irgendwelchen reichen Freunden hingebungsvoll ihrem Schönheitsschlaf gewidmet. So stellte sich Morgenstern das jedenfalls vor, wenn ein alterndes Party- und It-Girl oder wie immer das heißen mochte, in der Landeshauptstadt auf den Putz haute.

»Frau Schöpfel, wir müssen dringend mit Ihnen sprechen«, erklärte Morgenstern.

Bestimmt war sie im P1 gewesen, der Prominentendisco im Souterrain des Hauses der Kunst an der Prinzregentenstraße. Morgenstern spürte einen leichten Stich in der Brust. Das musste wohl der Neid sein, die Betrübnis darüber, dass ihm selbst derartige Lustbarkeiten immer verwehrt geblieben waren. In Nürnberg hatte er es in den letzten Jahren erst gar nicht mehr darauf ankommen lassen, von einem stiernackigen, über und über tätowierten Disco-Türsteher abgewiesen zu werden. Mal abgesehen davon, dass er nicht zwingend das Bedürfnis verspürte, unter siebzehnjährigen Teenagern den Methusalem zu geben, der als Einziger im ganzen Laden vom Barkeeper gesiezt würde.

Es stellte sich heraus, dass Trixi Schöpfel – das Klischee wollte kein Ende finden – gerade in diesem Moment im Fitnessstudio in Eichstätt eingelaufen war, zum einstündigen »Work-out«, wie sie sagte.

»Kommen Sie einfach vorbei. Sie finden mich auf dem Spinning-Rad.«

Hecht wendete den Wagen in Richtung Eichstätt.

Erneut meldete sich Morgensterns Handy mit dem Walkürenritt: Dieses Mal war das Labor des Polizeipräsidiums dran. Das Westerstetten-Epitaph im Dom sei tatsächlich mit Blut beschmiert worden und nicht mit Farbe.

»Tierblut, kein Zweifel.«

»Was für ein Tier?«

»Keine Ahnung. Da müssten wir das Landeskriminalamt einschalten. Aber es ist kein Menschenblut, zum Glück.«

»Sonst irgendwelche Spuren?«

»Nichts.«

Das Fitnessstudio lag direkt zu Füßen der Willibaldsburg, und die großen Schaufensterscheiben gaben den Blick in das ehemalige Möbelhaus frei. Reihenweise waren Spinning-Räder aufgestellt, fest montierte Trainingsfahrräder, deren Sinn sich Morgenstern nie wirklich erschlossen hatte, schon gar nicht hier im Altmühltal. Warum um alles in der Welt sollte ein Mensch sich bei besten Wetterverhältnissen in einer nach kaltem Schweiß müffelnden Turnhalle auf ein Gerät setzen, das so tat, als wäre es ein Rennrad, während man gleichzeitig mit einem echten Rad nach Herzenslust bergauf und bergab strampeln könnte? Rätsel der Menschheit!

Ähnlich verhielt es sich in seinen Augen mit den in Fitnesstempeln unvermeidbaren Laufbändern. Draußen vor der Tür führten die schönsten Wanderwege kreuz und quer durchs Gelände. »Braucht's das?«, pflegte er zu sagen. Woraufhin seine Gattin Fiona manchmal spitz bemerkte, er habe grundsätzlich vielleicht tatsächlich nicht unrecht, aber die Studionutzer hätten wenigstens regelmäßig ihre Bewegung. Von Mike Morgenstern könne man das leider nicht behaupten. Der kündige zwar immer wieder vollmundig an, demnächst werde er mit regelmäßiger Leibesertüchtigung unter freiem Himmel beginnen, bislang sei es aber beim guten Vorsatz geblieben. Die Sportskanonen vom Fitnessstudio müssten sich deswegen um Morgensterns Spott keine Gedanken machen.

Beatrix »Trixi« Schöpfel saß wie angekündigt auf einem der Spinning-Räder und radelte virtuell durchs Altmühltal, den Blick aus dem Fenster vor ihr gerichtet, hinab auf die Schlagbrücke, die direkt hier den Fluss überquerte, und hinüber auf die andere Talseite, wo hoch oben das Ausflugslokal und Hotel »Schönblick« zu sehen war. Hecht und Morgenstern näherten sich von hinten, ohne dass Schöpfel sie zunächst bemerkte.

Sie hatte ihre blonden Haare lässig nach oben gesteckt, um ihre Schultern lag ein weißes Handtuch, sie trug ein hautenges türkisfarbenes Trikot und eine halblange schwarze Radlerhose. Jetzt, am

Nachmittag, war sie die Einzige an den Rädern – Morgensterns Skepsis gegenüber Indoor-Sport im Sonnenschein schien also doch weiter verbreitet zu sein, als er selbst vermutet hätte. An ein paar Fitnessgeräten immerhin quälten mehrere Männer Bauchmuskeln und Bizeps. Morgenstern hatte schon beim Hereinkommen bemerkt, dass ihre Blicke immer wieder heimlich zu Trixi Schöpfel schweiften, als erhofften sie sich von ihr Lob für all die Strapazen im Dienste eines vorzeigbaren Körpers.

Hecht und Morgenstern bauten sich vor Schöpfel auf, direkt vor der Scheibe, sie allerdings machte keine Anstalten, vom Rad zu steigen. »Sie wollten mich sprechen«, sagte sie und wischte sich mit dem Handtuch den Schweiß von der Stirn.

Die beiden Herren starrten gleichzeitig auf das Tattoo, das unter dem Handtuch zum Vorschein gekommen war: Auf die linke Schulter war ein reich verzierter Drudenfuß auftätowiert.

»Es geht um Thomas Daffner, Ihren Lebensgefährten«, erklärte Morgenstern.

»Er ist nicht mein sogenannter Lebensgefährte, und er ist tot«, sagte Schöpfel.

»Als was würden Sie ihn denn bezeichnen?«

Trixi Schöpfel begann wieder zu radeln, als gäbe es nichts Wichtigeres auf der Welt als die konsequente Umsetzung eines Trainingsplans zur nicht enden wollenden Selbstoptimierung. In ihrer Lebensplanung mochte das sogar stimmen.

»Ein Freund. Ein guter Freund.«

»Das ist das Beste, was es gibt auf der Welt«, ergänzte Morgenstern. »Sie wissen also schon, was mit ihm geschehen ist? Er ist an einem Herzinfarkt gestorben, in seiner Wohnung in der Spitalstadt, als wir beide mit ihm gesprochen haben.«

»So etwas war abzusehen«, sagte sie. »Ich habe ihm immer gesagt, er soll mitkommen, hierher, ins Fitnessstudio, dass er etwas für seine Gesundheit tun muss. Aber er wollte nicht hören.«

Sie strampelte weiter, das Handtuch wieder über den Schultern, sodass nur noch eine Spitze des Drudenfußes hervorlugte. Schweiß perlte über ihren tadellos gebräunten, muskulösen, wenn auch mageren Oberkörper. Morgenstern vermutete, dass Trixi Schöpfel für das Erreichen dieser Bräune unzählige Stunden auf der Liegewiese des Eichstätter Freibads verbracht hatte.

»Wir müssen inzwischen leider davon ausgehen, dass Thomas Daffner verantwortlich ist für den Tod des Abgeordneten Nikolaus von Westerstetten. Er hat seinen Nachfolger umgebracht. Aus Rache«, erklärte Morgenstern mit Entschlossenheit in der Stimme.

Abrupt stellte Schöpfel das Radeln ein. »Wie kommen Sie denn bitte schön darauf? Das kann ich nicht glauben. Tom war ein Mann, der keiner Fliege etwas zuleide tun konnte.«

»Da haben wir was anderes gehört. Wenn Sie bisher keine Watschen von ihm bekommen haben, dann haben Sie Glück gehabt, Frau Schöpfel.«

»Das hätte er mal versuchen sollen!«

Morgenstern ließ nicht locker. »Sie glauben also, Thomas Daffner war ein mitfühlender Mann? Hat er sich deshalb mit dieser ganzen Hexengeschichte auseinandergesetzt?«

Die Frau dachte eine Weile nach. »Warum genau, weiß ich nicht. Wir haben mal darüber gesprochen. Und da war auch diese Demonstration auf dem Marktplatz. Er hat angedeutet, dass es da einen persönlichen Bezug gibt, aber mehr wollte er nicht sagen.«

»Der persönliche Bezug ist ganz einfach«, erläuterte ihr Morgenstern. »Nikolaus von Westerstetten ist ein Verwandter des Hexenjägers Johann Christoph von Westerstetten, der vor vierhundert Jahren hier in der Gegend ein Blutbad angerichtet hat. Und Thomas Daffner hat die Hexenkampagne offenbar genutzt, um den jungen Westerstetten aus dem Verkehr zu ziehen, mal salopp gesagt.«

»Und was hätte er davon gehabt? Das Thema Berlin hatte sich für ihn definitiv erledigt, das weiß ich.«

»Ich habe es Ihnen doch schon gesagt: Rache. Rache ist ein klassisches Mordmotiv, finden Sie nicht?«

Morgenstern setzte sich auf das Spinning-Rad, das direkt rechts neben der Frau stand, und begann probeweise mit dem Treten. Peter Hecht sah sich das einen Moment lang an und nahm dann auf dem Rad auf Schöpfels linker Seite Platz. Es war, als würden sie auf breiter Straße gemeinsam eine Ausfahrt machen, einen Fahrradritt durchs Altmühltal.

»Gar nicht so leicht«, sagte Morgenstern nach einer halben Minute.

»Mit Musik geht's besser«, klärte ihn Schöpfel auf. »Und nehmen Sie sich mal ein Beispiel an Ihrem Kollegen.«

Hecht trat munter vor sich hin. Kein Wunder, radelte er doch an manchen Tagen den ganzen Weg von Schrobenhausen zur Arbeit nach Ingolstadt durchs Donaumoos – und er hatte definitiv kein E-Bike.

»Kennen Sie eigentlich den Herrn von Westerstetten?«, fragte Morgenstern schwitzend. »Genauer gesagt: Kannten Sie ihn?«

Schöpfel schüttelte den Kopf. »Politik ist nicht so mein Ding.«

»Habe ich mir fast gedacht. Aber es stimmt trotzdem nicht. Sie sollten mich nicht anlügen, das vertrage ich nicht«, sagte Morgenstern. »Thomas Daffner hat uns erzählt, dass Westerstetten sich mal an Sie rangemacht hat.«

»Ach so, das tun viele«, gab Schöpfel schnippisch zurück. »Das war nicht der Rede wert. Der Tom hat das damals überbewertet. Aber eins muss man sagen: Der sah schon verdammt gut aus, der Westerstetten. Ein schöner Mann.«

»Seit wann waren Sie denn mit Herrn Daffner zusammen?«, fragte Morgenstern schnaufend.

Nach einigem Überlegen und Murmeln, offensichtlich musste die Frau die letzten Jahre rekapitulieren, sagte sie: »Knapp vier Jahre. Da war er noch im Bundestag.« Sie schaute wehmütig aus dem Fenster.

Morgenstern folgte ihrem Blick hinüber zum Hotel Schönblick und zum großen Sendemast, der die ganze Stadt mit Kabelprogramm und ordentlichem Handyempfang versorgte. Gleich daneben lag, verwildert und im langsamen Verfall begriffen, ein steinernes Freilichttheater, die »Thingstätte«, die von den Nationalsozialisten für Fackelaufmärsche und Kundgebungen gebaut und nach dem Ende des »Tausendjährigen Reichs« sich selbst überlassen worden war.

»Ich dachte, Sie interessieren sich nicht für Politik?«, sagte er.

»Ich interessiere mich für Männer. Für interessante Männer.« Sie tupfte sich mit dem weißen Tuch die Stirn ab. »Ich habe Thomas vor vier Jahren am Eichstätter Wochenmarkt kennengelernt, an einem Informationsstand der CSU. Ich weiß beim besten Willen nicht mehr, um was es da ging. Aber ich habe mich lange mit ihm unterhalten, er hat mir gefallen. Und dann hat er mich auf einen Prosecco eingeladen. Ins Cortina. So fing das an. Bald darauf ist er von der CSU ausgebootet worden, so nennt man das doch? Und da haben wir dann richtig zueinandergefunden. Wir wurden richtige Freunde. Ich glaube nicht, dass er viele echte Freunde hatte. Politik macht einsam.«

»Feind, Todfeind, Parteifreund«, kommentierte Hecht von der anderen Seite. »Die altbekannte Geschichte. Politik ist eine Schlangengrube.«

»Aber er hatte doch auch seine Familie«, gab Morgenstern zu bedenken. »Wir waren heute erst bei ihr draußen in Wellheim. Bei seiner Frau, bei Sohn und Tochter.«

»Er hat nie viel über sie erzählt. Seine Frau war oft krank, und die Kinder haben sich selten blicken lassen. Er selbst war die meiste Zeit über in Berlin oder im ganzen Wahlkreis unterwegs. Es war ihm nur recht.«

»Waren Sie der Grund für die Scheidung?«, fragte Morgenstern.

Beatrix Schöpfel hob die rechte Hand und zeigte mit Daumen und Zeigefinger einen Abstand von zwei Zentimetern. »So groß ungefähr war mein Beitrag, schätze ich. Es hat sich natürlich in einer Gegend wie unserer nicht lange verheimlichen lassen, dass da was läuft zwischen Thomas und mir. Aber er hatte sich schon vorher von seiner Frau entfremdet. Wie das Leben so spielt. Ich selbst habe das alles nicht so ernst genommen. Er war ein Freund. Ein väterlicher Freund.«

»Ein väterlicher Freund«, sagte Morgenstern süffisant. »Ich glaube, das ist so ziemlich das Klebrigste, was es als Beziehungsstatus gibt. Wer als Frau an so etwas glaubt, der glaubt auch an den Weihnachtsmann.«

»Glauben Sie doch, was Sie wollen«, sagte Trixi Schöpfel unwirsch und stellte das Radfahren ein. »Ich habe Sie nicht hergebeten, und ich muss Ihnen hier auch nicht mein ganzes Privatleben offenlegen.« Sie wischte sich mit einer geübten Bewegung den Oberkörper ab, dann warf sie das Handtuch nachlässig neben das Spinning-Rad, irgendwer würde sich dann schon drum kümmern.

»Ach, noch etwas«, sagte Morgenstern. »Sie waren doch mit Herrn Daffners Auto in München?«

»Ja und? Es steht draußen vor der Tür, auf dem Parkplatz. Warum?«

»Das dürfen Sie gleich stehen lassen. Da muss erst gründlich die Spurensicherung drübergehen. Ihr Freund Daffner muss damit

Herrn von Westerstetten übers Land kutschiert haben, in welchem Zustand auch immer der war. Geben Sie mir bitte die Schlüssel. Wir fahren Sie nach Hause.«

»Wenn Sie jetzt ein richtiges Radl hätten, könnten Sie einfach nach Hause radeln wie all die Leute da drüben auf dem Altmühlradweg«, fügte Hecht hinzu.

»Nächstes Mal nehme ich wieder mein eigenes Auto«, erklärte Schöpfel nur.

Die Spurensicherung bestand darauf, dass Daffners Wagen nach einer ersten, oberflächlichen Überprüfung auf dem Parkplatz des Fitnesscenters in die Werkstatt der Bereitschaftspolizei gebracht wurde. Einer der Herren im weißen Overall fuhr das Auto in die Eichstätter Kaserne, Hecht und Morgenstern folgten mit dem Dienstwagen.

Im Innenraum war nichts Auffälliges entdeckt worden – und das war genau die Nachricht, die die Ermittler nicht hatten hören wollen. Kein pfützengroßer, eingetrockneter Blutfleck auf dem Beifahrersitz, kein halber Strohballen, der noch im Kofferraum gelegen wäre. Und es wurde auch danach nicht besser. Es sah leider nicht gut aus für einen hieb- und stichfesten Beweis.

Während der Techniker schier endlos den Wagen durchstöberte, verlor Morgenstern die Geduld. Er setzte sich in den Dienstwagen und griff sich den Hexenaufsatz, den sie im Fundus von Thomas Daffner entdeckt hatten und der schon seit einiger Zeit sein Dasein auf der Rückbank fristete. »Der Fall Veronika Ferber – ein Hexenprozess aus Eichstätt aus dem Jahr 1627«. Von Matthias Färber.

Er las kurz hinein, aber die Sache war ihm schlicht zu traurig. Einfach nicht zu fassen, was da aus einer simplen Denunziation entstanden war. Eine Nachbarin, selbst schon als Hexe im Gefängnis, hatte die Bäckersfrau Ferber unter der Folter als Komplizin und Hexe bezeichnet. Die Verhaftung folgte prompt – und für die Frau gab es kein Entrinnen mehr. Davon konnte man Alpträume bekommen, und Morgenstern wusste, dass er genau dazu neigte. Oft genug passierte es ihm, dass ihn seine Ermittlungen mitten in der Nacht im Schlaf heimsuchten. Da hatten ihm irgendwelche Hexenverbrennungen gerade noch gefehlt.

Er wunderte sich, dass ein Mann wie dieser Matthias Färber bereit war, so tief hinabzusteigen in diesen Sumpf, mitten hinein in die Hölle aus menschlicher Niedertracht und Aberglaube, aus Denunziation und purem Hass, aus Angst und Schrecken und einem apokalyptischen Finale: Veronika Ferber war nach viermonatiger, unerträglicher Haft mit endlosen »gütlichen« und »peinlichen« Befragungen auf den Richtplatz geschafft, dort mit dem Schwert geköpft und anschließend verbrannt worden. Auf dem Weg hinaus aus der Stadt zum Richtplatz hatte man sie am Buchtaltor noch mit »glühenden Zangen gezwickt«.

Morgenstern gruselte es, er roch geradezu das schmorende Fleisch, hörte die Schreie, das Stöhnen der Verurteilten, aber auch die Beifallsrufe des Publikums, denn das, so schilderte Färber, hatte immer dazugehört.

Er blätterte bis zum Ende, wo ein kurzes Nachwort des Autors stand. Er, Matthias Färber, habe im Rahmen seiner umfangreichen Ahnenforschung feststellen müssen, dass eine seiner Vorfahren in Eichstätt als Hexe verbrannt worden sei. Im Nachhinein werde er das Gefühl nicht los, dass die Erinnerung daran in seiner Familie nie ganz erloschen, sondern wie das winzige Flämmchen durch die Generationen bewahrt worden sei. Er sehe es nun als seine Aufgabe an, die Geschichte für die Nachwelt aufzuschreiben und Veronika Ferber somit ein Denkmal zu setzen. Nicht aus Stein und nicht aus Bronze, sondern aus Papier, wie der anscheinend zum Pathos neigende Autor schrieb. Und im Übrigen hoffe er, dass es in der Stadt bald ein angemessenes öffentliches Zeichen der Anteilnahme gebe. Gezeichnet: Matthias Färber, Wolferstadt.

Morgenstern rollte das Geheft zusammen und klopfte damit auf das Lenkrad des Dienstwagens. Da war er also wieder, der Ruf nach einem großen Mahnmal. Den kannte er schon zur Genüge von Dr. Anita Bodenschenk und ihren Mitstreitern, Fiona Morgenstern inklusive.

Er fragte Peter Hecht, der immer noch dem Spurensicherer bei der Arbeit zusah: »Was meinst du: Soll wir diesen Färber mal anfunken?«

Der Kollege nickte. »Kann nichts schaden. Wo ist denn eigentlich dieses Wolferstadt?«

Der Werkstattmeister der Bereitschaftspolizei hörte im Vorbeigehen den letzten Satz. »Wolferstadt? Das ist so ein Dorf vierzig Kilometer Richtung Westen. Kurz vor Wemding. Ich komme aus Mörnsheim. Von da aus sind wir vor Jahrzehnten dorthin in eine kleine Disco gefahren. Lang ist's her.« Er lächelte beseelt.

»Die Wolferstädter sind Schwaben. Und gleich daneben kommt Franken, da ist Markt Berolzheim, da gab's auch immer eine Disco, und es gibt noch den Wettelsheimer Keller, einen super Biergarten mit einem unglaublich guten Märzenbier, direkt vom Holzfass. Genau dazwischen liegt der Uhlberg, ein riesiger Wald.«

»Raten Sie uns eher zur Disco oder zum Biergarten?«, fragte Morgenstern.

Der Mann lachte. »Zum Biergarten natürlich. Wenn ich da heute manchmal mit dem Mountainbike rumkurve, kehre ich fast jedes Mal im Wettelsheimer Keller ein. Eine wunderschöne Gegend. Aber im Uhlberg kann man sich leicht verfranzen. Da müsst ihr aufpassen.«

Morgenstern, inzwischen aus dem Wagen geklettert, klopfte mit seiner Aufsatzrolle aufs Autodach. »Wir wollen da eigentlich zu einem besonders engagierten Familienforscher.«

»Ach so.« Der Diskotheken-Nostalgiker war enttäuscht.

Genauso enttäuschend war der Ausgang der Auto-Untersuchung. Thomas Daffners Wagen war, soweit man das bislang sagen konnte, sauber.

Natürlich gab es Fingerabdrücke zuhauf, diverse Haare, darunter auch jede Menge blonde, die bestimmt von Trixi Schöpfel stammten; es ließen sich Hautschuppen sammeln, und auch ein paar Zigarettenstummel fanden sich im Aschenbecher, die sich wahrscheinlich ebenfalls auf die regulären Nutzer des Wagens zurückführen ließen; blutrot glänzten die Abdrücke von Schöpfels Lippenstift an den Kippen. Aber auf Westerstetten gab es keinen Hinweis.

Auf Morgensterns ausdrückliche Bitte hin wurde auch noch die Unterseite des Autos begutachtet, denn Morgenstern hoffte, dass der grobe Feldweg zwischen dem Lüftenhof und der Henkerskapelle das Blech verschrammt oder zumindest tüchtig eingedreckt haben könnte. Aber auch da fand sich nichts. Schlimmer noch: Thomas Daffner hatte seinem edlen Auto erst vor gut einer Woche eine fachgerechte Reinigung in einer Eichstätter Waschanlage zukommen lassen – die Luxusvariante mit Wachsversiegelung des Unterbodens.

Die Quittung fand sich – zusammen mit zwei winzigen Fläschchen Cointreau – im Handschuhfach, und die ziemlich intakte Wachsschicht deutete darauf hin, dass Daffners SUV in den letzten Tagen das Schicksal von achtundneunzig Prozent aller bulligen Pseudo-Geländelimousinen geteilt hatte: Er hatte keinen einzigen Meter durch unwegsames Terrain rollen dürfen, sondern sich ausschließlich auf dem gemäß Bundesverkehrswegeplan tadellos ausgebauten und asphaltierten Straßennetz bewegt.

»Die einzige holprige Strecke, die dieses Auto in jüngster Zeit gefahren ist, war das Straßenpflaster rund um unseren Residenzplatz«, meinte der Werkstattmeister dazu.

Überflüssig zu sagen, dass im Kofferraum nicht ein einziger Strohhalm lag, weder Weizen noch Gerste, Roggen, Dinkel, Emmer oder Einkorn. Auch keine Triticale, die dann die Kreuzung von Weizen und Roggen und ein beliebtes Viehfutter gewesen wäre.

Unter diesen Vorzeichen machte sich bei den Kommissaren eine gewisse Unruhe bemerkbar. Sogar der sonst so besonnene Peter Hecht giftete herum, bis er auf den naheliegenden Gedanken kam, dann müsse Daffner am fraglichen Abend eben ein anderes Auto benutzt haben, warum zum Beispiel nicht Trixis Kleinwagen? Hecht versprach, sich noch am Abend um die Sache zu kümmern.

Die beiden Kommissare wollten das Gelände der Bereitschaftspolizei verlassen, doch wider Erwarten öffnete die Wache am Ausgangstor den Schlagbaum nicht für sie. Hecht ließ die Scheibe herunter. »Was gibt's denn? Warum macht ihr nicht auf?«

»Wir haben eine Nachricht für Sie: Jemand will Sie sprechen«, sagte der wachhabende Beamte. Eine Frau. Sie wartet drüben am Wohnmobilstellplatz auf Sie. Das ist gleich da unten, sind bloß dreihundert Meter.« Er reichte einen Zettel durchs Autofenster. Darauf stand nicht mehr als ein Autokennzeichen. Aus München.

Das Wohnmobil parkte mit etwa zehn anderen auf einer geschotterten Fläche in der Altmühlaue, am Rande eines großen Platzes, auf dem noch das Bierzelt vom erst vor wenigen Tagen beendeten Volksfest stand. Die Kommissare klopften an die Tür des Campers, und sie wurde praktisch im selben Augenblick geöffnet. Man hatte sie bereits erwartet.

»Der BND«, sagte Morgenstern, als er die Frau erkannte, mit der sie erst vor wenigen Tagen so konspirativ die Ingolstädter Asamkirche besichtigt hatten. »Wo haben Sie denn den Bayernkurier gelassen?«

»Nun kommen Sie schon rein und machen Sie die Tür hinter sich zu.« Die Agentin wirkte besorgt. »Ich muss mit Ihnen sprechen.«

»Haben Sie unseren Wagen verwanzt? Oder woher wussten Sie, dass wir gerade bei der Bereitschaftspolizei sind?«

»Wir haben da unsere Methoden.« Die Frau lächelte schmal. »Es ist jedenfalls wichtig.« Sie streckte die Hand aus. »Ich hätte gerne das Foto von Moshe Mayr wieder, das ich Ihnen neulich gegeben habe.«

»Warum, wenn ich fragen darf?« Hecht öffnete seine Aktentasche und suchte das Bild.

»Übergeordnete staatliche Interessen«, sagte die Agentin. »Und Sie haben dankenswerterweise ermittelt, dass dieser Mordfall allein eine innerdeutsche Angelegenheit ist.«

»Nicht ganz«, sagte Morgenstern. »Dieser Herr hier auf dem Bild hatte seine Finger drin.«

»Aber er hat niemanden ermordet.« Die Agentin nahm dem zögernden Hecht das Foto ab. »Ich hatte Ihnen erzählt, dass wir Herrn Mayr für eine Weile aus den Augen verloren hatten. Aber inzwischen ist er wieder aufgetaucht.«

»Wo?«, fragte Morgenstern »Und warum haben Sie uns das nicht früher gesagt?«

»Am Flughafen in München. Bei der Passkontrolle. Gestern.«

»Und wo ist er jetzt?«

»Zu Hause.« Die Frau zündete sich eine Zigarette an und bot auch Morgenstern und Hecht eine an. Beide lehnten ab.

»Er hatte einen Diplomatenpass. Wir haben ihn fliegen lassen. Auf Weisung von ganz oben.« Sie blies einen Rauchkringel aus, der sanft zur Decke des Wohnmobils schwebte. »Von ganz oben«, wiederholte sie.

»Der Innenminister«, sagte Morgenstern.

»Ich sagte doch, von ganz oben.«

Morgenstern blieb hartnäckig. »Was ist denn eigentlich aus diesen Rüstungsgeschäften geworden, für die Herr von Westerstetten sich so eingesetzt hat?«

»Wenn Sie heute Abend die Tagesschau einschalten, erfahren Sie es. Die kommen noch einmal auf den Prüfstand. Deutschland steht bei aller konstruktiven Kritik, die unter Freunden immer möglich sein muss, unverbrüchlich an der Seite Israels. Daran wird doch ein kleiner Autounfall nichts ändern.«

»Dafür wäre ja dann auch die Verkehrspolizei zuständig und nicht die Kripo«, sagte Morgenstern. »Kollege Hecht, wir gehen.«

VIERZEHN

An diesem Abend war Mike Morgenstern dafür zuständig, die Kinder ins Bett zu bringen, denn Fiona war bei ihrem wöchentlichen Aquarellmalkurs der Volkshochschule. Es dauerte lange, bis der Vater die Buben so weit hatte – Zähne putzen, Schlafanzüge anziehen, Katze streicheln, das brauchte alles seine Zeit.

Im gemeinsamen Kinderzimmer kuschelte sich Lotta auf Bastians Bettdecke und rollte sich zu einem schnurrenden Fellknäuel zusammen. Morgenstern zog sich einen Sessel heran, setzte sich die Lesebrille, die er seit einiger Zeit brauchte, auf die Nase und nahm dann aus einem kleinen Bücherregal ein bunt bebildertes Buch: ein Märchenbuch, aus dem ansonsten Fiona regelmäßig vorlas.

Er blätterte ein Weilchen, dann entschied er sich für einen echten Klassiker. »Wie wär's mit Hänsel und Gretel? Oder hat euch das die Mama erst vorgelesen?«

Nein, hatte sie zu Morgensterns Verwunderung noch nicht. Umso besser für den Vater, da konnte er endlich einmal etwas für die Vermittlung von Kulturgut tun. Die Söhne kannten die Geschichte natürlich, aber das Original vorzulesen war eine ganz andere Sache, fand Morgenstern und drückte das Kreuz durch. Ein dreifaches Hoch auf den deutschen Literaturkanon!

Er räusperte sich, dimmte die Lampe so weit wie möglich herab, dann fing er mit raunender Stimme an: »Am Rande eines großen Waldes wohnte ein armer Holzfäller mit seiner Frau und seinen zwei Kindern.«

Marius kicherte, aber Bastian mit seinen sieben Jahren hörte mit großen Augen zu.

Morgenstern entdeckte, dass er anscheinend eine Gabe für theatralischen Vortrag hatte. Das war ihm bisher noch nicht bewusst gewesen. Er hob die Stimme, senkte sie, murmelte, zischte. Und als es hieß: »Knusper, knusper, Knäuschen, wer knuspert an meinen Häuschen?«, da krächzte er wie eine hungrige Krähe. »Der Wind, der Wind, das himmlische Kind«, säuselte er daraufhin, und die Kinder, nun auch Marius, hörten wie gebannt zu.

Es war aber auch zu dramatisch, was sich da tief, tief im Wald abspielte. Wie die beiden Kinder der bösen Hexe auf den Leim gingen, bis Hänsel schließlich zur Mast in einen Käfig gesperrt wurde, um irgendwann als Braten zu enden. Drama, Baby!, dachte Morgenstern zwischendurch und lief nun zu ganz großer Form auf, als wolle er sich hier und jetzt um ein schauspielerisches Engagement am Stadttheater Ingolstadt bewerben.

Er steigerte sich so in seine Rolle hinein, dass er begann, den Text hier und da zu strecken: Er ließ den finsteren Tannenwald im Wind rauschen, er ließ das Feuer im Backofen der Hexe prasseln und die Funken stieben. Und wenn der kleine Hänsel in seinem Käfig ein Knöchelchen als vermeintlichen Finger herausstreckte, um zu beweisen, wie mager er doch sei, dann streckte Vater Morgenstern seinerseits seinen Zeigefinger hoch in die Luft. Marius sah ihm begeistert zu.

Der Vater war so in seinem Vortrag gefangen und zugleich so auf seinen faszinierten älteren Sohn fixiert, dass er erst spät, kurz vor dem Ende, etwas Schreckliches bemerkte: Bastian hatte sich im Zeitlupentempo unter seiner Bettdecke verkrochen und sich die Decke über den Kopf gezogen. Und nun, endlich, hörte Morgenstern sein leises, unterdrücktes Schluchzen. Er hielt inne, sah erst Marius, dann sein Buch mit dem berühmten Bild des Hexenhauses an und sagte leise: »Ich glaube, jetzt habe ich es übertrieben.«

Er zog ganz sanft Bastians Bettdecke weg, sodass dessen tränennasses Gesicht zum Vorschein kam. »Habe ich dich erschreckt?«, fragte er. Bastian nickte und wischte sich mit dem Schlafanzugsärmel Gesicht und Nase ab. »Das wollte ich nicht. Aber pass auf: Jetzt lese ich weiter. Du wirst sehen, es wird alles gut. Dieses Mal wird alles gut.«

Morgenstern überlegte fieberhaft, wie ihm das gelingen sollte, und dann kam ihm die rettende Idee.

»Wo war ich stehen geblieben? Genau, Hänsel soll gebraten werden. Aber pass auf, was jetzt geschieht.«

Und wieder setzte die Märchenonkelstimme ein: »Was die Hexe aber nicht ahnte: In der Stadt war schon längst Vermisstenanzeige bei der Polizei erstattet worden, und die Kriminalpolizei ermittelte in alle Richtungen. Es dauerte nicht lange, und die Polizei hatte die Spur aufgenommen. Genau an dem Vormittag, als es mit dem armen Hänsel zu Ende gehen sollte, fuhr mit Tatütata, Tatütata der Wachtmeister … äh … Nieberle … vor dem Hexenhaus vor. Mit quietschenden Reifen hielt er an und sprang aus der grünen Minna. ›Ha, auf frischer Tat ertappt!‹, rief der Wachtmeister und zog seine Pistole. – ›Oh nein!‹, rief die Hexe, als ihr Nieberle Handschellen anlegte und sie in die grüne Minna steckte.«

Bastian schniefte, aber er konnte sich schon wieder ein kleines Lächeln abringen. »Und wie geht das Märchen bei dir jetzt aus, Papa?« Natürlich wusste der Bub, was bei den Grusel-Grimms mit der Hexe passierte. Er nahm die Katze in den Arm, streichelte sie lange und wartete, was dem Vater einfallen mochte.

»Ähmm«, sagte Morgenstern. »Die Polizei brachte die Hexe erst ins Gefängnis, aber da musste sie nicht lange bleiben. Denn der Richter hat sie zu tausend Stunden gemeinnütziger Arbeit verurteilt.«

»Gemeinnützige Arbeit? Ist das was Gemeines? Was hat sie da machen müssen?«

»Gemeinnützig heißt, dass man etwas Soziales tun muss, gute Taten.«

»Dann hat sie bestimmt im Altenheim helfen müssen«, schaltete sich Marius ein.

Morgenstern sah die Katze auf Bastians Schoß und überlegte. »Nein, nicht im Heilig-Geist-Spital.« Er räusperte sich.

»Es geht so weiter: Und weil sich die Hexe so gut mit Katzen auskannte, leistete sie ihre tausend Stunden im Tierheim ab, und alle Katzen hatten sie lieb. Als sie damit endlich fertig war, sagte sie: Nie wieder gehe ich allein in den dunklen Wald zurück. Da ist es mir viel zu einsam und zu gruselig. Ich will lieber mit vielen lieben, lustigen Leuten zusammen sein. Und deswegen hängte sie ihren Hexenberuf an den Nagel und wurde eine fahrende, ähm, Süßwarenhändlerin. Und von da an war sie nur noch auf den Volksfesten in Bayern unterwegs und verkaufte gebrannte Mandeln, kandierte Äpfel und pappsüße, klebrige Zuckerwatte. Aber immer, wenn sie nach Eichstätt kam, dann waren Hänsel und Gretel ihre Stammkunden und bekamen von ihr zwei große Lebkuchenherzen geschenkt, auf denen mit Zuckerguss stand: ›Ich hab dich zum Fressen gern!‹«

Erleichtert lehnte Morgenstern sich in seinem Sessel zurück

und klappte Grimms Märchenbuch zu:»Uff. Und wenn sie nicht gestorben sind, dann leben sie noch heute.« Bastian hatte sich nach diesem glücklichen, pädagogisch wertvollen Ende einigermaßen beruhigt, und Marius lachte leise vor sich hin. Im Flur klackte die Tür. Fiona kam nach Hause. Feierabend.

Unglücklicherweise erzählte Bastian, der doch eigentlich schon schlafen sollte, ihr brühwarm, was für schreckliche Dinge der Papa gerade eben vorgetragen und wie sehr er sich dabei gefürchtet habe.

»Du hast doch das blöde Buch gekauft«, wehrte sich Morgenstern, als Fiona ihm hinterher in der Küche Vorwürfe machte. Dann entkorkte er eine Flasche Rotwein und stieß mit seiner Frau an.»Auf Rotkäppchen!«, sagte er.

»Was macht euer Fall?« Fiona nippte an ihrem Glas.

»Das ist eine ganz komische Geschichte. Es war ja dieser Ex-Abgeordnete, Thomas Daffner. Der Staatsanwalt stellt die Ermittlungen ein, weil der Mann tot ist. Aber richtig wasserdicht haben der Spargel und ich die Sache nicht hinbekommen. Leider. Immerhin hat seine Familie die Sache tapfer aufgenommen, und damit ist der Fall erledigt.«

Er nahm einen großen Schluck und schaute auf das Märchenbuch, das vor ihm auf dem Küchentisch lag, dachte an das Happy End, das er sich da um des lieben Friedens willen zusammengereimt hatte, einschließlich Katzenstation und Lebkuchenherzen. Und er fragte sich, ob nur um desselben lieben Friedens willen auch der Fall Westerstetten so leise wie möglich abgeschlossen werden sollte. Und wer hatte daran ein Interesse?

Er trank noch eine Weile vor sich hin, grübelnd, allein, denn Fiona war unter die Dusche gegangen. Er überlegte kurz, ob er Katja Harzinger in Ettling anrufen sollte, die selbst ernannte Hellseherin. Die hatte ihm schließlich ihren Rat angeboten. Und es wäre nicht das erste Mal, dass in einem bayerischen Mordfall eine Wahrsagerin eingeschaltet würde.

Beim berüchtigten Sechsfachmord von Hinterkaifeck, ganz nahe bei»Spargels« Wohnort Schrobenhausen, hatten die Ermittler anno 1922 in ihrer Not auch auf diese Karte gesetzt, wenn auch vergeblich. Und auch heute passierte es immer wieder, dass Angehörige Zuflucht bei spiritistisch veranlagten Mitmenschen suchten und beim Blick in die Glaskugel darauf hofften, der Mörder möge ihnen verschwommen entgegenblicken.

Nein, er würde Hartinger, die Katzenfrau, nicht anrufen, entschied er. Aber da hatte er das Telefon schon in der Hand. Er blickte kurz auf die Uhr, es war halb zehn, und draußen war es schon stockdunkel. Der lange Sommer ging seinem Ende entgegen. Er tippte eine Nummer. Und zwar die von Heimatforscher Matthias Färber.

Es läutete viermal, dann meldete sich eine Männerstimme: »Ja?«

»Hier ist Oberkommissar Mike Morgenstern von der Kripo Ingolstadt. Entschuldigen Sie die späte Störung.«

Von der anderen Seite kam ein leises Seufzen. »Sie stören nicht. Um was geht's denn?«

»Bin ich richtig bei dem Mann, der den Aufsatz über die Hexe Veronika Ferber geschrieben hat? Sind Sie dieser Heimatforscher?«

Wieder ein Seufzen. »Erstens war Veronika Ferber keine Hexe, sondern sie ist als Hexe angeklagt und verurteilt worden. Das ist ein wichtiger Unterschied. Und zweitens mag ich das Wort Heimatforscher nicht, das klingt mir zu unseriös, zu provinziell.«

»Von mir aus, Entschuldigung. Aber ich bin richtig, oder?«

»Ja. Dieser Aufsatz ist von mir. Vielleicht wird eines Tages ein ganzes Buch draus. Ich bleibe dran.«

»Man könnte aus so einem Stoff schön einen historischen Roman machen«, empfahl Morgenstern. »Irgendwas wie ›Die Henkerstochter‹.«

»Warum nicht gleich ›Die Wanderhure‹?«, gab Färber patzig zurück. »Nein, ich halte mich an die Realität, das war dramatisch genug. Schrecklich, fürchterlich.«

Um Morgensterns Beine strich die Katze, mit hocherhobenem Schwanz, dann sprang sie mit einem Satz auf seinen Schoß und rollte sich zusammen.

»Ich rufe Sie an, weil ich Ihren Aufsatz beim Eichstätter CSU-Politiker Thomas Daffner gefunden habe, der ja kürzlich verstorben ist. Der Text lag in seinem Büro. Und ich finde das interessant.«

»Inwiefern?«

»Thomas Daffner hat sich für die Eichstätter Hexenverfolgung interessiert, für die Geschichte des Fürstbischofs Westerstetten.«

»Aha. Hat er das? Da wissen Sie mehr als ich. Ich hatte eigentlich nicht den Eindruck, dass er sich ernsthaft damit auseinandersetzt.«

»Sie kannten Herrn Daffner also? Wussten Sie, dass er Ihren Aufsatz gelesen hat? Wie viele Exemplare davon haben Sie denn unters Volk gebracht?«

Auf der anderen Seite wurde es still, der Mann dachte kurz nach. »Das waren knapp zwanzig, wenn ich mich recht erinnere. Die allermeisten habe ich innerhalb meiner Verwandtschaft verteilt. Die ist ja auch quasi direkt betroffen.«

»Und wieso hat dann Herr Daffner eins von den Heften bekommen? Wenn es ihn angeblich nicht kümmert?«

»Das lässt sich einfach erklären. Wir sind verwandt, und das Exemplar, das Sie entdeckt haben, hat er bestimmt von seiner Frau oder seinen Kindern bekommen. Ich selbst hatte nie großen Kontakt zu ihm. Mir war dieses Politikergehabe immer zu blöd.«

Morgenstern machte eine Pause – um Färbers Worte nachhallen zu lassen. Der Wein zeigte schon leichte Wirkung, er war gerade nicht so geistesgegenwärtig, wie er sich das wünschte. Verwandt? Hatte Färber »verwandt« gesagt?

»Mit wem sind Sie verwandt?«, fragte er schließlich.

»Na, mit der Beate natürlich. Mit Beate Daffner. Sie ist meine Cousine. Beate Daffner, geborene Färber. Sie hat den Namen Daffner nach der Scheidung behalten. Sie wollte, dass sie weiterhin den gleichen Familiennamen hat wie ihre Kinder. Wie heißen die gleich wieder? Ah ja, Michael und Theresa. Die Theresa treffe ich noch manchmal, den Michael habe ich schon ewig nicht mehr gesehen.«

»Ich schon«, sagte Morgenstern. »Dann wussten Sie also, dass Thomas Daffner tot ist?«

»Ja, schon. Das hat sich in unsrer Verwandtschaft schnell herumgesprochen. Da machen wir Telefonkette. Er hat einen Herzinfarkt gehabt, angeblich als die Polizei bei ihm war. Stimmt doch?«

»Genauso war es. Ich war mit einem Kollegen bei ihm, als es passiert ist. Wir haben mit ihm über Westerstetten gesprochen. Über Nikolaus von Westerstetten natürlich, Sie verstehen?«

»Ich verstehe Sie sehr gut. Der Erbe des Hexenjägers, wenn man so will.«

»Und der Erbe von Daffners Bundestagsmandat, wenn man so will«, fügte Morgenstern hinzu. »Er hat ihn dafür gehasst.«

»Ach so«, sagte Matthias Färber. »Deswegen rufen Sie also an. Sie glauben, dass mein Aufsatz Daffner auf seltsame Ideen gebracht hat.«

»Sie haben es erfasst.«

Matthias Färber dachte wohl eine Weile nach. »Ich würde es nicht überbewerten, dass Sie den Aufsatz bei Thomas Daffner gefunden haben. Er war nicht der Typ, der sich für so etwas ernsthaft interessiert. Er hat sich manchmal über meine Forschungen lustig gemacht, wenn ich wieder mal im Eichstätter Diözesanarchiv war. Er war als Abgeordneter ja auch für Ingolstadt zuständig, und das war ihm immer lieber. Zu mir hat er mal gesagt: »Eichstätt lebt in der Vergangenheit, Ingolstadt lebt in der Gegenwart und manchmal schon in der Zukunft.«

»Und was haben Sie ihm gesagt?«, fragte Morgenstern, und er kannte die Antwort bereits aus dem Vorwort des Aufsatzes über Veronika Ferber.

»Wer seine Vergangenheit nicht bewältigt, der verspielt seine Zukunft«, sagte Matthias Färber. »Das gilt für Länder, das gilt für Städte, und das gilt auch für einzelne Menschen.«

»Gibt es jemanden, an den Sie da speziell denken? Außer Thomas Daffner?«

»Haben Sie den Aufsatz gelesen, Herr Morgenstern?«

»Ich hab ein bisschen reingeblättert, ja. Das Vorwort und so.«

»Besser als nichts.« Färber zögerte, dann sagte er: »Ich denke an meine Cousine, an die Beate.«

Morgenstern wurde hellhörig. »Warum? Was ist mit ihr?«

»Ich würde sagen, sie hat ein Problem. Ich bin zusammen mit ihr aufgewachsen, im selben Dorf, ich weiß, wovon ich rede. Aber alles andere müssen Sie schon mit ihr selbst besprechen. Oder vielleicht noch besser mit Michael, ihrem Sohn. Der ist schließlich Arzt.«

Mehr ließ sich der Cousin in verwandtschaftlicher Verbundenheit nicht entlocken, obwohl Morgenstern noch ein paarmal nachbohrte.

Morgensterns Pech war: Michael Daffner war an diesem Abend, in diesem Moment nicht zu erreichen. Er hatte es trotz der fortgeschrittenen Stunde versucht.

»Was telefonierst du denn noch rum?«, fragte Fiona vom Wohnzimmer aus. »Mike Morgenstern – nun komm endlich rein und mach's dir bequem. Nimm dir ein Buch und lies ein bisschen.«

Morgenstern warf vom Flur aus einen Blick auf seine Frau, die sich mit einer Decke aufs Sofa gelegt hatte und Gemütlichkeit verbreitete, einschließlich einiger Kerzen, die sie am Tisch angezündet hatte. Sie las den neuesten Donna-Leon-Krimi, den sie sich von der Leihbücherei geholt hatte. Er dachte an die unglückliche Beate Daffner in Wellheim und ihr schmales Buchregal. Wie hatte das Buch gleich wieder geheißen? Richtig, jetzt fiel es ihm wieder ein. Fiona hatte ihr Smartphone neben sich liegen. »Kannst du mal kurz was für mich nachgucken?«, fragte er und diktierte ihr den Buchtitel. »Auf der Spur des Morgensterns. Von irgendeiner Frau. Witzig, oder? Das wäre doch vielleicht was für dich.«

Fiona richtete sich auf dem Sofa auf, legte ihr Buch zur Seite und tippte den Titel ein. Es dauerte einen Moment, dann sah sie ihren Mann an.

»Das wäre nun ganz bestimmt nicht witzig«, sagte sie ernst. »Dorothea Buck, geboren am 5. April 1917 in Naumburg an der Saale, schrieb auch unter dem Pseudonym Sophie Zerchin, einem Anagramm des Wortes Schizophrenie. ›Auf der Spur des Morgensterns‹ ist ihre Biografie.« Sie atmete tief durch. »Das hat mit Donna Leon nichts zu tun, aber schon überhaupt nichts. Da geht es um das Leben mit Schizophrenie.«

Morgenstern kam ins Wohnzimmer, nahm das Gerät und las mit eigenen Augen den Artikel im Internet-Lexikon, den Fiona ausgegraben hatte. Jetzt fiel ihm auch wieder die ganze Szene im Daffner'schen Wohnzimmer ein. Etwas an der Art und Weise, wie sich Michael Daffner plötzlich am Bücherregal neben ihm aufgebaut hatte, sobald er, Morgenstern, das Buch mit der vermeintlich lustigen Namensparallele herausgezogen hatte, war seltsam gewesen. Der Arzt hatte das Buch rasch wieder in die Reihe zurückgeschoben, bevor der Gast von der Kripo noch darin hätte blättern können.

Dazu musste man freilich erst einmal wissen, was sich hinter dem harmlosen Titel »Auf der Spur des Morgensterns« verbarg, dass es eben keine Schmonzette war, keine Liebesgeschichte, in deren Verlauf es irgendeine schmachtende Frau in den Orient verschlug: Nein, dieses Buch war eher ein Sachbuch und harter Tobak. Und

Michael Daffner, der Arzt, hatte das gewusst. Wahrscheinlich hatte sogar er selbst das Buch seiner Mutter geschenkt, mit einer persönlichen Widmung gleich auf der ersten Umschlagseite.

»Krank«, sagte Morgenstern unvermittelt. »Irgendwer hat uns erzählt, dass sie oft krank war.«

»Wer hat was erzählt?«, fragte Fiona und legte nun endgültig ihren Kriminalroman zur Seite.

Morgenstern dachte nach. »Das muss Trixi Schöpfel gewesen sein. Stimmt, das war sie. Trixi, das ist die Lebensgefährtin vom Daffner. Die hat uns gesagt —«

In diesem Moment meldete sich Morgensterns Handy mit dem Walkürenritt. Es war Peter »Spargel« Hecht. Sein Problem: Beatrix »Trixi« Schöpfel.

»Heute machen wir wohl beide ein paar Überstunden«, sagte Morgenstern.

»Ich versuche schon die ganze Zeit, diese Schöpfel zu erreichen, wegen ihres Autos, du weißt schon. Ich habe dir doch versprochen, dass ich mich darum kümmere. Aber sie ist wie vom Erdboden verschluckt.«

»Ach was, die sitzt bestimmt irgendwo im Café.«

»Ich habe eine Nachricht auf ihrem Anrufbeantworter hinterlassen, ihr Handy ist tot. Absolute Funkstille. Und die Trixi gehört zu den Leuten, die ohne Handyempfang nicht leben können. Da ist irgendwas faul.«

Morgenstern wollte gerade erklären, dass das nun wirklich bis morgen Zeit habe und Beatrix Schöpfel schon nicht ausgerechnet heute Nacht ihr Auto durch die Waschanlage am Stadtrand schicken und stundenlang staubsaugen werde. Für solche Aktionen sei sie definitiv nicht der Typ.

Doch Hecht schnitt ihm das Wort ab. »Ich habe eben den Nieberle mit seinem Streifenwagen an ihrer Wohnung vorbeifahren lassen, einfach mal so, als kleine Patrouille.«

»Und? Erzähl schnell, ich habe nämlich auch Nachrichten, die dich interessieren werden. Ich bin gerade auf was ziemlich Seltsames gestoßen.«

»Was denn?«

»Ich glaube, dass Beate Daffner psychisch krank ist. Kann sein, dass sie unter Schizophrenie leidet. Und sie ist eine Nachfahrin

einer Frau, die als Hexe verbrannt worden ist. Veronika Ferber –
klingelt's bei dir?«

»Und wie!«, staunte Hecht. »Und jetzt bin ich dran. Nieberle hat
bei der Schöpfel geläutet. Sturm. Der kann ganz schön hartnäckig
sein. Wenn da ein Polizeiauto in der Straße steht und ein Mann
in Uniform an der Tür schellt, dann kommen die Nachbarn aus
ihren Löchern, als wäre es der Rattenfänger von Hameln. Ein
Nachbar behauptet, dass unsere Frau Schöpfel heute Abend noch
ausgegangen ist, und das, obwohl sie schon sturzbetrunken war.«
Morgenstern wunderte sich über gar nichts mehr. In diesen
Kleinstädten funktionierte die Nachbarschaftskontrolle mit einer
Perfektion, die im Stasi-Apparat der verblichenen DDR einst blan-
ken Neid ausgelöst hätte.

Fiona versuchte derweil von ihrem Sofa aus, sich aus den Ge-
sprächsfetzen einen Reim zu machen – auch das entsprach nicht
ganz der Diskretion, von der man in der besten aller Welten
träumte.

Hecht schloss: »Irgendjemand hat die Schöpfel gestützt, weil sie
sich kaum noch auf den Beinen halten konnte. Sie ist in ein Auto
geklettert, einen dunklen Kombi, dann sind sie weggefahren.«

»Gibt's ein Autokennzeichen?«

»Nein, nichts.«

»Komm rüber zu mir nach Eichstätt und mach schnell«, sagte
Morgenstern. »Ich lass mir was einfallen.«

Die Katze war ihm während des kurzen Gesprächs unablässig
um die Beine gestrichen. Möglicherweise hatte die kleine Lotta
Hunger. Morgenstern stellte dem Tier einen Napf mit Trocken-
futter aus einer Pappschachtel hin, aber das war's nicht.

»Was willst du denn von mir?«, schimpfte Morgenstern. Die
Katze sah ihn mit großen, treuherzigen Augen an, als wollte sie
ihm sagen, da müsse er schon selbst drauf kommen.

Erneut versuchte er, Michael Daffner zu erreichen, und dieses
Mal hatte er mehr Glück.

»Morgenstern hier, Kripo Ingolstadt. Herr Daffner, was für ein
Auto fährt Ihre Mutter?«, platzte er heraus.

»Wissen Sie eigentlich, wie spät es ist? Ich hatte mich gerade
hingelegt.«

»Das Auto Ihrer Mutter – nun sagen Sie schon!«

»Ein VW Passat, dunkelblau. Nichts Besonderes. Warum fragen Sie?«

»Ihre Mutter ist krank, psychisch krank. Das stimmt doch, oder?«

»Woher wissen Sie das?«

»Sagen Sie ja oder nein.«

»Ja.«

»Sie leidet unter Schizophrenie, ist das richtig?«

»Ja.«

»Und sie weiß manchmal nicht, wer sie ist?«

»Warum um Himmels willen fragen Sie mich das alles? Ist irgendwas passiert? Hat sie sich etwas angetan?«

Morgenstern fasste sich an den Kopf – konnte Michael Daffner tatsächlich so ahnungslos sein? Wenn er jetzt vor ihm gestanden wäre, er hätte ihn bei den Schultern genommen und geschüttelt.

»Nein, Herr Daffner, wir haben die Befürchtung, dass Ihre Mutter anderen Menschen etwas antut.«

Schweigen auf der anderen Seite. Totenstille. Dann sagte Daffner: »Es war unser Vater, das haben meine Schwester und ich doch deutlich genug gemacht. Außerdem muss ich Ihnen über meine Eltern überhaupt nichts erzählen und als Arzt auch nichts über den Gesundheitszustand meiner Mutter.«

Er legte auf. Und anscheinend hatte er die Leitung aus dem Stecker gezogen, denn als Morgenstern sofort noch einmal bei ihm anrief, kam er nicht mehr durch.

Eine halbe Stunde später stand Peter Hecht laut hupend vor Morgensterns Haustür. Morgenstern rannte die Treppe hinab, immer zwei Stufen auf einmal nehmend.

»Zur Wohnung von Trixi!«, rief er, als wäre Hecht sein Taxifahrer. »Der Nieberle wartet dort auf uns.«

Sie rasten durch die nächtliche Stadt. Vor den Kneipen standen in Trauben die Gäste, rauchten und unterhielten sich lautstark. Beatrix Schöpfel wohnte im Osten der Stadt, in einem Apartmenthaus aus den 1990er Jahren mit acht, vielleicht auch zehn Parteien, ganz nahe bei der Polizeiinspektion.

Streifenpolizist Nieberle stand vor der Haustür, die ihm einer der Bewohner geöffnet hatte. »Gute Nachrichten. Ihre Wohnungstür oben im zweiten Stock ist bloß angelehnt, wir brauchen nicht mal den Schlüsseldienst. Ich war aber noch nicht drin.«

Zu dritt gingen sie nach oben, schoben die Tür ganz auf – und fanden eine ganz und gar unverfängliche Situation vor. Auf einem Couchtisch stand eine Flasche Rotwein, sehr guter, wie Morgenstern bei einer kurzen Kontrolle bemerkte, »Brunello di Montalcino«, fast leer, dazu zwei Gläser. Wieder fiel ihm spontan das arglose Rotkäppchen ein, das sich vom Wolf hatte übertölpeln lassen. In den Gläsern war noch ein Weinrest. Morgenstern griff sich nacheinander beide Gläser, schnupperte argwöhnisch daran.

»An was denkst du?«, fragte Hecht.

»So wie der Nachbar die Lage geschildert hat, war unsere Trixi nicht mehr Herrin ihrer Sinne. Dabei hatte sie nicht mal eine halbe Flasche Wein intus. Und ich bin überzeugt, dass Frau Schöpfel etwas vertragen konnte. Sie war immerhin die Freundin von Thomas Daffner.«

»Gott hab ihn selig«, sagte Hecht.

»Ich denke an K.-o.-Tropfen oder etwas in der Richtung. Beate Daffner trifft sich mit Trixi Schöpfel, um unter Frauen über den Tod des gemeinsamen Mannes zu sprechen. Missverständnisse ausräumen, Versöhnung überm offenen Grab, so stelle ich mir das vor.«

»Und Trixi lässt sich darauf ein, lässt sie in die Wohnung und wird betäubt«, vervollständigte Hecht den Gedankengang.

»Das kennt man aus dem Fernsehen«, meinte Nieberle. »Oder aus der Disco. K.-o.-Tropfen sind eine ganz fiese Sache.«

Morgenstern erinnerte sich an einen besonders üblen Fall, der vor vielen Jahren in seiner Heimatstadt Nürnberg aufgedeckt worden war: In einer Spelunke waren regelmäßig schwer betrunkene Gäste spätnachts mit schweren Psychopharmaka außer Gefecht gesetzt worden – die Medizin war mit einer Spritze in Jägermeisterfläschchen der Sorte »Ex und hopp« eingefüllt worden. Die Opfer waren später ausgeraubt und weit entfernt ausgesetzt worden, orientierungslos und ohne jede Erinnerung. Es hatte sogar einen Todesfall gegeben, als einer der Ausgeraubten an einer Schnellstraße vor ein Auto getorkelt war.

Psychopharmaka: Der Begriff hallte bei Morgenstern nach. Selbst wenn es so war, wie er es sich gerade zusammenreimte, dann war Beate Daffner, geborene Färber, dennoch nicht die Frau, die sich aus dem Internet irgendwelche Tropfen bestellte?

Er sah sich den Bodensatz in den beiden Weingläsern noch einmal gründlich an, hielt ihn gegen die Lampe – und in einem der Gläser erkannte er nun deutlich helle Schlieren. »Ich hab ja eine gewisse Erfahrung mit Wein«, sagte er. »In Rotwein hat so etwas nichts verloren. Und es ist auch bloß in einem Glas.«

»Das muss ins Labor«, sagte Hecht.

»Medizin«, meinte Morgenstern mit Blick auf die Schlieren. »Ich wette zehn Euro, dass das die Medizin von Beate Daffner ist. Ihr eigenes, verschriebenes Mittel gegen Schizophrenie. Aber als heftige Überdosis. Sie war's.«

»Aber warum?«, fragte Hecht. »Und was hat sie jetzt vor?«

Morgenstern antwortete nicht. Er war bereits in die kleine, schmale Küche verschwunden und durchwühlte den Mülleimer unter dem Spülbecken. Einen Augenblick später kam er triumphierend zurück, ein eingetütetes leeres Fläschchen in der Hand. »Verschreibungspflichtig«, sagte er.

»Zu Risiken und Nebenwirkungen fragen Sie Ihren Arzt oder Apotheker«, kommentierte Hecht.

»Hat sie beides in der Familie: Arzt und Apothekerin.«

Morgenstern schob das Fläschchen in die Jackentasche und schaute auf seine Uhr: Es war kurz vor dreiundzwanzig Uhr. Und sie hatten einen Entführungsfall. War es das, was die Katzenfrau Katja Hartinger, die sich als Nachfahrin der »Weißen Weiber« aus dem Nibelungenlied sah, in ihrem Marketenderinnenwagen mit »Nachspiel« gemeint hatte?

Er versuchte, sich an ihre Worte zu erinnern. Sie hielt den Fall für nicht geklärt. Und sie hatte etwas von einer alten schottischen Kirche gefaselt. Oder einer irischen? Er wusste es nicht mehr so genau. Was sollte er, Mike Morgenstern, in Irland, in Schottland? Wenn er eines Tages irgendwohin wollte, dann nach Amerika, vielleicht auf den berühmten Highway 66. Aber doch nicht ins nass-neblige Britannien! »Eine alte schottische Kirche«, wiederholte er seinen Gedanken laut.

»Was soll da sein?«, mischte sich zum ersten Mal Ludwig Nieberle ein. »Ich war schon mal in Schottland. Da gibt es überall alte Kirchen, viele Ruinen, die sind ganz typisch. Wir haben eine

Rundreise gemacht, mit einem Busunternehmen, meine Frau und ich, zur Silberhochzeit. Wie kommst du auf Schottland?« Morgenstern druckste herum, aber er fand keine andere Lösung, als mit der Wahrheit herauszurücken. »Ich kenne da eine Wahrsagerin, der Spargel kennt sie auch, das ist die Frau Hartinger aus Pförring. Die hat mir das gesagt.«

Hecht sah seinen Kollegen mit großen Augen an und tippte sich an die Stirn. »Geht's dir noch gut, Mike?«

»Das war reiner Zufall«, rechtfertigte er sich. »Aber darauf kommt es doch jetzt nicht an. Sie sagt, die Lösung ist in einer alten schottischen Kirche.«

»Wenn die Sache nicht so ernst wäre, würde ich lachen«, meinte Hecht, wurde dann aber doch nachdenklich.

Auch Nieberle legte die Stirn in Falten. »Sie werden wohl kaum auf dem Weg nach England sein.«

Morgenstern war es schließlich, der den entscheidenden Einfall hatte. »Eine Ruinenkirche! Jetzt weiß ich es – die fahren zu der einsamen Kirche ins Spindeltal. Das ist eine Ruine, wie in Schottland.«

»Die Tag und Nacht geöffnet ist«, erinnerte sich Hecht. »Frau Daffner hat sich sogar die Madonna aus der Kirche schnitzen lassen. Die steht in ihrem Wohnzimmer.«

»Die Muttergottes auf der Mondsichel«, sagte Morgenstern. »Wir fahren da jetzt sofort hin.«

Jetzt, wo der Knoten geplatzt war, setzte Hektik ein. Sie eilten die Treppe hinab auf die Straße, zum Streifenwagen, Nieberle setzte sich ans Steuer, und es ging nach Westen.

Der Landpolizist kannte die kürzeste Strecke im Schlaf, er fuhr nicht übers weit geschwungene Altmühltal, sondern über die Jurahöhe. Es war dunkel, mehrmals musste Nieberle abrupt bremsen, weil ein oder sogar zwei Rehe neben der Straße standen, einmal querte kurz vor ihnen ein dicker Dachs gemächlich den Weg.

Ein weiterer Streifenwagen – womit die Kapazität einer kleinen ländlichen Polizeiinspektion in den Nachtstunden bereits bis zum Äußersten ausgereizt war, fuhr sicherheitshalber zum Hexenmahnmal auf dem ehemaligen Eichstätter Richtplatz, um dort nach Beate Daffner und Trixi Schöpfel Ausschau zu halten. Doch schon bald kam über Funk die Meldung, dass dort alles ruhig und unverdächtig sei. Keine besonderen Vorkommnisse.

»Die Daffner hat einen Dachschaden«, sagte Morgenstern. »Das heißt Schizophrenie«, stellte Hecht klar. »Die Frau ist krank. Richtig krank.«

»Das macht es für Trixi nicht besser.«

Nieberle war inzwischen an der Einmündung zum Spindeltal angekommen und fuhr nun mit deutlich überhöhter Geschwindigkeit talaufwärts. Es war nur noch eine kurze Strecke bis zur Ruinenkirche. Der Vollmond tauchte die Landschaft in ein mystisches Licht, vor ihnen flog eine Eule auf.

»Da wären wir«, sagte Nieberle und bog nach links auf den Parkplatz vor der Ruinenkirche ab. Der Kies knirschte unter den Reifen. Kein anderes Auto weit und breit.

»Vielleicht hat sie den Wagen versteckt«, hoffte Morgenstern, aber ihn überkam bereits ein mulmiges Gefühl. Alle drei stiegen aus und gingen mit schnellen Schritten auf den Eingang zu. Morgenstern lauschte noch kurz, dann zog er die hölzerne Tür auf.

Nieberle hatte eine Stabtaschenlampe gezückt, aber die war gar nicht nötig. Das Mondlicht reichte, um den Kirchenraum auszuleuchten. Kein Zweifel: Die Kirche war leer. Vorn neben dem Altar brannten Kerzen zu Ehren der Muttergottes vom Spindeltal.

»Verdammte Scheiße«, flüsterte Morgenstern, und eine Hitzewallung stieg in ihm auf. Er war es, der sie hierher in die Einsamkeit gelotst hatte, bloß wegen eines lächerlichen Hinweises einer überdrehten Hippie-Braut mit Katzentick. Und nun war es Mitternacht, und die ganze Aktion war ein Schuss in den Ofen.

Er ging ratlos auf die von flackernden Kerzen und blau blühenden Blumen umgebene Statue zu. Er schüttelte den Kopf über seine eigene Naivität und nickte der Madonna zu. »Das haben wir prima hingekriegt, wir beide.«

Hecht und Nieberle waren nachgekommen und stellten sich neben Morgenstern. »Das war's dann wohl mit der Ruinenkirche«, sagte Nieberle. »Es sei denn, sie kommen erst noch.«

Von ferne, aus dem nächstgelegenen Dorf, sehr gedämpft, war das Schlagen einer Kirchturmuhr zu hören. Zwölfmal tönte die Glocke. Mitternacht. Beginn der Geisterstunde – falls man an so etwas glaubte. Morgenstern fröstelte.

»Und jetzt? Sollen wir ein Kerzerl anzünden?«, fragte Hecht.

»Immer wenn du denkst, es geht nicht mehr, kommt von

irgendwo ein Lichtlein her«, sagte Morgenstern und dachte dabei an die Henkerskapelle von Eichstätt, gleich neben Nikolaus von Westerstettens Todesort. Er beugte sich zu einer kleinen Schachtel mit Teelichtern, nahm eines heraus und zündete es an einer bereits brennenden Kerze an. Er stellte sein Licht direkt vor der Statue auf, dann sah er die Madonna, das Gnadenbild vom Spindeltal, lange an.

Den anderen schien es wohl, als betete er, aber dafür war Morgenstern nicht der Typ. Er meditierte kurz, sammelte seine Gedanken, jetzt in der tiefen Nacht, an diesem unwirklichen Ort, in diesem Gotteshaus, das einstmals dem Verfall preisgegeben worden und wie Phönix aus der Asche zu neuem Leben gekommen war, ein verdorrter Marienwallfahrtsort, der wie durch ein Wunder wieder aufgeblüht war. In diesem Moment ging ihm ein Licht auf.

Er wandte sich um zu Peter Hecht. »Das ist nicht die Madonna, die wir im Haus von Beate Daffner gesehen haben.«

Hecht zuckte mit den Schultern. »Ich kann mich nicht mehr genau erinnern.«

»Doch, ganz sicher. Die andere hat eine Mondsichel, das konnte ich mir merken.«

»Vielleicht gibt es hier noch eine zweite Statue.« Hecht sah sich ratlos um. Die Augen hatten sich längst an das schummrige Licht gewöhnt. Es gab keine zweite Figur.

»Aber sie hat definitiv gesagt, ihre Madonna ist wie die aus der Ruinenkirche im Spindeltal«, wunderte sich Morgenstern.

»Sie hat gesagt, die ist aus einer Ruinenkirche«, stellte Hecht klar, der sich nun wieder an die Szene im Daffner'schen Wohnhaus erinnerte. »Und das Original steht im Eichstätter Diözesanmuseum.«

Ludwig Nieberle reagierte sofort. »Das müssen die Kollegen in der Inspektion überprüfen, wofür gibt's Internet.« Er eilte aus der Kirche zum Auto, um über Funk nachzufragen. Hecht und Morgenstern folgten ihm.

Der Mond hing als goldgelber Pfannkuchen über dem Wald, ein einsames Auto fuhr von Tagmersheim kommend talabwärts, neugierig verlangsamte der Fahrer die Geschwindigkeit, als er sah, dass am Parkplatz ein Polizeiauto stand. Der Wagen bog zu ihnen ab, der dunkelgrüne Jeep eines Jägers, der hier anscheinend sein

Revier hatte und angesichts der hervorragenden Lichtverhältnisse Wildschweine jagen wollte.

Der Jäger stieg aus, mit Hut und in Lodenmantel. »Guten Abend zusammen«, sagte er. »Ist was passiert in unserer Kirche?«

»Nein«, sagte Nieberle. »Wir haben bloß nach etwas geschaut.«

»Es war aber nichts«, sagte Morgenstern vage.

»Ich hab schon befürchtet, dass irgendwelche Vandalen da waren. Das hatten wir schon mal. Sie müssen wissen, ich bin bei den Bayerischen Staatsforsten, Forstbetrieb Kaisheim.«

»Nein, es ist alles in Ordnung«, betonte Morgenstern noch einmal. Er sah sich den Förster näher an. Ein Mann kurz vor der Rente, sportlich, schmal, glatt rasiert.

Nieberle hatte inzwischen über Funk einen Kollegen von der Eichstätter Nachtschicht erreicht. Der Förster hörte neugierig zu, als der Polizist seine seltsame Frage durchgab. »Woher stammte eine bestimmte Madonna aus dem Diözesanmuseum? Eine Madonna aus einer Kirche, die eine Ruine ist.«

»Eine Kirchenruine gibt's noch«, sagte der Förster plötzlich. »Das ist aber ein ganzes Stück weg von hier. Das ist die Uhlbergruine. Meinen Sie vielleicht die?«

Morgenstern, der sich auf den Funk konzentriert hatte, wandte sich abrupt um. »Es gibt eine zweite Ruine?«

»Sag ich doch. Die ist auch in unserem Zuständigkeitsbereich, also von den Staatsforsten in Kaisheim. In unserer nördlichsten Ecke, fast bei Treuchtlingen, aber noch auf schwäbischem Gebiet. Gemeinde Wolferstadt. Da ist ein Kollege von mir zuständig.«

Während Nieberle am Funkgerät wartete, bis der Beamte in der Polizeiinspektion im Internet verwertbare Informationen gefunden hatte, schilderte der Förster, was er über den Uhlberg wusste.

»Das ist ein riesiger Wald da oben, und mittendrin liegt die Ruine. Die Außenmauern der Kirche stehen noch. Früher haben wir, also der Forst, da noch eine Schutzhütte gehabt. Aber die haben wir abreißen lassen, weil sich dauernd seltsame Leute dort rumgetrieben haben. Das da oben ist ein Treffpunkt irgendwelcher Spinner.«

»Mitten im Wald?«, fragte Morgenstern ungläubig.

»Wenn ich's Ihnen sage. Die treffen sich da und bleiben als Mutprobe über Nacht in der Kirche. Es heißt, dass es da spukt, dass die ›Weiße Frau‹ umgeht.«

Das Funkgerät knackte, der Beamte aus Eichstätt meldete sich bei Ludwig Nieberle. »Also, Luggi, ich hab jetzt ein bisschen was gefunden. Diese Madonna auf der Mondsichel aus dem Museum, die stammt ursprünglich aus einer Wallfahrtskirche bei Treuchtlingen, das ist die Uhlbergmadonna. Die war später unter anderem in Gundelsheim, und eine Zeit lang ist sie sogar in einer Wirtschaft gestanden. Diese Kirche auf dem Uhlberg, die ist seit 1500 und ein paar Zerquetschten eine Ruine, zerstört in den Bauernkriegen, heißt es. Reicht dir das?«

»Wie schaut die Madonna aus?«, fragte Morgenstern von hinten.

»Sehr hübsch. Die trägt das Jesuskind auf dem Arm, hat ein blaues Kleid an, lange blonde Haare. Und sie steht auf einer kleinen, schmalen Mondsichel.«

»Das ist sie«, sagte Morgenstern triumphierend. »Das ist Beate Daffners Madonna.« Er sah zum Förster, der sich inzwischen als Bernhard Müller vorgestellt hatte. »Finden wir dahin, zu dieser Ruinenkirche?«

»Mitten in der Nacht nie und nimmer, da hilft Ihnen auch kein Navi. Das sind bloß Forstwege. Das ist sehr entlegen. Niemandsland.«

»Dann müssen Sie uns hinlotsen.« Morgenstern ließ den Widerspruch des Försters nicht gelten. »Wir sind von der Kripo. Es geht um Mord.« Und um Entführung, wollte er noch hinzufügen, entschied aber, dem Fremden nicht zu viel zu erzählen.

»Und was mache ich?«, fragte Nieberle. »Das ist definitiv nicht mehr mein Revier da drüben. Was ist denn das überhaupt für eine Ecke?«

»Landkreis Donau-Ries«, sagte der Förster.

»Dann ist die Polizei in Donauwörth zuständig«, stellte Hecht fest. »Aber wir haben hier noch nicht mal einen eigenen Wagen.«

»Also gut, ich mache den Chauffeur.« Ludwig Nieberle gab sich geschlagen. »Aber ihr erklärt das bitte schön später meinem Inspektionsleiter.«

»Ehrensache«, versprach Morgenstern.

Hecht, Morgenstern und Nieberle stiegen in den Streifenwagen, und Förster Müller fuhr in seinem Jeep vornweg.

FÜNFZEHN

Die Strecke wollte schier kein Ende nehmen. Eine gefühlte Ewigkeit dauerte es allein, bis sie im Städtchen Monheim waren, von dort aus ging es über Otting nach Wolferstadt, wo sie auf immer schmalerer und gewundenerer Fahrbahn nach Zwerchstraß fuhren, einem Dörfchen am Ende der Welt, wie es Morgenstern schien, denn kurz hinter dem Ort endete – obwohl Möhren als nächstes Ziel am Dorfende angeschrieben war – der Asphalt.

Es ging auf geschotterter Piste weiter, als wäre hier die Zeit stehen geblieben. Morgenstern, der Nürnberger Franke, hatte allerdings den Argwohn, dass es sich um eine der typischen Demarkationslinien zwischen Franken und seinen Nachbarbezirken handelte, wo das Interesse an gegenseitigem Austausch seit Jahrhunderten schwach ausgeprägt war.

Zum Glück hatten sie Förster Müller in seinem Jeep vor sich, der mit traumwandlerischer Sicherheit den Weg fand. Bei Förstern musste der Orientierungssinn wohl zum Berufsbild gehören.

Mitten im Wald, bei einer Kette von hintereinanderliegenden Weihern, ging es links ab nach Norden. »Siebeneichhöfe«, stand auf einem winzigen Wegweiser. Der Weg wurde noch etwas rumpeliger, und nach etwa einem Kilometer bog Müller erneut nach links ab. Der mit feinem Kies geschotterte Weg führte nun steil eine Bergflanke hinauf. Der Mond stand hoch über den Bäumen.

Müller hielt an und stieg aus seinem Auto. Die anderen taten es ihm gleich. »Da oben in dreihundert Metern ist es«, sagte er. »Sollen wir bis ganz hoch fahren?«

»Nein«, sagte Morgenstern. »Ich schlage vor, wir laufen das letzte Stück. Wenn da oben etwas los ist, haben wir das Überraschungsmoment auf unserer Seite.«

Er warf einen Blick auf seine Uhr: Es war zwanzig Minuten vor eins.

Ein Wind war aufgekommen, der Wolken vor sich hertrieb. Die Luft roch nach Pilzen und Waldboden, nach Verwesung. Die Fichten und Buchen rauschten. Instinktiv zog Morgenstern seine Jeansjacke enger.

»Wolferstadt«, sagte er. »Dieser Hexenforscher, Matthias Färber, mit dem ich telefoniert habe, ist aus Wolferstadt. Und Beate Daffner ist seine Cousine. Deswegen kennt die sich hier aus. Die ist im selben Dorf aufgewachsen.«

Sie gingen zu viert die Forststraße hinauf. Von einer Kirche oder auch nur einer Kapelle war nichts zu sehen. Mond und Wolken trieben ihren Schabernack mit Licht, Schatten und Dunkelheit, und Morgenstern griff immer wieder nervös an seine Brust, wo in einem Holster die Dienstpistole steckte. Dieses Mal wenigstens hatte er sie nicht zu Hause liegen lassen.

Auch Hecht war bewaffnet und Streifenpolizist Ludwig Nieberle sowieso. Sogar der Förster hatte sein Jagdgewehr nach kurzer Bedenkzeit mitgenommen. »Ein Gewehr lässt man nicht im Auto liegen«, hatte er zur Begründung gesagt. »Ich habe ja schon erzählt, dass sich hier manchmal Gesindel herumtreibt.

Nebeneinander, in breiter Formation, gingen sie den Weg hinauf, und immer wieder drehte sich einer der vier ängstlich um. Erst als sie die Höhe erreicht hatten, knapp sechshundert Meter über dem Meeresspiegel und damit einer der höchsten Punkte in der Umgebung, wies der Förster ohne ein Wort zu sagen nach rechts.

Morgenstern erschauerte: Hundert Meter von ihnen entfernt standen mitten zwischen hohen Buchen die rauen, unverputzten Außenmauern einer uralten Kirche. Efeu wucherte an mehreren Stellen die Wände hoch, der Giebel an der Westseite ragte zehn Meter in den Nachthimmel. An der Ostseite war das Halbrund der Apsis, des ehemaligen Altarraums, zu erkennen.

»Pscht!«, machte Morgenstern und legte den Zeigefinger auf den Mund. Eine unnötige Warnung, denn es hielten ohnehin alle den Atem an. Ganz langsam näherten sie sich dem einstigen Gotteshaus. Es hatte wenige schmale Fenster – und durch diese Öffnungen konnten sie einen hellen Schein erkennen. Vielleicht Kerzen, dachte Morgenstern.

Sicher aber war: Sie waren hier nicht allein. Waren da Stimmen? Die Männer verharrten auf dem Weg und lauschten angestrengt in die Nacht. Jetzt war es ganz deutlich zu hören: Musik, klassische Musik. Und jemand sang eine Melodie.

»Der Eingang ist an der Giebelseite«, sagte der Förster leise.

»Wo ist ihr Auto?«, fragte Morgenstern.

»Wahrscheinlich hinter der Mauer auf der Nordseite. Da führt der Waldweg direkt an der Kirche vorbei.«

Der Mond verbarg sich nun gänzlich hinter den Wolken, der Wald rauschte. Morgenstern sah auf seine Uhr. Mit Mühe konnte er die leuchtenden Zeiger erkennen. Es war kurz vor eins.

Er zog die Pistole aus dem Holster, und Hecht und Nieberle taten es ihm nach.

Erst jetzt erkannte Morgenstern die Melodie: »Dies irae, dies illa«. Die Musik kam aus einem Lautsprecher in der Kirche.

Lautlos gingen sie auf das schmale Portal zu, ein schlichter, aus Bruchsteinen gemauerter Durchlass, darüber ein leicht gewölbter Türsturz aus roten Ziegelsteinen. Morgenstern war als Erster am Eingang und streckte vorsichtig den Kopf um die Ecke, um zu sehen, was im Inneren vor sich ging. Die anderen drei drängten hinterher.

Auf dem Boden waren in Weckgläsern stehende Teelichter entzündet, die ringsum entlang der Innenmauern aufgestellt waren. Fünfzehn Stück etwa. Die Kirche hatte kein Pflaster; nur der blanke Waldboden, bedeckt mit Laub und morschen Zweigen, bildete den Untergrund. In der Mitte war eine große Feuerstelle eingerichtet, wie für ein Lagerfeuer. Und davor tanzte und sang eine Frau in einem weißen Kleid, das bis zum Boden reichte. In der Hand hielt sie eine brennende Fackel, mit der sie ein unsichtbares Sinfonieorchester zu dirigieren schien.

»Die weiße Frau«, entfuhr es dem Förster.

»Pscht!«, machte Morgenstern.

Noch hatte die Frau ihre Beobachter nicht bemerkt. Morgenstern hörte nun ein leises Wimmern – und jetzt erst sah er, was von der Frau bisher weitgehend verdeckt gewesen war: Auf der Lagerfeuerstelle waren Strohbündel, Reisig und auch einige Holzscheite aufgetürmt, und direkt darauf lag, mit gefesselten Händen und Beinen, ein wild zuckender Körper.

Fieberhaft überlegte Morgenstern, was sie tun sollten. Bis zu der Frau waren es allenfalls sechs, sieben Meter. Er wollte gerade das Kommando zum gemeinsamen Losstürmen geben, da drehte sich die Frau zu ihnen um, als habe sie instinktiv gespürt, dass Fremde in ihren Bannkreis eingedrungen waren und sie beobachteten. Die im Wind wild flackernde Flamme der Fackel erhellte ihr Gesicht.

»Theresa Daffner?« Morgenstern sprach mehr zu sich selbst als zu seinen Begleitern. »Die Tochter, nicht die Mutter!« Die Frau verzog ihr Gesicht zu einer höhnischen Fratze, dann, als wäre nichts gewesen, drehte sie sich um, senkte die Fackel zum Boden und begann, das Stroh und das zundertrockene Reisig anzuzünden.

»Halt, Polizei!«, rief Morgenstern mit aller Macht – und er stürmte auf die Frau los, gefolgt von Peter Hecht und dem trotz seines gemütlichen Aussehens erstaunlich beweglichen Ludwig Nieberle. Der Förster blieb in der Türöffnung stehen.

Mit wenigen gewaltigen Schritten war Morgenstern als Erster bei Theresa Daffner, und weil er in der rechten Hand die Waffe hielt, stieß er sie mit der linken grob nach vorne weg. Daffner stolperte über den Rand der Feuerstelle, in der das Stroh bereits hell loderte. Doch sie rappelte sich wieder auf, achtete nicht darauf, dass ihr Kleid von den Flammen angesengt worden war, und eilte auf die Apsis der Kirche mit den fünf großen Fensteröffnungen zu, die ins Freie führten.

Morgenstern und Hecht verfolgten sie nicht weiter, denn vor ihnen, auf dem improvisierten Scheiterhaufen, lag Trixi Schöpfel, mit Stricken gefesselt und mit einem Paar Socken geknebelt. Gemeinsam rissen und zogen sie die Frau von der Feuerstelle. Hecht zog ihr das Sockenpaar aus dem Mund. Dann erst nahm Morgenstern die Verfolgung auf.

»Frau Daffner, bleiben Sie stehen!«, rief er. Die Frau im weißen Kleid hatte bereits die allenfalls hüfthohe Öffnung des mittleren Fensters erklommen.

Morgenstern drehte sich kurz um. Er sah, dass der Förster immer noch in der Eingangstür stand, aber er hatte jetzt sein Jagdgewehr erhoben. »Nein!«, rief Morgenstern. »Nehmen Sie das Gewehr runter!«

Förster Müller hielt sich nicht daran, sondern gab einen Warnschuss in die Luft ab. Die Frau sprang aus dem niedrigen Fenster, stürzte aber, weil sich ihr langes Kleid an einem Stein in der Mauer verfangen hatte.

Morgenstern, inzwischen am Fenster angekommen, sah, dass

die Frau nun humpelnd zu fliehen versuchte. Er sprang ihr nach. Wie ein Gespenst, dachte er, als er die weiße Gestalt zwischen den riesigen Bäumen sah. Dann hatte er sie endlich erreicht. Ohne zu zögern warf er Theresa Daffner zu Boden und drückte sie mit seinem ganzen Gewicht ins feuchte, modrige Laub.

»Es ist zu Ende, Frau Daffner«, sagte er.

»Färber«, antwortete sie mit letzter Kraft. »Ich heiße Färber.«

Dann fing sie plötzlich zu schreien an wie ein Tier in der Falle. Hilflos, verzweifelt, und sie hatte dabei nichts Menschliches mehr an sich. Morgenstern wusste sich nicht anders zu helfen: Er gab ihr drei Ohrfeigen.

Inzwischen war auch Ludwig Nieberle ächzend hinzugekommen. Er legte der nur noch leise jammernden Theresa Daffner Handschellen an. Dann hob er sie hoch.

»Gehen wir«, sagte Morgenstern. Er schaute auf die Uhr. Punkt ein Uhr. »Die Geisterstunde ist vorbei.«

»Meine Mutter ...«, sagte Theresa Daffner stammelnd.

»Was ist mit Ihrer Mutter? Die ist zu Hause in Wellheim, oder etwa nicht?«

Die junge Frau schüttelte den Kopf. »Sie sitzt drüben im Auto. Auf dem Beifahrersitz.«

Es dauerte eine Ewigkeit, bis zwei Krankenwagen den Weg in die Einsamkeit des Uhlbergs gefunden hatten. Beatrix Schöpfel hatte durch das Feuer Brandverletzungen erlitten, vor allem an Kinn, Nase und Wangen. Ihre blonden Haare waren versengt. Sie stand unter Schock. Hecht hatte sich mit ihr an der Giebelseite der Kapelle an den Fuß der Außenmauer gesetzt und redete beruhigend auf sie ein. Landpolizist Nieberle und der Förster Bernhard Müller waren währenddessen den Schotterweg hinabgegangen, um die Autos zu holen.

Mike Morgenstern und Theresa Daffner – oder besser Färber? – standen ein Stück abseits der Ruinenkirche, weit weg von der traumatisierten Trixi. Es schien Morgenstern, dass sich Daffner zunehmend beruhigte. Ihr Atem ging nun gleichmäßig. Aber ihr Anblick war immer noch gespenstisch. Das Haar hing ihr wirr übers Gesicht, ihr weißes Kleid war schwarz von Schmutz und Ruß und an mehreren Stellen zerrissen.

»Das war ein schönes Kleid«, sagte Morgenstern langsam, so wie man mit einem kleinen Mädchen sprechen würde.

Daffner nickte. »Das Hochzeitskleid meiner Mutter.« Dann lachte sie bitter. »Die weiße Frau trägt ein Hochzeitskleid.«

»Ach so ist das«, sagte Morgenstern. »Sie sind die weiße Frau, die hier im Wald umgeht.«

Daffner sah ihn verwirrt an. »Manchmal bin ich es. Manchmal ist es meine Mutter, manchmal jemand anders. Wer kann das wissen? Dieser Ort hier hat für alle Platz.«

Morgenstern erschauerte. Er sah, dass das Feuer im Inneren der Ruine jetzt zu voller Größe aufgelodert war. Der Wind trieb Funken vor sich her, glimmende Strohhalme tanzten gen Himmel. Wehe dem, der diesem Feuer zu nahe kam, dachte er.

»Sie haben das Stroh und das Holz selbst hierhergefahren?«, fragte er die Frau.

»Von Wellheim aus, von daheim«, sagte sie. »Das ist unsere Hasenstreu. Eine gute Streu. Mutter holt sie vom Bauern.«

»Von welchem Bauern?«

»Einem Biobauern in Dollnstein.«

»Das ist Stroh vom Einkorn«, sagte Morgenstern. »Das ist ziemlich selten.«

»Das habe ich nicht gewusst.«

»Waren Sie eigentlich neulich bei der Mahnwache in Eichstätt?«

»Ich habe zugesehen, ja. Ich war da. Aber ich halte so etwas nicht lange aus. Es geht mir zu nahe. Erst in der Nacht bin ich noch einmal zurückgekommen und habe Aufkleber in der Stadt verteilt. Wenn es kein Denkmal für Veronika Ferber gibt, dann will wenigstens ich mit meinen bescheidenen Möglichkeiten an sie erinnern.«

»Haben Sie während der Mahnwache ein paar Halme von Ihrem Stroh, von Ihrer Hasenstreu aus Wellheim, in den Kofferraum von Anita Bodenschenk gelegt? Sie fährt so einen alten roten Peugeot.«

»Das war ganz einfach«, sagte Daffner. »Ich war bei meiner Mutter in Wellheim und habe dort das Stroh aus dem Hasenstall mitgenommen. Nur ein paar Halme. Der Kofferraum von dieser Hexenforscherin war offen. Mein eigenes Auto ist direkt danebengestanden. Genau auf so eine Chance hatte ich gehofft. Wenn man das Stroh bei ihr findet, denkt niemand an uns.«

»Eine falsche Spur«, sagte Morgenstern, »allerdings mit dem falschen Stroh. Dann waren Sie es auch, die den Grabstein des Fürstbischofs mit Blut verschmiert hat?«

»Mit Hasenblut. Ich habe in der Nacht einen unserer Hasen geschlachtet. Blut für den blutigen Bischof.«

Morgenstern kam zur entscheidenden Frage. »Warum haben Sie Nikolaus von Westerstetten getötet?«

Von ferne war inzwischen das Tatütata der beiden Krankenwagen zu hören, die sich über einsame Forstwege vom Weiler Siebeneichhöfe her der Ruinenkirche näherten. Auch die alarmierte Treuchtlinger Feuerwehr war gewiss schon unterwegs. Morgenstern befürchtete, dass die Frau nicht mehr lange offen sprechen würde.

»Das war nicht ich.« Sie lachte auf und rief dann laut: »Nicht wahr, Mama? Das warst du! Und du hast mir alles erzählt, noch in derselben Nacht. Ich wollte dich schützen. Ich wollte dich immer schützen.«

Ludwig Nieberle hatte gerade Beate Daffner aus dem Wagen geholt und vor den Kircheneingang geführt.

»Stimmt das?«, frage Morgenstern sie. »Sie haben Nikolaus von Westerstetten getötet?«

Beate Daffner wirkte verwirrt. Das Haar hing ihr in Strähnen übers Gesicht, ihre Augen flackerten, als sie nacheinander die Kommissare, den Förster und ihre gefesselte Tochter ansah.

»Ich habe meinen Mann verfolgt«, sagte sie. »Meinen Exmann. Das habe ich oft getan. Ich will wissen, was er treibt. Mit wem er sich trifft. Mit diesem Luder da drüben zum Beispiel.« Sie deutete in Richtung Trixi Schöpfel. Dann stöhnte sie auf. »Er hat mich verlassen.« Eine kurze Pause. »Aber ich habe ihn nicht verlassen. Ich bin sein Schatten.«

»Sie haben meine Frage noch nicht beantwortet«, ging Morgenstern vorsichtig dazwischen. Die Martinshörner waren nun sehr nahe, wahrscheinlich fuhren die Rettungswagen schon den Berg herauf. »Warum Westerstetten?«

»Warum nicht?«, fragte Beate Daffner zurück. »Ich bin in Hofstetten auf dem Parkplatz hinter dem Wirtshaus gestanden. Ich habe auf meinen Mann gewartet. Stattdessen ist der Westerstetten rausgekommen. Der Mann, der die Schuld an meinem Unglück trägt. Wenn er nicht gewesen wäre, wäre mein Mann heute noch im Bundestag. Und er hätte sich nicht von mir getrennt.«

»Und dann sind Sie hinter Westerstetten hergefahren. Hinab Richtung Pfünz.«

»Aber da hatte er einen Unfall«, sagte Beate Daffner. »Vor meinen Augen ist er in den Wald gefahren. Ich habe angehalten, und er ist zu mir ins Auto gestiegen. Freiwillig.«

»Ein Fehler«, sagte Morgenstern. »Ein tödlicher Fehler. Sie haben ihn umgebracht. Wollen Sie mir sagen, wie?«

Die Krankenwagen fuhren vor der Ruine vor. Scheinwerfer und blinkendes Blaulicht erhellten die Nacht. Morgenstern atmete tief durch.

»Kurz hinter Landershofen ist er ohnmächtig geworden in meinem Auto. Und dann ging alles ganz einfach«, sagte Beate Daffner. »Ich bin seitlich rangefahren, an einen Parkplatz. Er hatte seine Krawatte umgebunden. Ich habe sie ihm abgenommen und wie ein Seil verwendet. Das war ganz leicht. Genauso wie man das früher bei den Hexenverbrennungen gemacht hat: Wenn eine Frau Glück hatte, dann wurde sie zuvor gnadenhalber erdrosselt.«

Morgenstern atmete tief durch: Beate Daffner war tatsächlich für Nikolaus von Westerstettens Tod verantwortlich. Niemand als der Täter wusste von der Krawatte.

»Und das Stroh, mit dem sie den Leichnam dann in Brand gesteckt haben?«

»Ich wollte Westerstetten eigentlich einfach am Hexengedenkstein ablegen. Aber dann habe ich im Vorbeifahren die Strohballen liegen sehen. Ich habe mir zwei Stück genommen.«

»Dann war das mit dem Stroh also blanker Zufall?«

»Kein Zufall. Höhere Gewalt.«

Der Notarzt kam mit einem Koffer herbeigerannt, gefolgt von Rotkreuzsanitätern. Als Beate Daffner den Mann in der Notarztjacke sah, brach sie ansatzlos in ein hysterisches Lachen aus, das nicht mehr endete, bis der Arzt ihr eine starke Beruhigungsspritze gesetzt hatte.

***

Eine halbe Stunde später standen die Kommissare und ihre Begleiter immer noch an der Ruinenkirche. Inzwischen waren auch der Chef der für diesen Ort zuständigen Polizeiinspektion Donauwörth, der Bürgermeister von Wolferstadt und auch der Revierförster gekommen. Die Feuerwehr aus Treuchtlingen hatte die Aufgabe erhalten, die Stelle auszuleuchten. Trotz des nun grellen Lichtes wirkte die Situation immer noch gespenstisch. Alle fühlten die außergewöhnliche Kälte dieses Ortes.

»Wussten Sie, dass die Uhlbergruine zu den zehn gruseligsten Orten Deutschlands gezählt wird?«, fragte der Bürgermeister Morgenstern.

Der schüttelte den Kopf. »Ich habe vor zwei Stunden zum ersten Mal von ihr gehört.«

»Irgendein Fernsehsender hat das mal behauptet. Ich weiß auch nicht, wie die darauf kommen.«

Morgenstern blickte auf das immer noch glimmende Lagerfeuer in der Mitte der Kirche. »Ich hätte da schon eine Idee, wie man auf so einen Superlativ kommen kann. Gerade heute Nacht. Übrigens: Kennen Sie die Frau Färber beziehungsweise Frau Beate Daffner?«

»Kennen wäre zu viel gesagt. Sie kommt aus unserem Dorf, aber sie hat als junge Frau nach Wellheim geheiratet. Sie hat viel Verwandtschaft hier. Färber ist bei uns in der Gegend einer der häufigsten Namen.«

»Ihr Cousin hat über eine Frau geforscht, die als Hexe verbrannt worden ist. Wussten Sie davon?«

Der Bürgermeister nickte. »Prinzipiell schon. Er hat mir ein Exemplar von diesem Aufsatz gegeben, für unsere Bücherei. Ich muss aber gestehen, dass ich ihn nicht gelesen habe. Ich bin da wie viele Männer: Ich lese grundsätzlich nicht viel. Die Zeitung natürlich jeden Morgen, aber keine Bücher und schon gar nicht irgendwelche Aufsätze von Heimatforschern. Da schlafe ich schon nach den ersten zwei Seiten ein. Vielleicht hat es ja unser Herr Pfarrer gelesen. Der hat auch ein Exemplar bekommen.«

»Was sagt eigentlich der hiesige Pfarrer zu dieser Ruine?«, fragte Morgenstern. »Die liegt doch in seinem Sprengel, oder täusche ich mich da?«

»Sie haben recht, das gehört noch zu unserer Pfarrei. Ich kann mich erinnern, dass es vor Jahrzehnten im Sommer hier noch manchmal eine Andacht gegeben hat. Mitten im Wald, sehr beeindruckend. Aber das hat man dann bleiben lassen.«

»Warum denn?«, fragte Morgenstern. »Die Ruinenkirche im Spindeltal zum Beispiel ist doch ein richtiger Wallfahrtsort gewesen.«

»Kenn ich, kenn ich«, sagte der Bürgermeister. »Aber bei uns läuft das leider anders. Hier treiben seit vielen Jahren irgendwelche selbst ernannten Satanisten ihr Unwesen. Haben Sie die Schmierereien an den Wänden gesehen?«

Der Revierförster, der das Gespräch bisher stumm verfolgt hatte, mischte sich ein. »Es wäre besser, wenn man da gar nicht so viel drüber erzählt. Das lockt bloß weitere finstere Gestalten an. Wir haben immer wieder Vandalen, die als Mutprobe in der Ruine übernachten.«

»Ist nicht vor vielen Jahren einmal der Kadaver einer Kuh hier aufgehängt worden?«, erinnerte sich der Bürgermeister.

Förster Müller winkte ab. »Das war vor meiner Zeit. Also was mich betrifft: Wenn ich nachts hier jemanden sehe, mache ich einen großen Bogen. Das sind doch Gestörte, die sich um Mitternacht ausgerechnet hier treffen. Einem musste ich mal aus dem Wald helfen, weil er sein Auto nicht mehr gefunden hat. Und ein anderer wäre mir fast vors Auto gelaufen, weil er total in Panik war.«

»Was war denn los?«, fragte Morgenstern neugierig. »Hat er die ›Weiße Frau‹ gesehen?«

»Nein, aber er hatte in seinem Handy ein Höhenmessgerät. Weiß der Geier, warum er das eingeschaltet hatte. Und das Ding hat ihm plötzlich genau für die Kapelle angeblich sechshundertsechsundsechzig Meter über dem Meeresspiegel angezeigt. Der war völlig aus dem Häuschen.«

»Verstehe ich nicht«, gab Morgenstern zu.

»Sechs, sechs, sechs, die Zahl des Bösen«, sagte der Förster. »Aber das kann natürlich gar nicht sein. Wenn ich's richtig weiß, hat der Uhlberg sechshundertvier Meter. Sechshundertsechsundsechzig Meter gibt es im Umkreis von fünfzig Kilometern nicht.«

»Nach der Geschichte heute wird hier erst recht keine Ruhe einkehren«, prognostizierte Morgenstern. Stirnrunzelnd registrierte er, dass bereits ein Zeitungsreporter den Weg zum Uhlberg gefunden hatte und unablässig fotografierte. Erfahrungsgemäß war es die Feuerwehr, die die Zeitung informierte, wenn sie zu einem vielversprechenden Einsatz ausrückte und dabei ins rechte Licht gesetzt werden wollte.

Hecht trat an Morgenstern heran. »Ich habe schon vor einer Stunde in Gunzenhausen bei Michael Daffner angerufen, dem Arzt. Er kommt her, und gerade hat er sich gemeldet. Er steht unten im Tal und findet den Weg nicht rauf.«

»So geht's vielen«, sagte der Förster. »Ich fahre runter und hole ihn ab.«

Kurz darauf stand Michael Daffner fassungslos vor der Ruinenkirche und ließ sich von Hecht und Morgenstern schildern, was in dieser Nacht geschehen war.

»Ich denke, Sie haben uns etwas zu sagen, Herr Daffner«, meinte Morgenstern. »Wir haben zwei Geständnisse. Was genau ist eigentlich mit Ihrer Familie los?«

Der Arzt sah ihn lange an. »Mich friert«, sagte er dann, »wir sollten uns ans Feuer stellen, solange es noch brennt.«

Gemeinsam gingen Hecht, Morgenstern und Daffner in die Kirche und stellten sich um die von Steinen umrahmte Feuerstelle. Morgenstern hob einige der herumliegenden trockenen Holzscheite auf und legte sie auf die letzte Glut. Im Nu fingen sie Feuer.

Fasziniert blickte Michael Daffner in die Flammen, ehe er leise zu sprechen begann. »Ich habe es Ihnen schon am Abend erklärt: Unsere Mutter ist krank. Ich behandle sie seit Jahren, ich mache das ganz unauffällig. Niemand weiß davon. Ich verschreibe ihr die Medikamente, die sie braucht.«

»Und Ihre Schwester besorgt ihr die Arznei und hat ein Auge darauf, dass sie die Sachen auch wirklich einnimmt«, fuhr Hecht fort.

Morgenstern zog den Beutel mit dem Medizinfläschchen aus der Hosentasche, das er in Trixi Schöpfels Mülleimer entdeckt hatte. »Arzneimittel wie dieses hier«, sagte er und hielt das Fläschchen mit spitzen Fingern gegen das Feuer.

»So ist es«, sagte der Mediziner. »Wir hatten das Problem in den letzten Jahren wirklich gut im Griff.«

»Aber in jüngster Zeit nicht mehr?«, meinte Morgenstern. »Seit wann leidet sie an Schizophrenie?«

»Schon immer.« Daffner blickte ins Feuer. »Nicht schon immer.

Aber seit ihrer Kindheit.« Er sah Morgenstern in die Augen. »Es gibt im Dorf unter ihren Schulkameraden ein Gerücht, von dem meine Schwester und ich erst spät erfahren haben. Als sie in der dritten Klasse war, gab es einen kleinen Schulausflug mit dem Lehrer in die nächste Stadt, nach Wemding.«

»Wemding, das kenne ich«, sagte Hecht. »Ist da nicht diese Wallfahrtskirche Maria Brünnlein? Da war ich schon mal mit meiner Mutter.«

Morgenstern seufzte. Da musste sich Kollege Hecht nicht wundern, wenn Frauen vor ihm Reißaus nahmen.

Daffner erzählte weiter: »Sie haben das kleine Heimatmuseum besucht und sich das Geburtshaus von Leonhart Fuchs angesehen, das ist der Botaniker, nach dem die Fuchsie benannt ist. Dann muss etwas Dramatisches passiert sein. Sie waren im Folterturm aus dem Mittelalter, direkt an der Stadtmauer.«

Morgenstern hielt den Atem an, er erinnerte sich bis ins letzte Detail an die Folterkammer auf der Pappenheimer Burg, an die launige Führung und den heillosen Schrecken, den dieser Ort seinem Sohn eingejagt hatte.

»Es heißt, dass in Ihrer Familie die Erinnerung an die Hexenverbrennung noch wach ist«, sagte Morgenstern vorsichtig. »Gilt das auch schon für Kinder?«

Michael Daffner zuckte die Schultern. »Ich weiß es nicht. Aber es ist gut möglich, dass unsere Mutter das damals schon wusste. Als Gerücht, als Sage, als schwarzer Fleck in der Ahnenreihe.«

»Und was ist dann passiert?«

»Angeblich haben sich alle die Folterkammer angeschaut, es ist alles bei einer Führung erklärt worden, und dann, beim Rausgehen, war sie die Letzte und hat schon geweint. Da haben sich ein paar Klassenkameraden den Spaß gemacht, die Tür hinter ihr zuzuriegeln. Sie war eingesperrt.«

»Und dann?«, fragte Morgenstern atemlos.

»Der Lehrer hat es erst gemerkt, als alle wieder unten auf der Gasse waren und er durchgezählt hat. Als er sie nach zehn Minuten rausgeholt hat, war sie in Tränen aufgelöst. Es heißt, dass sie von da an nicht mehr dieselbe war.«

Morgenstern schluckte schwer.

»Mit Medikamenten lässt sich viel machen«, sagte der Sohn. »Es darf bloß nichts dazwischenkommen. Und nur so sind wir bis vor Kurzem alle heil durchs Leben gekommen.«

»Bis vor Kurzem«, wiederholte Morgenstern. »Sie haben also mitbekommen, dass sich etwas bei ihr verändert hat?«

»Ihr Cousin, der Vollidiot, hat über die Hexe in unserer Familie geforscht. Er hat ein Riesenthema in der ganzen Verwandtschaft daraus gemacht. Er hat es unserer Mutter zum Lesen gegeben. Das hat sie völlig verstört. Ich habe ihr das Ding zwar schnell weggenommen und unserem Vater gegeben. Aber da war es schon passiert. Unsere Mutter war danach immer wieder am Eichstätter Richtplatz, das hat sie mir selbst erzählt. Und ich hatte sie schon länger im Verdacht, dass sie ihre Medikamente nicht mehr nimmt. Sie hat sich geweigert, sie vor den Augen meiner Schwester einzunehmen, hat gesagt, sie sei kein kleines Kind mehr.«

»Und Ihre Schwester – die hat sich auch verändert?«, fragte Morgenstern.

»Es liegt in der Familie«, sagte Daffner. »In der weiblichen Linie. Es kann jede treffen. Und bei Theresa ist die Krankheit ganz frisch ausgebrochen. Damit konnte ich nicht rechnen. Ich habe ihr die gleichen Medikamente verschrieben wie unserer Mutter.«

Das Feuer flackerte kurz auf.

»Sie hätten Ihre Mutter in die Psychiatrie geben müssen«, sagte Hecht vorwurfsvoll. »Und sie hätten sich um Ihre Schwester sorgen müssen. Sie hätten sie hier sehen sollen: als ›Weiße Frau‹ im Brautkleid ihrer Mutter.«

»Ich habe geglaubt, ich bringe das auch so wieder ins Lot. Aber dann ist in Eichstätt diese Diskussion um das Hexenmahnmal losgegangen und mittendrin dieser Abgeordnete von Westerstetten! Das hat unserer Mutter den Rest gegeben. Auf einmal war das alles wieder da. Aber neu war dieser Hass auf alles, was angeblich ihr Leben ruiniert hat. Westerstetten, die neue Freundin unseres Vaters. Auf einmal war da so viel negative Energie. Und meine Schwester hat das am Ende genauso gesehen.«

Morgenstern rückte mit der Spitze seines Cowboystiefels ein paar Scheite im Feuer zurecht. »Sie wissen, dass Sie sich schuldig gemacht haben. Sie haben Ihre Mutter bei unserem Gespräch noch eigens entlastet und die Schuld auf Ihren toten Vater geschoben. Aber ich denke, damit müssen Sie selbst klarkommen. Man kann

Sie deswegen wohl nicht belangen.« Morgenstern schaute auf seine Stiefelspitzen. »Leider«, fügte er leise hinzu.

»Eines würde ich gerne noch wissen«, sagte er dann. »Diese Muttergottesstatue, diese Mondsichelmadonna – wussten Sie, dass die ursprünglich genau hier, in dieser Kirche, gestanden ist?«

Michael Daffner presste die Lippen zusammen. Dann nickte er so langsam, dass Morgenstern es nur mit Mühe als Zeichen der Zustimmung erkennen konnte.

SECHZEHN

Morgenstern sollte recht behalten: Am Ende wurde gegen kein
Mitglied der Familie Daffner Anklage erhoben. Mutter und Toch-
ter wurden nach einer sorgfältigen ärztlichen Untersuchung zur
stationären Behandlung in eine psychiatrische Klinik eingewiesen.
Eine dauerhafte Unterbringung wurde aber nicht daraus. Wie
Morgenstern später erfuhr, befanden sich beide bereits nach drei
Monaten in ambulanter Behandlung.

Von Moshe Mayr, dem Phantom aus dem Pfünzer Forst, hörte
Morgenstern nur indirekt: Eines Abends sah er in den Nachrichten
einen Bericht aus Tel Aviv. Ein ZDF-Korrespondent berichtete
über die aktuelle politische Kontroverse wegen eines hoch um-
strittenen Waffengeschäftes, das entgegen anderslautenden Plänen
nun doch unterzeichnet worden sei. Israel habe daraufhin den
deutschen Botschafter einbestellt. Der Korrespondent deutete an,
es habe von israelischer Seite schon vor einiger Zeit eine Geheim-
dienstaktion gegeben, um deutsche Lobbyisten im Hinblick auf
Geschäfte mit dem Iran zu verunsichern.

»Aus bekanntlich gut informierten Kreisen« sei zu erfahren,
dass ein beteiligter Agent Deutschland unbehelligt habe verlassen
können. Das Auswärtige Amt lehne mit Hinweis auf deutsche
Sicherheitsinteressen jede Stellungnahme dazu ab …

Und nun stand Fionas Geburtstag bevor – Morgenstern war vorbereitet. Schon am Abend zuvor – Fiona war mit irgendwelchen
feministisch gesinnten Freundinnen ausgegangen – dekorierte er
zusammen mit den Kindern das Wohnzimmer mit Luftballons.
Die Jungs hatten als Geschenke ihre Gemälde aus dem Raiffeisen-
Malwettbewerb zur Verfügung gestellt, für die der Vater im letzten
Moment noch zwei Rahmen besorgt hatte. Der gestiefelte Kater
sowie Hänsel und Gretel waren damit für einen Ehrenplatz über
dem Sofa prädestiniert.

»Hast du eigentlich auch was?«, fragte Marius, während er einen
roten Luftballon aufblies, mit einem Anflug von Besorgnis.

Morgenstern nickte stolz. »Ehrensache! Ein richtig schönes Paket sogar.« Mit großem Tamtam holte er aus den Untiefen seines Kleiderschranks im Schlafzimmer einen großen Karton, den er schon am Vortag sorgfältig verpackt und mit einer dicken roten Schleife versehen hatte.

»Und was ist das?«, fragte Bastian neugierig.

»Wirst du schon noch sehen.«

Katze Lotta zupfte begeistert an der Schleife. »Pfoten weg!«, herrschte Morgenstern sie an.

Lotta flüchtete sich vorsichtshalber in Bastians Arme.

Gemeinsam dekorierten die drei Morgenstern-Männer noch den Frühstückstisch mit Süßigkeiten und bunten Luftschlangen vom letzten Fasching, dann war Schlafenszeit.

Als letzte Aktion bückte sich der Vater weit unter den Tisch nach einem auf den Boden gefallenen roten Gummibärchen. Als er sich wieder aufrichten wollte, fuhr ihm ein furchtbarer Schmerz, scharf wie ein Messerstich, in den Rücken. »Verdammt«, fluchte er und verharrte in gebückter Stellung neben dem Tisch.

»Was hast du?«, fragten Bastian und Marius wie aus einem Munde.

»Nerv eingeklemmt«, stöhnte der Vater. »Ein Hexenschuss!«

Mit Müh und Not schaffte er es, sich ins Schlafzimmer zu schleppen und sich voll bekleidet in gekrümmter Position aufs Bett zu legen. Endlich, nach einer gefühlten Ewigkeit, ging die Haustür und Fiona kehrte zurück.

»Hexenschuss«, sagte Morgenstern, als sie ins Schlafzimmer kam. »Mir geht's hundsmiserabel.«

»Ich komme gleich wieder.«

Er hörte, wie Fiona in der Küche Wasser aufsetzte. Nach fünf Minuten kam sie mit einer heißen Dunlop-Gummiwärmflasche zurück und schob sie ihm vorsichtig an den Rücken.

»Eine Wärmflasche? Ist das alles?«, jammerte Morgenstern.

»Soll ich dir vielleicht eine Cortisonspritze in den Rücken jagen?«, gab Fiona zurück. »Männer! Und ihr wollt das starke Geschlecht sein? Hast du dich eigentlich schon mal gefragt, wie Frauen ihre Kinder auf die Welt bringen?«

Morgenstern presste die Lippen zusammen, konzentrierte sich auf die Hitze, die aus der Wärmflasche auf seine Lendenwirbel ausstrahlte, bis ihm heiß und heißer wurde. Er spürte, wie Fiona ihm seine Jeans auszog und ihn sanft zudeckte.

Kurz überlegte er, durch welche unbedachten Bewegungen er wohl in letzter Zeit seinen Rücken malträtiert hatte. Das Gummibärchen, klar, hätte er besser liegen lassen. Dann fiel es ihm ein: Er hatte sich am Fenster in der Uhlbergruine böse verdreht, genau in dem Moment, als er Theresa Daffner an der Flucht hindern wollte. »Hexenschuss«, murmelte er, als wäre ihm nun ein Licht aufgegangen. Dann schlief er ein.

Am nächsten Morgen waren die Rückenschmerzen verschwunden wie ein böser Traum. Morgenstern konnte sein Glück kaum fassen und bedankte sich überschwänglich bei Fiona.

»Das war der Ischiasnerv«, sagte sie. »Da wirkt ein bisschen Hitze Wunder. Das ist keine Hexerei.«

Vorsichtig stand Morgenstern auf, dehnte und streckte sich und fühlte sich wie einer jener Kranken und Bettlägerigen aus der Bibel, denen der wundertätige und gnädige Jesus (»Nimm dein Bett und geh!«) eine Spontanheilung zuteilwerden ließ. »Was würde ich ohne dich bloß machen?«, fragte er.

»Hoffnungslos verwahrlosen?«, lautete der Tipp seiner Frau.

Erst als Morgenstern auf dem Weg zum Bad am Wohnzimmer vorbeikam, fiel ihm Fionas Geburtstag ein. Er trommelte die Kinder aus ihrem Schlafzimmer, und schon sang der Morgenstern'sche Männerchor, in Schlafanzug beziehungsweise Boxershorts, ein dreistimmiges »Happy Birthday to You«, wobei Bastian und Marius im zweiten Durchgang kichernd die Albernheiten »Marmelade im Schuh« sowie »Aprikose in der Hose« hinzufügten.

Fiona packte zuerst die beiden gerahmten Märchenbilder aus dem Weihnachtsgeschenkpapier mit Tannenbäumen, das die Kinder verwendet hatten. »Habe ich selber eingepackt«, sagte Bastian stolz.

Fiona zeigte sich beeindruckt. »Die Tannenbäume passen ganz hervorragend zum Märchenwald von Hänsel und Gretel.« Dann wandte sie sich dem Karton zu, den Morgenstern schlicht und ergreifend mit Zeitungspapier umhüllt hatte. Er hatte, wie er jetzt erst bemerkte, jene Ausgabe des »Eichstätter Kurier« erwischt, in der die diversen Todesanzeigen für den völlig rehabilitierten Ex-Abgeordneten Thomas Daffner abgedruckt waren. Auf Fionas »Geschenkpapier« fanden sich in schwarzer Umrandung die Nachrufe der CSU, des Landkreises und des Bayerischen Bauernverbands. Letzterer hatte standesgemäß eine Weizenähre in die Traueranzeige einfügen lassen. Morgenstern fragte sich, ob noch jemals in seinem Leben der Unterschied zwischen Weizen, Einkorn, Emmer und all den anderen Kulturpflanzen eine Rolle spielen würde.

»Nun pack's schon aus«, sagte er zu Fiona, die kopfschüttelnd die Anzeigen studierte und zugleich amüsiert feststellte, dass ihr Mann eine halbe Rolle Tesa benötigt hatte, bis er mit seinem Werk zufrieden gewesen war.

Sie zog die große rote Schleife auf und überließ sie der bereits lauernden Lotta als Spielzeug. Dann riss sie ohne große Skrupel das Zeitungspapier weg. Was sie sah, verschlug ihr die Sprache. Schließlich sagte sie: »Das ist jetzt nicht dein Ernst, Mike?«

»Also, ich finde es praktisch«, sagte er. »Das wünschen sich jetzt alle Frauen, hat man mir gesagt.«

Fiona schluckte. Vor ihr stand ein Karton mit dem Nonplusultra der zeitgemäßen schnellen Küche, dem Inbegriff der modernen Hausfrau, der die mühsame Arbeit am heimischen Herd so leicht wie möglich von der Hand gehen sollte: ein Thermomix.

Morgenstern lächelte. »Ich habe ein Vermögen dafür ausgegeben. Nun freu dich doch!«

»Also ehrlich, Mike. Bei dir und deinesgleichen ist Hopfen und Malz verloren. Und jetzt kochst du mir bitte schön als Erstes einen Kaffee. Ich habe heute nämlich Geburtstag.«

Morgenstern sah die beiden Kinder an. »Da habe ich wohl danebengegriffen«, sagte er mit einem Seufzen. Die beiden Söhne kicherten.

»Aber nun mach wenigstens die Schachtel auf, Fiona.«

Seine Frau bedachte ihn mit einem giftigen Blick. »Da bringt man den Männern mühsam bei, was Feminismus ist, und dann kommen sie einem mit einem Kochgerät. Von mir aus kannst in Zukunft du mit diesem Ding hantieren.«

Verdrossen öffnete sie den Karton und stieß auf eine dicke Lage weißer Schaumstoffkugeln. Mit beiden Händen schaufelte sie das Dämmmaterial weg. »Wo ist das Ding jetzt?«, fragte sie schließlich. Sie steckte eine Hand bis zum Boden der Kiste, ertastete weichen Stoff und beförderte ihn ans Tageslicht.

»Das zweite Kleid vom Hippie-Stand in Ingolstadt!«, sagte sie glücklich. »Du bist eigens deswegen ein zweites Mal nach Ingolstadt gefahren?« Sie gab ihm einen Kuss. »Danke!«

Morgenstern dachte kurz an seine zweite Visite beim Open Flair, und natürlich hatte er auch dieses Mal mit pochendem Herzen bei »Katja's Allerley« vorbeigeschaut. Doch der Planwagen war an diesem Abend von einem langhaarigen Clown in Pluderhosen betreut worden, der sich als Lebensgefährte von Katja Hartinger vorgestellt hatte, was den gefühlsverwirrten Morgenstern umgehend auf den grundsoliden Boden der Realität zurückbefördert hatte.

Morgenstern nahm jetzt den Thermomix-Karton in die Hände. »Hast du wirklich gedacht, ich schenke dir einen vollautomatischen Kochtopf zum Geburtstag?«

»Fast hätte ich's geglaubt«, sagte Fiona lachend. »Wo hast du eigentlich die Schachtel her?«

»Ach, die habe ich irgendwie gefunden … Die ist mir in die Hände gefallen, und dann dachte ich, das wäre eine lustige Idee.«

★★★

Genau zur selben Zeit lief in Schrobenhausen Peter »Spargel« Hecht in der Küche zur Hochform auf: Er erwartete am Abend privaten Besuch, und er hatte versprochen, einen Kuchen zu backen. Mit dem neuen Thermomix gehe das ganz einfach, hatte er erklärt.

Zufrieden rührte Hecht die Zutaten. Was für ein Glück, dachte er, dass Mike Morgenstern die Maschine ins Präsidium hatte liefern lassen. »Mein Geburtstagsgeschenk für Fiona. Toll, nicht wahr?«

Eine halbe Stunde später, nach einer kurzen, aber heftigen Diskussion über die Untiefen der weiblichen Psychologie, hatte Hecht ihm das nagelneue Gerät zum Freundschaftspreis abgekauft. Die Schachtel überließ er Morgenstern, »dem Frauenversteher«, wie er spöttisch sagte.

Die Maschine rührte, Hecht pfiff vor sich hin, glücklich wie lange nicht mehr, und Kater Hagen von Tronje schnurrte um seine Beine, als würde er sich ebenfalls schon auf den Besuch freuen.

Die beiden erwarteten Cornelia von Westerstetten.

Richard Auer
VOGELWILD
Broschur, 256 Seiten
ISBN 978-3-89705-651-0

»*Richard Auer mischt nicht nur Bayern mit James Bond – die Handlung beruht auf Tatsachen: Ende der 1990er Jahre ist im Altmühltal tatsächlich ein Archäopteryx unter dubiosen Umständen verschwunden.*«
Bayerischer Rundfunk

»*Eine spannende, witzige, kluge und fröhlich erzählte Geschichte.*«
Augsburger Allgemeine Zeitung

Richard Auer
WALBURGISÖL
Broschur, 224 Seiten
ISBN 978-3-89705-763-0

»*Morgensterns zweiter Fall ist ein echtes Lesevergnügen für jeden Krimifan und kann es locker mit einer guten ›Tatort‹-Folge aufnehmen.*«
Weißenburger Tagblatt

www.emons-verlag.de

Richard Auer
HAUSBOCK
Broschur, 208 Seiten
ISBN 978-3-89705-958-0

»Auer ist ein spannender und höchst unterhaltsamer Roman gelungen. Mit überraschenden Wendungen, Lokalkolorit, Situationskomik und fein ausgearbeiteten Charakteren. Alles bestimmt und getragen von einem humorvollen wie hintersinnigen Blick auf das Geschehen und die Protagonisten.« Donaukurier

www.emons-verlag.de

Richard Auer
TEUFELSMAUER
Broschur, 256 Seiten
ISBN 978-3-95451-133-4

*»›Teufelsmauer‹ ist ein spannender und unterhaltsamer Roman, der
wie seine Vorgänger Kino im Kopf bietet – und damit vielleicht auch
irgendwann Stoff für eine Verfilmung.«* Donaukurier

www.emons-verlag.de

Richard Auer
LAMMAUFTRIEB
Broschur, 240 Seiten
ISBN 978-3-95451-709-1

*»Auch der neueste Altmühltal-Krimi von Richard Auer kommt nie ganz
trocken oder todernst daher; immer ist eine Portion Humor und Ironie
darin versteckt. An Spannung und Emotion fehlt es dennoch nicht.«*
Bayern im Buch

www.emons-verlag.de

Richard Auer/Gerhard von Kapff
111 ORTE IM ALTMÜHLTAL
UND IN INGOLSTADT,
DIE MAN GESEHEN HABEN MUSS
Broschur, 240 Seiten
ISBN 978-3-95451-616-2

»Die Autoren sind Spezialisten für kleine und große Geschichten, besondere Orte und Entdeckungen in Ingolstadt und der mittleren Region des Altmühltals. Es gibt vieles, was sich hier zu entdecken lohnt. Eine anregende Lektüre, um Ingolstadt und das mittlere Altmühltal zu erkunden.« Aus einer Amazon-Rezension

www.emons-verlag.de